U0903815

萤光水月

——闲情聊逸录

陈健 著

浙江工商大学出版社

图书在版编目(CIP)数据

萤光水月：闲情聊逸录 / 陈健著. —杭州 ：浙江工商大学出版社，2016.10

ISBN 978-7-5178-1834-2

Ⅰ. ①萤… Ⅱ. ①陈… Ⅲ. ①长篇小说—中国—当代 Ⅳ. ①I247.5

中国版本图书馆 CIP 数据核字(2016)第 215616 号

萤光水月

——闲情聊逸录

陈　健　著

出 品 人　鲍观明
责任编辑　沈明珠　白小平
责任校对　张春琴
封面设计　林朦朦
责任印制　包建辉
出版发行　浙江工商大学出版社
(杭州市教工路 198 号　邮政编码 310012)
(E-mail:zjgsupress@163.com)
(网址:http://www.zjgsupress.com)
电话:0571-88904980,88831806(传真)
排　　版　杭州朝曦图文设计有限公司
印　　刷　杭州五象印务有限公司
开　　本　710mm×1000mm　1/16
印　　张　13.75
字　　数　217 千
版 印 次　2016 年 10 月第 1 版　2016 年 10 月第 1 次印刷
书　　号　ISBN 978-7-5178-1834-2
定　　价　45.00 元

浙江工商大学出版社营销部邮购电话　0571-88904970

自序

本人出生在一个偏僻落后的山村，历史安排随浪涉旅，每至容身之地，景色、人事、石雕、木刻恒存。现今年过古稀，脑海中往事幕幕闪现，当年有闻人言谈说古，目睹情奇诧异的事，赖识几字，笔书便纸。后因闲聊整废纸理成簿册，上年受镇《新碧镇史》编辑部安排，负责本村史料收集编写，重考此簿本，不伦不类让人见笑。不过所录"故事"均来自社会实情，光天艳色自得各方宣扬，阴尘部局厌受远近传状。可惜没有文才以此加工重作。然我除多次参加全国性学术研讨会外，退休后历受中国近现代史史料学学会、中外名人文化研究会、中国国际专家学者联谊会、中国社会改革研究会、中国国际经济技术合作促进会、中国社会心理学会、中国社会科学院、北京大学市场经济研究中心、中国发展战略学研究中心、北京国际交流协会、中华民族团结友好协会和中央党校等单位邀聘，曾参加过在人民大会堂、钓鱼台国宾馆、国家会议中心、政协礼堂各处举办的会议。大会中每每有中央干部给我们做报告，鉴于近年体力不支好多只得推辞。

我所录之事是以本人当时在场心态叙述，也可说是自我经历，或带若干社会逆流污垢。遇有闲情评阅者，望细品笔意扶斜校正，愿有望者乘改革之机，共同发扬我国几千年传承下来的人生道德教育。

陈　健

二〇一六年一月

目录

壹

山清水秀大陆庄，世祖辛劳兴村貌。
可怜繁众萌异念，宗室互妒情渐薄。

在钱塘江的一条支流碧溪，碧溪的小支流碧水之源头，有仙霞岭余脉形成的三个山坳。最大的一个山坳，先前居住着姓吴的人家，故称吴弄，后人改称吴源。吴源分为两个自然村，上吴弄和下吴弄。据吴氏宗谱载，明代上吴弄曾出过吴侍郎，建造了一座带祠堂套的祠堂，而当时整个好溪谷只有两个半祠堂是有祠堂套的，连“长毛”路过都不敢入。而下吴弄是上吴弄的支脉。

另外两个山坳，一个在吴源之正东，太阳最早从此上山，故称山早坳。山早坳深处有个规模相当大的寺院叫山早寺，建寺年代已无据可考。传说明朝有个奉山寺，寺僧不正规，朱元璋下旨剿灭奉山寺，下属听错旨意成剿灭“逢山寺”，山早寺就在这时被剿毁了。

还有一个山坳在山早坳隔金阡轮山崚西边，麓谷比吴弄略小却深长，故称大麓。土语“麓”与“弄”谐音，所以当地人习惯称此地为“大弄”。传说大弄有老夫妻到吴弄瞄夜戏，妻子看着天将下雨，便催促丈夫回家。夫妻俩没走一半，雷雨倾盆而下，只好进山早口水碓躲避。然而大雨下个不停，妻子不耐烦，抱怨丈夫说：“都是你，早叫你归家归家，你便不听，若能早一点，不然大弄都大弄了。”说者无心，听者有意。一句平常话被过路人听到，一传三，三传九，却成了闲谈笑话。新中国成立初登载村名，村民认为大弄村名不雅，跟民国年间本乡称“古丽乡”一样，欲借村旁海拔四百五十六米的“万景山”为名，想改名万景村。当时附近几个山村划入碧川乡。大弄在乡里排名第六，于是命名为大陆村。

大陆村地处北纬二十八度东经一百二十度左右，靠近北回归线，属于北温带。四面环山，山清水秀，鸟语花香，生就一派自然美。主坳长五里有余，

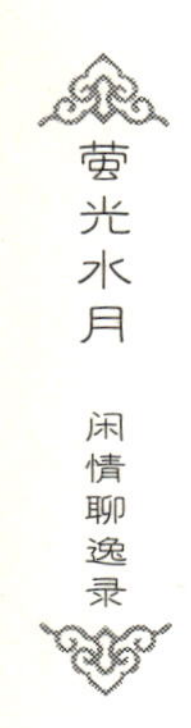

左右支谷分生，两旁山冈最宜混交林生长。松、杉、柏茂密，其中夹杂枫、梓、樟等阔叶树种，苍翠欲滴，四季常青。山脚下，大弄坑坑水潺潺，清澈见底，常年不涸。鱼游水里，鸟翔长空，偶尔有两尾松鼠在树上追逐，逗乐欢心。如果你有幸春天来到这里，更是杜鹃花开满山红，泽漆开花遍冈白，随处火树银花，莺歌燕舞。一片清心景象，使人心旷神怡，似入别有洞天世界。大陆村环境宜人，适人生活，历朝有人先后迁入定居。

最早居住到大陆村的约是明成祖永乐年间(1403—1425)从碧川分脉来的颍川郡虞山陈氏清廿五公，姓陈，单名祖。都说汉民族始自炎黄，据史料考证，陈祖当为黄帝的百三十世正宗后代，是周武王“以备三格”追封舜帝后裔胡公妫满于陈的八十九世孙，即舜帝的百廿二世孙。

随后在这个山坳内，陆续定居的民户逐渐增多。有再从黄碧村陈氏迁徙来的泰早坳、根兴厂、昌宜厂的陈姓；有由黄碧村徐氏迁徙来的雅寮、西弄、马树孔的徐姓；有从黄碧虞迁徙来的官山虞姓，因官山地处坳底，翻越山岭即近黄碧虞，仍归宗碧虞村；有从南溪茶弄迁徙来的新屋潜姓。如今沿水分布着大小十多个厂寮，这些后居落户的厂寮，有的就以居住人家命名，统叫大陆底坳，简称内点。

外点是大陆的主村，平常习惯上称大陆即指外点。经过常年艰苦屯垦创业，筑坑堰、挖水井、架石桥、铺平路。为着子孙万代繁衍安居，村前附近上百米坑岸和上下堰坝，都特请闻名于世的东洋建筑技师砌筑。历经多世定居修水护林，修路垦荒种地，居住的房屋也随着人口的增长有所增建。

陈祖迁居到大陆，开始只住在一间狭小的低矮土房。之后在平房对面，亲自建了一间格外宽大的楼房。次后在其上首位建了个七间头，即大陆村陈姓长房所居一栋。继后在其下首位也建起个七间头，即大陆陈姓二房所居一栋，三屋一字排列。再后来，二房人丁旺盛，在长房所居屋左前方建了一所九间头。接着在二房所居屋右前方也建了一所九间头。村庄的住房布置，在当时就有了“村镇规划”，整体布局似乎在模仿我国古代京城坐西朝东向阳的布局。之后全村新建房屋都围绕祖宗最早落脚创业的土房，以祖宗最早创业所建的独楼为正座，向东呈八字张开。后世人丁增加，分居立业，都遵中华民族千年遗下的昭穆排序，长子承祖屋、居上房。父母给下代所建房屋，自己只住自己亲手建造房子的中堂，左右房按昭穆房位分给各个儿子。父辈过世后中堂就成了下代人的常住公房，因此中堂习惯叫世间，这也是大陆村的习俗。

在本处房屋不断扩建的时候有人指着后山说："这个村原只宜一字三栋楼屋，后靠山环，前依水绕，风水好，故大陆旺丁聚财。现在房屋多了，村舍宽了，左右都超越原山所环，风水已极。若欲挽回风水使大陆继始繁盛，宜于水口筑嶙植树，造林荫被。"村民一心为本村更好，听后随即在村口垒了有益风水的泥石大嶙，使原来自然外弯的玲珑山，伸臂向内挽抱整座村庄。同时营造了护育水口的香樟、红枫，世代护育。后人为尊重前人建功立业之辛苦，将祖先亲手建的八字中心的一间楼房保留为公有以供先祖香火，称作大世间家堂。并将前人护育的两株大樟树供奉作"樟树爷""樟树娘"，目的在于教育子孙不破坏水口绿林，故直到五百多年后仍保留着十多株勃勃茂盛、欣欣向荣的参天樟树。

在此前后，二房的第七代上房忠官为耕种方便，率其子把屋建到距离外点上方二里地处，又为大陆建业起了一个子自然村，村人就叫上厂。在上厂更里边的万景山脚，已有黄碧村姓徐的移居地叫西弄，所以上厂也叫"西弄外厂"。

房屋的扩建永远跟不上世代人丁的增长和房户的增多。到清嘉庆年间，二房肃生又建了方圆十里内罕有，四面世间的十八间大道坛，人称"上道坛"。肃生支下的上房，除原祖上一栋九间住房外，户头都住到了这个大道坛内，四周附盖披屋用作伙房。各房遵守祖规：十八间正屋后搭建伙房累筑锅灶，不准爆破所延山岩，以保道坛风水。上道坛妇女还自觉形成尊重他人和男人的行为：在晾晒衣服时竹竿不横架；男子衣衫晾晒于竹竿大头端，小孩衣服晾晒于竹竿尖头端。

年长的人教导邻居小孩如同抚育自己亲子，顺着小孩心理启发和引导他们玩游戏、唱民歌——"上田拔秧下田栽，二八媛娟送茶来；青青手巾掬青梅，问您哥哥爱不爱"——来开发孩童智商。大陆村变成了一个更加美好的、兴旺的、文明的村落。

到了明朝后期，因明神宗长期托病怠政，官场腐败无能，社会生产松弛，诱使清兵入侵中原。清统治中原后，反清复明之声不绝，连年刀光剑影战争不断。大陆虽然不是战火集中的军事重地，但社会的动荡直接造成了大陆人口衍繁曲线的低谷。

自大陆村建村两百年来，村民只紧抱祖传的两件宝——“勤”和“俭”。勤到无日无夜没年没节地干活，俭到缩衣节食拒医延疾的程度。平日里不随便抛弃半文钱买零食闲用不说，即使是大人小孩有病也不敢花钱医治。甚至有正值青春年华的后生不愿出资娶亲，觉得“讨老婆不如买只大水牛耕田”的。据有关资料统计，明末清初，在这个原来只有八十六人的小自然村，亡于“夭折”“早逝”和娶亲项空白的就有四十七人，无传承人丁占总人丁的百分之五十四点六五有余。无怪乎当时陈姓人口在大陆负增长，逐代递减。到十七世纪中叶，全村陈氏同世有后的仅八人。人稀业大，不要说建新房竖新屋，就是经世代祖宗辛辛苦苦积创的房舍也照管不了了。结果是后来建起的两栋九间楼房大部分倒塌了，仅遗下几间破落不堪的厢房，成了地方中间的屋基地菜园。

同治二年，清政府派左宗棠和曾国藩镇压江浙一带的太平军和捻军。反清的农民军遵循几千年来的汉族习俗，蓄发抗剃，以抵制清政府强制百姓削发的政策。因此被称为“长毛”，起义斗争谓之为“长毛反”。“长毛”们在战斗失利情况下军纪松弛，兵士得不到纪律约束，到处放火抢劫，搅得社会人心惶惶。那年听说“长毛”要来了，几乎全村坚壁清野，家家闭户外逃。当太平军路过大陆村时，村舍皆空，无人接纳，他们跋涉辛劳无灶膳炊，盛怒之下放火焚烧了十八间。

听说十八间是择了个绝好的日子和时辰上梁的。好时辰上梁的房屋，天火是烧不着的。“长毛”在上道坛点火多次，最后围起竹垫泼上火油引火，总算焚毁了上首十八间包括正屋世间在内八分之一的房子。这是一个神奇的传说，但说十八间建得坚固那是有道理的。为防窃贼挖墙洞，整所屋外墙和墙脚内侧全以薄石板做成，在两百多年前能这样设计建房已是非常不简单。照理一所土木结构的楼房，一旦起火，若非有人扑救，势必一焚尽毁。逃难的人在金阡轮山尖看到自已的祖居最终起了火，悲泣还来不及，也不忍再看，所以当时火是如何熄的没有传说资料和实物考证。一栋古老的大型建筑哪怕只是毁缺了一只角，损失也算惨重。

到清朝末期和民国时期，大陆村的人丁有较大的发展。单以陈祖后的第十四世慈行统计已达到四十一男。可是人丁众了，户口多了，但所处社会形势的变革，人心理念随着改变。人们的私心加速萌发，你我财产要清楚分割，房派隔阂逐步形成，拔本塞源的邪习渐渐滋长，似乎失去了骨肉相连的祖根。人与人之间常为小事蛮触之争，闹得满城风雨。眼睛只看眼前自己利益，行为不顾他人利弊，更谈不上一点长谋远见。人与人之间虽然表面还保持一点同宗姿态，没大动干戈，不发生明争，心里却长期钩心斗角。如若有人比自己好，根本不去理解别人创业辛苦，只觉肚子里不痛快，千方百计设法伤害对方。以大陆村人自己说："因为'岭龙反出，玄武直冲'的缘故，屋宇薦黎还要伤丁绝后。"也有人认为大陆村是个贫苦山村，无发展宏图。正当人去外地发扬光大；不正当人到处骗赌掳劫；老实点的脸朝黄土背朝天，辛勤劳动创家业。公益事业和读书求学的事根本没想到，条件也有限，不许可。

贰

大陆村小奇事多，勤懒好恶掇一箩。
是非曲直味异品，遗待未来面镜梳。

住在大世间右首村口嶙头内九间楼的是祖公二房陈化次子的后人。从明到清，人丁盛衰曾经历过两个高峰。低落期九间屋宇倒塌了五间。在社会适存弱汰的恶浪中，经九代摄生仅存慈坤一支。慈坤生有六子，两个命短早逝，其他四个，个个学会了一身手艺。长子祥大是裁缝好手，全家在武义为人做衣服。另外两个弟弟都是泥瓦匠，在邻近打工兼务农业，守住了祖宗未倒塌的房屋。次子祥保还将其中一间升建为三层楼台。最小的祥福，也跟两兄长一起学过泥瓦匠，有手艺却不务正业，一心想吃白来饭，霍无头钱，便去武义谋生，参加了白军，还当了个中队长。

祥保和两个兄弟都师从内点徐庆，祥保手艺最精。徐庆承建黄碧村陈氏花门桥头宗祠时，师徒俩都在施工，分别垒筑一方砖墙，祥保筑的墙面比师傅平整，缝道细，相同层次比师傅短了半块砖头高。观众看了对徐庆“称赞”不绝：“真是青出于蓝，你的徒弟手艺比师傅好啊。”师傅害羞，祥保生怕师傅被淘汰失业，便自动休工脱离工地，去外地做工。

祥保虽然有一身好手艺，可别人家闺女看不上这种抓泥巴揣石头的粗鲁山汉。而且外出做手艺，闲暇中喜欢聚众赌博，将近三十岁了还没有娶到媳妇。时来运转，一次赌博中赌棍们赌出了性头，其中一个赌徒，在连续输银的形势下输红了眼，有人劝诫他还不服，不甘心罢赌，最后把自己的老婆也押上赌桌。一个“开啦谛该”[①]祥保幸运地中了宝，赢得了一个老婆。

赌桌上赢来的这个“老婆”名叫木米，靖东人，当年三十岁。丈夫爱赌博

---

① 开啦谛该：当地赌桌习语，用于求好的赌运。

日夜不归家，感情本来就不很和睦，尚未生男育女，如今赌棍丈夫将她输给了另一个赌棍。一方面，大陆村是一个偏僻的山村，比不上自己从小长大的东方平畈；另一方面，新的这个赌棍丈夫是年二十七岁，比自己还小三岁，虽然男方觉得“女大三，抱金砖”，但女方却似觉有伤风俗，于是决心不改嫁。赢家巴不得娶妻成亲，从天掉下块“老婆金砖”，欢天喜地；输家没办法填补赌债，本来感情不深，无奈中只得以夫威逼嫁。议好过亲日期，祥保请人抬了花轿去迎亲。家中三朋四友六亲九眷来贺喜。花轿来到东方，木米如疯如癫哭哭啼啼，劝乃不听，拖也不走，反正坚决不肯上轿。

晌午，祥保家等待喝喜酒的亲朋，看到了这么一幕：从隔松阜那边，去迎亲的队伍回来了。两个后生抬着一架两脚木梯过来。梯上以绳索捆肉猪似的捆绑着一个女人。（一说徐万文肩上扛着麻袋，袋包了一只活货回来。）女人手脚四肢绳捆索扎，不得动弹，嘴巴还是有气无力地“前世作恶”“前世冤家”的喊骂，迎亲的花轿空着随在后头。

在那万恶的封建旧社会，一个女人还有什么能威风的呢？“嫁鸡随鸡，嫁狗随狗，嫁着狐狸绕山走。”称得上“嫁”已是万幸了。不然当作货物交易也无可厚非。

前面已述的肃生有个哥哥叫肃国，因为陈祖二房的长子移居上厂，他的门下替承了二房为长，居于大世间右首七间楼内。肃国传世四代没有多支，到慈鑫时才有两子祥庆和祥余。

祥庆自小出天花成了麻子脸，也不务正业酷爱赌博。赌博总是有输有赢，凡赌徒都是输了不甘心，想赢回来；赢了又贪心不满足，还想多赢。祥庆已经赢了一大笔钱，已属后一类型，最后却又输到将所赢钱全赔光还不够，心急如焚。有人帮他出了个主意：“以所赢得的钱，赶紧建起房屋，下次输时使赢家无法逼讨，总不得抬去房子。”用赖皮的方法，赖过这些赌债。于是祥庆就在原陈祖最早居住的平房右边盖起了三间楼房。没有屋瓦片，就把慈祥家垒叠在边上的一窑新瓦片都盖上了。

祥庆依赖赌利盖成房屋，尝得滋味，贪心不死重蹈覆辙，一年到头四处赌博。此年出去冤家路窄，赌棍相逢讨不到赌债，也得以命偿还。祥庆从此再无音信，丢下一个老婆和孩子。后来老婆死了，剩下的孩子挨户讨食，人人可怜。

祥庆的弟弟祥余是读过书的人，高小毕业。大陆村过去高小毕业确实寥寥无几，所以祥余可算得一个文化人。人常说："宁可到外地当警察，不可在本地当大官。"祥余年轻时到新建乐口（即今小[illegible]）乡当上了乡保。他的前妻早卒，继娶尚氏，育二子。第一个儿子就是住在周坎头时生的，为纪念工作过的地方，故取名"乐周"。夫妻望子成龙教子有方，以"贤"冠子名。平时都不许小孩说粗鲁的话。有不懂事孩子到他家玩，顺口说一句："你娘×。"她就温柔地训问："哟，这小孩是哪来的啊？讲话这么难听。"使得一起玩的孩子再也不敢胡说。

读过书的人门路宽，祥余到外地当乡保时还在近地仙岩铺开办了个酒坊，经营黄酒酿造。生意兴隆，财源广进，也是大陆村的上等人家。

肃生还有个弟弟肃静，经五代传世有的移居碧井村和黄碧村，在大陆村只留了慈球后二兄弟：祥兰和祥周。祖父懿桓因生三子缺少房屋，曾买来慈然家十八间右廊世间，后由于生活困迫又卖于鸿图次子慈嘉。祥兰生养了一对儿子，他从小学做裁缝，因温柔敦厚生意有限。生活尚阮囊羞涩并日而食，更是上无片瓦，下无立锥之地，只得把亲生的小儿子送人，身边只带一个烂脚的大儿子劳作挣钱。但生活仍捉襟见肘，父子只得分散干活。大儿子惠松到黄碧村打长工，主人仙妹待人心善，可怜惠松烂脚不便，找来草药为他敷治，长年的烂脚从此痊愈。惠松为人老实巴交，与人打工从不偷盗主人一针一线，他常对人说："做人要做正派，要有大方气派，鸿图、慈祥是我的为人榜样。"肃静家历代清正为人，靠力气挣钱收入有限，所以世代未曾建造房屋，只能借祖宗大世间安居。祥周自小学做木工，也是刚直老实人，说话截铁："卖掉呃，你们十八间的正屋世间我还有份，正首世间曾属我公。"祥周从碧虞娶得二婚妇陆氏，带来一少女惠月，再未生育孩子。仅住路边一小间楼屋。门后泥锅灶，灶旁水缸灶下养鸡，锅灶对床铺，床头粪桶床前饭桌，还放一架上楼两脚梯。人进去无法转身。然而夫妻不以贫困忧郁，有人路过门口，不失喜笑颜开逢迎接待。

惠月长大成人后，为免家人被抽壮丁，欲许给本保吴源村乡保的儿子。奈何乡保的儿子不予承受，后招祥富妻前子惠宇为夫。居女方不到一年，惠宇厌恶祥周家客人多货物少，房屋家具一无所有，一拍屁股管自离去了。后来同一姓应名余者结婚，生两子，长续陈姓，次归宗本姓，一女出嫁。

应余部队退伍，在丽水化肥厂工作。一个“副县长级干部”退休回家，一年从大年初一到除夕三十日，起早摸黑无休止地干。好似与后文记述的慈嘉同出一辙。路过人家田边顺手牵羊拔豆，人家晾晒衣裤风吹落地，随手捡拾归己，被人谩骂“白摸”后又偷偷放回。夜阑人静时还到灵廊山偷树，取木料劈柴卖。平时只准惠月烧毛碎柴草，如若烧饭误用一块柴爿，就得受训。近年体衰力弱了，路过人家柴堆，捡一废塑料袋包着柴爿一片，半瞒人眼，腋夹回家。

一言了然：勤劳致富个个赞，手长眼浅人人睆。

叁

鸿图创业首拔尖，医药地理巧精传。

兴家贵配贤内助，公益私福纳双全。

都说大陆村没有发展宏图，却偏偏出了个名叫鸿图的人物，是肃生的后代，原名叫懿星，鸿图是他的考名。鸿图博学多才，爱好面广，懂医学精地理。村中邻里谁家有人生病细痛，他常会布施些中草药及时解除痛苦。鸿图平时抽空遍踏各地山水，遇逢山势玲珑曲径通幽的所在，即依故命名。“两龙抢珠”“荷花坐坛”“鲤鱼戏水”等名地，处处适入典论。经他所点就的地形，环山、绕水、避风、坐穴、明堂，地理五要皆切，同行熟门验考皆无破绽。

他给后人自家选用了名地多处，其中一处叫“三星拱月”，山形地势逼真逼现。此地坐落在海拔千米以上的高山。四面环山，中心拱一“月”，前方耸立高达五百米的三大山峰，恰似“三星拱拜”。“月”之右边凸立一小山峰，犹如“朝钟”覆立。“月”之左边伸来一坪垄，辟平成了田，正像“暮鼓”台仰。据说鸿图的一个孙子后来当了团长，正是发脉此“三星拱月”宝地。

鸿图忙完农活就兼替人貌风水，经他指点的地理借势踞蟠，有典有故。入圹后的坟主家中无不旺丁生财。有捧千秧田银的大红包来拜谢先生，人人称羡。相邻郡县振振有名，有需选地的富户每每抬着大轿从远处来接。

鸿图有个贤惠的夫人刘氏，勤劳治家，节俭朴实，更聪明的是能随时注意维护丈夫的威望和面子。鸿图如果不外出，就到自己田里干活，因为田地有限，又不习惯在家闲着，所以没有请长工。当他在地里干活时，或有人从外地来请先生貌风水选穴地，到了鸿图家遇上刘氏，问：“陈先生在家吗?”“我家里不在家。”刘氏从来不直呼自己丈夫的名字，凡到她家的客人她都会客气地接待，“刚刚到地里去，看看那些世革倪（小长工）本事（听话）否。请先生坐坐，待我去叫回来。”于是抱着丈夫外出做先生专穿的一套长衫和一双鞋，拿着一把阳伞偷偷从后门送到地里，让丈夫换下下地劳动穿着的破旧衣服。不久鸿图就撑着阳伞，穿着笔挺的衣衫从前门进来与宾客相逢。然后坐轿做他的先生去了。

清光绪年间乡村实行保甲编制，大陆村小归属古丽乡吴源保。村里没设"长"，鸿图处事公正，见多识广，雍容大雅，邻居有什么争执矛盾都请他从中调解，邻近地方有事也请他出面解决。

为了方便村里与保所在地吴弄联系往来，鸿图献资，发动村人出力，在村前大陆坑上架起一座石桥。石桥铭文"光绪十八年，清廿五公"，方便了群众，千古流芳。因为桥头坑边往来人多，夜深路暗时容易跌落水中，特意立了柱杆点灯照明。村人自愿天天添油点灯，后来这灯就成了人人敬奉的"天灯"。

鸿图一生理事烦劳，深有感触读书识字用场之大，有意让子孙读书。自己山村地方小，独立办不成学堂，便多次在黄碧村、姓尚等地捐资助学。

鸿图有两个儿子，长子取名慈祥，次子取名慈嘉。为父的都希望他们读书，但两个儿子性格完全不一样。小子慈嘉根本没有读书才略，只喜欢跟随父亲田头捉蜻蜓抓泥鳅，弄泥巴玩坑水。长大后，只好承接父亲操务农耕，单习苦干持家，不出三步门外。大子慈祥自少勤奋读书，成人后农闲业余学做买卖，游走城乡，见识广博，性情开宽。鸿图的两个儿子从小有异，各执己见：弟弟妒哥哥游嬉浪荡，哥哥厌弟弟老实庸碌，成家后只得各自分家。

肆

创业守业两艰难，世道歪斜莫苛攀。

舍命拼死求得财，终了焉知落何方。

鸿图家住的是嘉庆年间上代肃生所建的十八间大道坛。道坛正屋世间右边连续三间，和原来前代所建九间头连接，按长子不出房，是肃生长房支属所有。道坛正屋世间左边连续三间，和道坛其他围房是肃生次房所有。次房中鸿图为长子，可惜其后人未能继续祖宗荣耀，遇“长毛”烧屋，又碰倒霉，兄让弟的三间正屋，连同正屋世间全成灰烬，只剩乌焦破烂的转厢一间，气派的屋宇弄得冰消瓦解。

懿洪生育五子，续出败家门破产业的子孙。四个儿子假父荣耀，游手好闲，荒荡不学。个个未能继承父志，未得成家先后去世以致无后。仅三子慈泽生有两儿一女，筚路蓝缕创业，布衣蔬食生活，常年勤苦乃恢复不起“荣寿冠带”的光芒。女儿出嫁，一个儿子早逝，另一个儿子过继给了大哥慈然，虽然学过泥瓦匠，但手艺不精，不务正业，放荡的后果便是跛脚不全。慈然死得早，其妻刘氏养育小叔祧子。不但无力修建“长毛”反时烧毁的房屋，还把祖父遗下右厢世间出卖给肃生之弟支下懿桓，补充生活，之后只好在原火烧屋基地上搭两间草棚勉强度日。

肃生长房传到第四代分房三支，一度人丁兴盛，两世子孙旺发到二十多人口，夭折和不得成人临终的过半。有人说：“所住房屋风水不好，屋后有玲珑山小柱头的冲破，故而折丁损财。”这其实是无理可据的一种迷信猜断，实际原因之一是家庭贫病交加，难能养生。更深因素还在时逢清末民国初社会混乱，政府抽丁，匪徒派捐，弄得老实百姓躲丁避捐，终年不得安宁。病者无钱医治饮恨待归，壮者逃丁离家，雁过无声。

如其中第二房支生惠土有三男一女，一子先逝。当时无钱买壮丁，留下两子外逃。终究一个避抽丁后杳无音信，另一个仍被抽去当兵，后至台湾。其妻年长，身边只有一女，欲待儿子回来承业，将女儿出嫁黄碧村。儿子不曾回来，惠土却脑子错乱癫狂而终。其实在台湾的儿子和溪娶妻生一子，小子不听话，偷钱给母亲习赌，和溪生活艰苦早年去世。后来惠土的女儿也病故了，女儿的女儿照料不了许多，索性将娘家在大陆村的所有断壁残垣破败房屋，都送卖于长房续子元和。

民国年间多战乱，国家战事频繁，为壮部队，兵役采取“抽壮丁”手段。从中央政府到省到县到乡到村，由各级保队伍负责层层落实加派。村里的百姓不愿当兵，宁愿出钱“买壮丁”。大陆村规定每个壮丁四十斤米，给愿去的人。青年愿拿钱去当兵叫“卖壮丁”。壮丁收齐后由乡保队伍送交县保队伍接收，县保队伍移交部队，层层递交。好多被抽的壮丁，趁监队不注意之隙，偷偷溜掉逃跑回家，如果地方不追问便是大吉。

上述第三房支下祥梧有三子一女，长子夭折，次子惠彬两次卖壮丁都溜回。祥梧正利用其子卖壮丁所得资金来源，为两子在本村嶙头下建了七间楼房。可惜惠彬后来久病不起，医治无效，还打过“雷公操”却终是离世。临终对女儿遗言：“长大不要出嫁。”显然不甘心自己拿命换来的房产由外人承续。过后，其妻招入一姓施名寅的进门，将惠彬所生独女出嫁，立后夫所育一子惠生为继承者。改革开放后，惠生又将惠彬卖壮丁的钱所建的份屋，拆建成三间五层砼楼。

肃生长房之长房惠才育有一男三女。男孩早年去世，两大女出嫁，三女儿招仙岩丁姓外甥和法为婿，改陈姓，遗下多女一子。其中小女嫁夫不遂，回娘家服毒自杀。子元和继生二女，多方协商，小女招婿陈弄口陈姓入继，拆建所买烂碹改建五层砼房。

自从康熙年间忠官徙居上厂，经三代传续，他的上房遗子三人祥炉、祥瑶、祥勋，他的次房祥魁，养三子和一哑巴女。四兄弟老实巴交，勤劳耕作，身强力壮精心巧手，竹木泥石都能自己动手劳作，历年自作自给宽裕富足。正当两家人趁年轻力壮，胼手胝足欲营造起一户人家的时候却连遭横祸。祥炉和祥魁病毙壮年，祥炉妻因生活困难，不得不携带刚周岁的小儿改嫁他家，遗下七岁的儿子跟随年老的祖母一起生活。国民党军队派丁不成便派部队四处乱抓，祥勋和祥魁的长子均被抓去当了壮丁。忠官后裔只剩祥瑶一个全家，还有的就是祥魁年岁已大的妻子及一媳一孙和泰，祥炉的老母及一子惠彦。

村镇人多，邻里口角有人评，是非曲直有人辩。三国鼎立，孙吴与曹魏交际，疑虑合营攻蜀。曹魏同刘蜀交通，疑心合作攻吴。刘蜀和孙吴交谈，疑惑合谋攻魏。邻间失斧疑神疑鬼，三家伶牙俐齿势均力敌，局外人难辩长短。

长期的争斗，使各户都按捺不住，先后将住房散建远离，任凭祖屋自然倒塌。到了二十世纪初，除半呆半痴的祥魁儿媳独尼龙布盖顶的破落房外，整个屋子都变成了废墟。

大道坛十八间房，除以上所述九间和大阊门间外，余下均是鸿图支下。虽然是分家，鉴于鸿图的治家威严，仍视为一家。两兄弟所生儿子仍统一排次。弟弟生的第一个孙叫大哥，哥哥生的第二个孙叫二哥，随后弟弟生的依次称兄道弟。左世间两家公用，慈嘉子多分住四间，后来又从懿桓处买来右廊世间房，修为住房给第三个儿子居住。北边的两间归其兄慈祥。分书写明："阊门间为整个道坛众人出入，东首弄堂供两家过往。"

慈嘉买回原来慈泽卖出的下首世间后，其次子祥灵眼看懿洪后人修不起屋，眼巴巴瞪着祥昌的草房策划归己。祥昌三十开外娶不起亲，关心他家的祥灵给祥昌做媒"去天井进舍"，叫祥昌将"草屋卖给我"，但受到了慈祥的阻止。

伍

偏财勤俭训少松，淫蛮赌窃误宽容。

生男育女世然定，外使问俗古今同。

鸿图的次子慈嘉自立家业后，只认蛮头苦干勤俭持家，把希望寄托到两个儿子身上。一年三百六十五天，没年没节地天天早出晚归两头摸黑，赶农时节气比别人都早，年年稻谷丰收杂项阜旺，种田技术令村里人佩服。可惜小谋透顶，田头地角什么都要，用膳回家从无空手，担粪桶也要顺手拔菜，使人看不起。村人面前背后都叫他“便宜苞萝”。家里养着耕牛，舍不得让孩子放养，更舍不得请放牛娃。自己一边干活一边放牛。吃来人家的东西，就是他的收获。

有一次他在田里铲麦，有人通知他：“你的牛吃人家庄稼了！”他慢慢腾腾地伸伸腰说：“小朋友，我在这里铲麦多铲一株也好。你把我的牛牵旁边吧。”说完还是铲他的麦。知会与他消息的人见了不顺眼，赌气将他的牛牵到慈嘉自己的百秧麦田中间。待他发觉以后生气地问牵牛人：“你为什么这样恶，让我牛吃掉一大片麦子！”牵牛人说：“这样你尽管专心致志铲你的麦，铲上一天也与别人无关了呀。”

慈嘉前面的老婆去世后再娶过两次，又生两子。最后一个节俭方面与慈嘉正好拼对。若一个人在家时都不用动火烟，用餐时辰一到，便出去逻门头。走到邻居火房，人家正在做饭，若问她：“食过咪？”“未，还有两粒饭泡泡讷咯便是。”一口永康方言。邻里说：“那便在我家食点吧。”她总会像在自家一样大方，毫不客气地取碗盛饭，为自家省一粒饭一根柴。

由于夫妻勤恳劳作，家中逐渐富裕起来。养的四个儿子，两个大的都娶了媳妇，可同样十分节俭。未分家，平时晚餐从来不舍得吃一顿干饭，全家人只准喝稀粥过餐。喝粥配咸菜是这个家常年形成的习惯。如果哪天晚餐媳

妇们烧了一顿米饭，或用油炒了腌菜，慈嘉田里干活归来看到就要大发雷霆，骂得掌厨媳妇屁滚尿流，抬不得头。两个媳妇只得在做饭的时候偷偷从粥中捞碗饭吃。收割时两媳妇在晒谷场上合谋，趁公公还在地里忙碌，两人将整箩筐米抬进自家房间，以饱私囊。

长子祥杲娶了个淫荡的长得满脸麻子的媳妇周山朋，相好满屋，跛脚饶舌都为之拼对。相好前门出后门入，门庭若市。大儿子京山就是前面提到的慈然继子的儿子。三十多岁娶不起老婆，饥不择食搭起孙嫂关爱，日久焉知碰上户主，被整得个跛脚终身。由于老婆常年养有相好，祥杲心积怨愤，加上常年劳累，年仅半百就弃“子”归阴了。祥杲死后，其妻更为淫乱无忌，竟于丈夫去世后仅十七个月又生一野种。不敢生产在家里，大着肚皮到黄碧村蓬头殿猫下。倒是伯婆慈祥妻施氏，认为自家丁单，劝说慈嘉夫妇，才算息事，将孩子抱回养大。这个孩子讲话结结巴巴，取名京土。

次子祥炅生来性格脾气谋财技量，与其父相比有过之无不及，是“便宜苞萝”的切实接班人。黄碧村有个来大陆村欲买玉米的人，遇到祥昊问其：“谁家有玉米籽?”祥昊说：“我家有，但是我家‘包萝籽’都在我三哥处，他卖得‘便宜’。”问者茫然，不懂话里有话，便真的去向祥炅买。让祥炅一顿痛骂。

祥炅仗着自己的妻舅是黄碧村有名的财主，又是有权势人物，为人格外威风。分家后除继父业耕种田地外，还养了只大水牛和母猪，置办了一架硕大的石研磨碾轧饲料机器。猪窝、研磨都安置于整所道坛十多户人家赖以出入的阊门间。牛粪猪尿弄得整所道坛瘴气熏天不说，也让人难以过往。然后祥炅逐步谋取大阊门前围墙和晒场建房，两次移改围墙门位。企图让整所道坛众人只能由小弄堂出入，彻底阻断阊门间过往，归己私屋。这样一来整个住宅新媳妇抬不进来，丧葬人抬不出去，居此的人个个反对人人指责，却没人敢当面对这头“大水牛”怎么样。慈祥的孙子惠瑞为维护整个道坛众人利益，出面坚决阻止，总算没被完全阻绝。最后大阊门出路移向阊门与东首弄堂之间，众人出入得弯两个弯。祥炅不得建成的一榀木赌气硬着不拆，整个道坛众人奈何他不得。

祥炅生有一子三女。他的儿子年轻夭折，曾娶媳妇生一孙女。祥炅为传宗接代，不惜放弃亲生骨血，瞒天过海抱女从仙岩丁家换来一子，取名和禾承接宗祠。

祥灵对小孙子自小就“宠子不教”，把他养成了小偷，经常让其从自家灶前偷出火柴玩火药铳，引诱邻居儿童也拿火药给他孙子玩。邻居对孩子打骂，教育自己的孩子，他却在一边赞扬自己的小孙有本事。

慈嘉的两个大儿子早娶媳妇，需参与养家农活，读书有限。所以慈嘉对两个晚妻生的两个小儿子特抱希望，要求相当严厉。每每从田畈回家见他们贪玩，就会赶过去鞭揪荆打。这两个儿子大的叫祥昊，小的叫祥旻。两个被打怕了，到快吃饭时就注意，远远看到父亲来了，就捧着书，装作用功的样子，书声琅琅。

祥昊学名陈琳，说到陈琳不免让人联想到《狸猫换太子》中的陈林，其实这个陈琳与陈林脾性正好相反，这个陈琳与《狸猫换太子》中同为太监的阁槐恰在伯仲之间。陈琳借少时读了点书，之后到近村白岩做教书先生。回村一贯夜郎自大，逢人就镜花水月，夸夸其谈，从来不怕自己的口风扇掉了舌头，其忌妒之心也是大陆村的典型。

祥昊很年轻就娶了老婆，有笑人晚婚的资本。本村慈坤之子祥富，夫妻中年得子相当高兴，正在请客祝贺。祥昊却在一旁笑人家说：“四十来岁才生儿子，有什么值得快活啊。”

此前几年，他老婆给他生下了孩子，不过是个女婴。祥昊跟他的哥哥祥灵一样，厌女孩不能传宗接代，就在隔壁灰炉屋，狠心用炉灰将婴儿活活闷死。虎毒尚不食其子，真是狗彘不如，前妻也为此悲郁离世。

后来祥昊继娶了个老婆。有道是一张床不睡两样人，也有人说他所住的房子门槛脚基有犯。祥昊住房是懿洪后人卖给懿桓的。以前懿桓老婆，人叫懿桓伯娘，整天站门口与人交头接耳，观瞻过往行人手里东西。不过懿桓伯娘是出于关心邻人，好心帮助人，非眼红别人东西。如果有人问：“懿桓伯娘，今天黄碧村要去吗？我家有点事去不了，你若去给我带点东西好吗？”那懿桓伯娘本来不打算去黄碧村，也马上会说：“我要去。你要买什么？我给你带来吧。”专程帮人跑一趟。

祥昊夫妻与懿桓伯娘行动的样子相似，其出发实意却相反。别人的东西家财，希望都是他俩的，人家有他家无，就会心头发痒。有人从黄碧村买东西回来，路过他家门口，就会受到他夫妻俩的“热情款待”。嘴上一边说：“哪回来呀？手拿的什么呀？着力吗？还早哇，嬉嬉添！”一边伸手抓过东西看。如

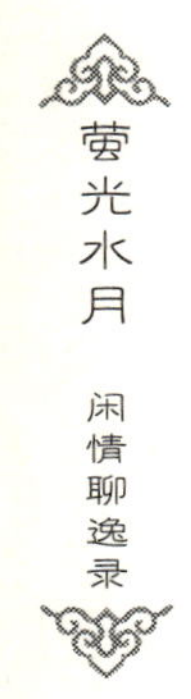

果你提的东西是现成可吃的，不与他俩分享就别想过关；如果你提的东西要烧过吃，他们会教你“怎样怎样烧，才好吃”。在他们的“热心关怀”下，或者他家借锅给你现烧，或者他们接受你聘请到你家去“帮助”。如果你添置了什么新东西，他就永远记住你家已有什么，伺机久借无归，占为己有。

祥昊与晚妻情投意合，但是送子观音就再没有送给他们一个孩子，后来只得从亲戚家领来一个。家里难得养起一头猪，杀来全都夫妻俩自己吃，倒怨养子父母不贴一只小猪成本，再养不成猪。不满十岁的儿童，不给吃饱饭，天天要让他放牛，还要逼迫他每天砍两担柴火，少了就饱以柴棒。百般虐待，奴隶不如，统村不服。双亲心痛自己亲生子在别人家受苦，不到一年便带了回去。

“会笑笑别人，悱笑笑自身。”祥昊自豪年轻有老婆，笑别人四十来岁娶亲生子。被其笑的祥富睁眼讥看祥昊，结果身无后影。十年后祥富为自己的儿子十岁贺生日，特意“邀请”祥昊到场赴宴。祥昊还以为自己有名望，人家在奉情他，吹牛不绝。岂知人家有意讥笑他。不过脸皮厚，只要有得吃，食归就算自己赚了。

慈嘉小儿祥旻，少年时在其父的柴棒下确实读了些书，因为家庭经济富有，长大了跟随赌徒瞒着父亲学赌。有一次在外赌博整整一个通宵，开头还赢得高兴，庄越押越大，后来一铺麻将就输掉了一丘百廿把秧田银。赌场是黄碧村有“名望”的财主芳德家，祥旻不敢赖皮，当夜押契作卖兑现。天明回家，父亲和其兄拉他到世间，跪在供奉去世的祖父鸿图贺桌香碗前责打。受家人谩骂只好别妻弃家，丢下幼女外逃到叔伯姐夫处谋差。

祥旻的叔伯姐夫就是慈祥的女婿，吴弄人勇逊。勇逊当时在安徽治淮委员会当工程师，有权安插使用工人。自己内弟远道而来投奔，当然高兴，便留下安排搞水利测量，并趁空常带他去近处民家闲散。日久人熟，有一位长者视其堂皇男子，气宇不凡，一派人才。不由关切地问：“家中可有媳妇了吗？”

祥旻以逊语回答：“没娶老婆。”

“那么如果不厌弃，我家女儿嫁给你为妻如何？”民国时期越省行乞不鲜的淮北穷苦民众，能嫁女去青山绿水、鱼米之乡的浙江该当万幸，何况攀附到顶顶工程师亲戚。

客乡诚实老汉的问话，让祥旻觉得很新奇，他觉得有意思，顺口与其开了个玩笑，说：“好，好。”

俗话说入境问禁，入乡问随俗。安徽地区民俗：儿女娶嫁大事，一旦双方同意，即使是口头承诺，婚姻就算钉定，不得如意更翻。一旦翻改，女子另嫁就会带有终身污垢。祥旻无心的两个“好”，却让原本一个完美家庭别鹤离鸾，伯劳飞燕妻离子散。

陆

紧己手头宏济贫，自家当护何言清。
省授惠及灾黎匾，训导万世子孙铭。

鸿图的长子慈祥与其弟性格完全不一样。幼年用功读书，考得“国学生”“太学生”双冠荣衔。慈祥年轻时就喜欢学做买卖，后来逐渐成了专卖烧纸炮仗的专业户。他家烧纸的货源来自汝昌，火炮进货都去松阳，两款货色都是这两个县的特产。特别是汝昌火炮“个个响”，绝无哑炮，质量闻名全国。因为慈祥操业讲信用，厂家对近地客户，仅以慈祥同另一家为专卖对象。慈祥吃苦耐劳，不辞辛苦，远道购销，广跑市场，生意公道，薄利多销。长年累月赢得广大客户的信赖，生意越做越昌盛。

尽管生意兴隆，节俭持家还是大陆村的传统习俗。慈祥有个勤俭持家的夫人施氏。施氏一年到头舍不得无故丢弃一粒米饭，用她自己的话说：“剩粥烂饭，吞落三寸都一样。”可是当有生意人挑担到大陆村这个穷山村买卖京货时，就会联想到自己丈夫做买卖的辛苦，也就会体谅人家，其他货物不需要的话，至少针也要买几枚，以视作情卖客。她说：“人家好心远路辛辛苦苦挑担来这山底窝头，不作情一点生意怎对得起人家？”晚上做女工活不小心掉落一枚针，即使点了一支半斤通蜡烛也要找回来。因为自家田埂有柏树，柏子可加工制成蜡烛，不需花金钱向外买，“男人在外挣钱难啊！”

慈祥远道买卖，从来舍不得在外食宿。每外出总是起早摸黑，中餐带饭冷食。也亏家里娶得好贤妻，施氏早上都是起早灯下做好早饭，伺候丈夫饱食，热心送出门口上路。晚上丈夫未回之前就烧起满桌丈夫喜欢吃的香喷喷的菜，温好热腾腾的酒，等待丈夫平安回家。

施氏服侍丈夫殷勤体贴，节俭持家，对待贫寒人家，却又十分肚量开怀，乐意疏财布施，对邻居更是济困扶危有求必助。

道坛有一户人家，就是前面提到过的鸿图弟弟，“荣寿冠带”的懿洪家。越二代衰落，弄得家徒四壁，寮架悬箩数米以炊，大人孩子鹑衣百结。施氏见他家生活贫苦，经常盛米饭给他们充饥。有时见刘氏坐门口无主意发愣，施氏料知无米下锅，就主动从自家取来整箩筐白米接济渡难。慈然的儿子名祥昌，作风不正，五伦不分，殴斗至脚残。因为家贫貌丑，年过三十岁没有女子肯嫁。

有一天，慈祥在黄碧村坑沿碰见一个卖茶女子，年纪二十多岁，身穿破旧衣衫。因为没人买她的茶，又没讨到饭吃，饿得在墙角哭泣。慈祥心觉可怜，过去搭讪问了她的一些来历，了解到她的家庭情况。女人姓钦，尚没婆家。慈祥心想这么大年龄没嫁人，与祥昌倒恰拼对。最后问她愿不愿意嫁到大陆村来，钦女点头默许，便跟随慈祥来到大陆村上道坛。看过了慈然刘氏的家和他的跛脚儿子后，女人欣然同意留下。

“穷户莫添口，添口更贫穷。”慈然刘氏家本来就家贫如洗，现在凭空天降一个媳妇，生活更是艰难竭蹶。但慈祥并不认为自己多管闲事，他认为慈然与自己是仅隔一代的叔伯兄弟，为了叔家不至断门绝后，做好事理所应当。他好事做到底，为了对得起这位信任他跟随他来的钦女，夫妻俩更加古道热肠，关心刘氏家粥饭。不论春夏秋冬，即便新谷归仓也必送去新米。每逢刘氏家缺食断炊，只要开口慈祥都乐意地相助，一筐一袋一箩一担，不上秤钩就过去。长年累月从未记账，也无意向她讨还。

几年后劳苦的刘氏生病卧床不起，临终前叫来儿子和媳妇嘱咐说：“我们这个家，全靠慈祥伯伯家养活，你们俩都见到的。没有他，你们成不了家。多年来我们不知吃了他家多少食粮，用了他家多少钱钞，料你们也偿还不起。我这里已写了个契条，把这间破房抵偿给他。你俩去请伯娘来吧。”

施氏刚走到门口，刘氏感激涕零说不出多话：“你们真好啊，我家没有你们如今不知是怎么个样子啊。是你家帮我儿娶了媳妇，不然我这个家必然断了香火。我欠下你们家不知多少粮米和钱钞，如今我也将到慈然那里去了，不想欠的账给他们还。我这顶破箬帽知道偿不了我家欠下你们家的账，现在当着他们两夫妻摘给你，你莫嫌弃。我去后还求你家多多照顾他们。”递过契条要施氏收下。

施氏推却：“我们不是外人，都是自家人，救急的事我自心意情愿，无账可

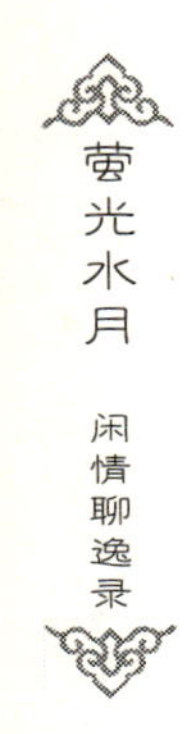

提，你莫多心，好好养病。”

刘氏不让：“心事不了，死不瞑目。”

最后她儿子和媳妇跪地说：“伯母待我们好，我们忘不了。就依我娘的心意收了吧，什么时候你家需用房子，我们就搬到草房去。再说我家自会泥水，慢慢地可在基地上盖起新房，没事。”

施氏推让不得，见说得诚恳，只好收了刘氏给的契约。

施氏回家与丈夫商议。慈祥说：“是自家人说什么‘欠账’‘偿情’。她心意不过，不领情不好，按慈嘉从懿桓伯娘处买回北世间的价再给她米好了。现在自家用不到这间屋，等他修起正屋或自家用上屋再说。”

施氏按丈夫意思照办，使刘氏有钱治病，刘氏一家感激涕零。

半年后刘氏终病逝，施氏又拿钱帮钦氏夫妻办理后事。钦氏和她丈夫祥昌后来生三女，长、次女出嫁，留幼女陈仙，招盘溪茶弄陈姓为婿成家。这个应招女婿原处比大陆村还山幽，家庭人口多，苦活出身，肯干。二十世纪六十年代后，拆除茅屋改建起简易泥瓦房，生一子单名用。

慈祥是大陆祖公第十四世孙。虽然挣钱辛苦，治家节俭，济困护贫通情达理，且热心公益事业。因为大陆地方小，人口少，经济贫困，办不起学堂，请不起教书先生。慈祥就捐资同黄碧村上街本族在陈氏宗祠合办了一所小学。村民儿童从此有了读书的机会。

慈祥不但对近邻护贫济危，而且心怀社会灾民。民国十一年即一九二二年安徽地区遭受严重灾害，慈祥慷慨解囊赈济灾区粮谷，受浙江省省长张载阳奖赏，被授予“惠及灾黎”匾额，高挂在上道坛十八间左廊厢世间，为后人树起榜样。

柒

日寇侵华国临亡，挥军抗战台儿庄。
幸灾乐祸泄私怨，万千烈士哀歌壮。

慈祥有一个儿子和一个女儿。女儿出嫁吴源勇逊，前面已说到过。儿子名祥善，字理。陈理自少志向远大，在父母教导下映雪读书，学而不厌。时逢清政府气数将尽，国民革命正在全国兴起，军阀割据势均力敌。到处刀光剑影，烽火连天，社会形势大乱。心怀一片爱国赤心的陈理，为国立功之心早已按捺不住，奋志疾向弹雨，欲血疆场，于是投笔从戎，参加了国民革命。

陈理治军威严，冲锋陷阵声威大震。敌军遇见每每丢魂丧胆，闻风而溃。他对下属又情同手足体恤关怀。带领部队进驻村镇鸡犬不惊，秋毫无犯。

有一次陈理受命调兵，部队整日行军，晚上进驻某村庄。部队里的一个勤务兵朱某，考虑首长长途跋涉辛苦，打算找个木盆给首长洗个热水脚。由于当时战乱，老百姓听说有兵路过，怕有骚扰，家家户户都提早闭门避事。朱某走了很多门户，刚好发现有一家还没关门，门口正放着一只木盆，急忙提起木盆，就跑回来给首长洗脚。陈理见他跑得慌张，问他："这木盆哪儿来？"

"那，那边一户人家没睡，他家门口拿来的。"

朱某看到首长脸色严肃，加上刚才跑得气喘，答话有些口吃。"向人家借了没有？"朱某被问得哑口无言。"如此不遵守军纪，该罚！"

两个卫兵过来拖走了这个勤务兵，这时木盆的主人刚好走来，看见自己的木盆又看到这个惊心的场面，一肚子的话一下子都不敢说了。

"打。"

陈团长的一个"打"字出口，这个勤务兵吃了不少皮肉之苦。

朱某跟随陈理多年，知道自己首长脾气，只怪自己一时掉以轻心，忘记了首长历来的教诲，今日违反军纪也是罪有应得，只得忍痛挨板。

“一,二,三,四……”

一个卫兵数到十几板时朱某的屁股渗出了血,木盆的主人这才恍然大悟,知道这个兵的受责与自己的木盆有关,面呈愧色。他看看这个受打的痛苦的兵,又看见旁边的这位军官的眼角都湿了,不自觉地也随着掉起了眼泪,诚挚地走到陈理面前求情说:“请这位长官息怒,这木盆是我的,一个木盆拿来用一下有什么关系,何必要他挨打呀。”

陈理对朱某本来印象很好,对朱某的工作历来相当满意,只是出于律纪的严肃性不得不忍心责打。此时有这位乡民的求情正可顺阶减罚,即示意停止责打。

事后那个木盆的主人还提来一桶热水,请这位治军严明的长官洗脚。

“兄弟和睦旁人难欺,同胞内战外族入侵。”正当我国处于混乱情势时期,日本帝国主义于一九三一年挑起了“九一八”事变,侵占了我国大片领土,甚至宣称要独占中国。日军在中国土地上肆意烧杀掳掠,横行霸道,推行“清乡”“治安强化”政策。

一九四四年,日军来到大陆村。大陆村男女闻风丧胆全村恐慌,除几个带病老妇不能行动外,全村都外出“逃日本人”。鬼子进村挨门逐户翻箱倒柜,大叫:“洋货(银圆),来洋货!”强迫老妇为其抬水做饭。也有一个心善的日本人,到十八间看见一位近七十岁的残妇惊慌失措地坐在门口,倒安慰着说:“老太婆不必惊慌,不关你事,别怕。”其他鬼子一进村都是气焰嚣张,耀武扬威。他们嫌柴火做饭速度慢,就敲破崭新的油漆橱柜当柴烧。吃完了饭即将做饭的铁锅砸烂,还在米缸里拉屎撒尿,最后扬长而去。

此时全国上下无处不弥漫着愁云惨雾,有感于危急的情势,全国学生掀起抗日救亡运动高潮,各方百姓同仇敌忾,掀起抗日救国热潮,国共合作奋起抗日。

日军南下路过好溪谷时,好溪谷人民协助徐达率领的部队在三里街抗击。枪弹火药缺乏,徐达发动群众集中纸炮仗、洋油箱,借炮仗在油箱中爆炸发出的“砰啪”声以虚张声势。日本人闻声丧胆不敢前进,只得改道。

蒋介石统治的国民党军队,各级官员贪赃枉法严重,军饷层层贪剥。驻防士兵冬天穿短裤衬衫,开春发棉衣皮靴。额员队队空缺,为应付查点,临时到处抽丁抓夫,搞得百姓人心惶惶。政府好似穷兵黩武,真正打起仗来都是节节败退。

日军经过大陆村时，西边万景山上国民党军队早在山顶挖了战壕，修筑起工事。待日军刚从东边金阡轮爬上山峰时，只听得“呗吧、呗吧”几声响，还不如节日鞭炮放得多，国民党军队就溃退到永康县里去了。由这种闻风崩溃的军队抗日，弃城丢县，国土见日沦陷，也不足为怪了。国民党政府只得被迫“迁都”重庆。

一九三八年，举世闻名的台儿庄战役打得日寇人仰马翻，丢盔弃甲，抱头鼠窜，溃不成军，消灭了四万多日本侵略者。这一仗大长了中国人民的威风，怄泄了人民百姓的嫉恨。加上苏联红军出师东北，美国在日本广岛、长崎投了原子弹，日本鬼子从此丢魂丧胆，不得不于一九四五年无条件投降。

台儿庄战役是中国人民抗日战争走向胜利的一个转折点，但中国自己的军队损伤也相当惨重，各个参战部队都不例外。战场上尸积成山，血流成河，不堪入目。当时有报载：“陈师(团)长为国殉职。”

陈理在台儿庄战役期间，指挥他带领的一个团参加此战役，在战斗中身先士卒。当时战场上炮火声震天响，子弹密集得像遮天蔽日的蝗虫，炮弹过后血肉横飞。陈理所率领的参战部队同仇敌忾，悲愤填膺，坚守阵地二十多个日日夜夜。由于日寇的负隅顽抗，兵士整排整排倒下，难以计数，指战员几乎全部战死沙场，愁云惨雾。假使有文人墨客搜索词海，亦难觅达意词语描绘现场惨状。一发不长眼的炮弹在陈理附近爆炸，他顿时失去了知觉。当时整团整师的士兵为国捐躯，战乱中难以对牺牲者一一验对，战斗结束后师旅损失惨重。陈理没有回部队，大家都认为他为国献身了，手笔快者随即献墨见报。

陈理毕业于陆军干部教导团律中央军校，参加过闽广平乱和北伐统一战争，战功彪炳，绩列史册，声威大震，职位晋升，历拜团长、旅长。陈理阵亡有忧有喜，中国百姓为失去一个抗日救国的指挥官而悲愤，国民政府为折损一员陆军将领而心痛。但消息传到大陆村，对慈祥家存嫉妒心的人却是另有想法。正应二十世纪三十年代鲁迅刻画的“受伤之后，同一营垒中的快意的笑脸。”村里有人互告：“慈祥那个当官的儿子被打死了喃。”他们不为国难担忧，却为少了一个地位高于自己的人而感到痛快。唯独慈祥老夫妇悲恸欲绝。陈理殁了，家中还有媳妇和一个刚娶孙媳的孙子，今后日子有多艰难可想

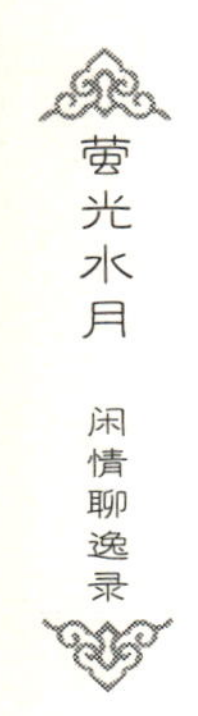

而知。

陈理手下的勤务兵，就是上次挨过板子的朱某，对自己多年跟随的首长突然永别似乎难以接受。他怀疑这不是真的，要亲眼见尸才可相信。于是他独自回到与首长最后分别的战地，在战死的战士尸堆中翻尸找寻。当时战场上死尸千百万，个个缺首断肢，血肉模糊，难以辨别，朱某只得含泪一个一个的辨认。

正在忧伤辨认之际，一匹白马从远处奔驰而来。原来这匹白马是陈团长乘骑多年的骏马。世人有赞“马行忠，羊行孝，虎行节，犬行义”，这匹忠诚的白马从主人倒地时就一直围着主人转。朱某认识首长的马，马也认识主人的勤务兵。它远远看到主人的勤务兵就跑过来报信了。朱某眼睛一亮，等马跑近来，拍了拍白马的屁股。白马点头会意转过身，一改前态以沉重的步履向前走去，朱某跟随其后。

白马来到一堆殉难战士尸体旁站住，俯首闻了闻，回头望着朱某甩了甩耳朵。朱某上去翻开两具尸体。尽管血泥满面，首长脸孔他却还是认得的。朱某喊叫几声不应，探试鼻息微微尚存，他毫不犹豫地抱起首长往背上一背，立即送到部队医院抢救。

陈理的一条命被他的勤务兵捡回来了，但他的右腿炸伤骨折，前脑壳被弹片穿过一个孔，经抢救渐渐苏醒脱离了危险。上层了解了情况后指示将陈理转到重庆医院，后转送英国治疗。

台儿庄战役中国军队伤亡惨重的一个重要原因就是国民党部队上级内部闹矛盾不团结。

台儿庄战役前，团部驻重庆时，陈理的师长为了讨好蒋介石，积极奔忙聘请当时知名的演员梅兰芳为自己的老师，让他传授技艺，殚精竭虑地在高层家属中组建京剧团。但是不惯于拍马的陈理认为国难当头尚且“娱目骋怀”，有兴致搞娱乐活动实在过于“穷极无聊”，不是时节。坚决反对组团觅乐，同时不允许自己的有一定京剧基础的小妾参加。为此这位师长记恨在心，恰逢台儿庄战役打响，在战役紧迫时刻陈理多次打电话报告师长，汇报战情和士兵伤亡情况。在敌寇火力强猛，我方兵力伤损惨重，胜负关键生死关头时刻要求增兵，师长却不理睬，肆意指示“坚守阵地”。军令如山，眼看战士一排排倒地，陈理也只得指挥弟兄们死战到底。为抗日、为救国，即使全军覆没，阵亡沙场，马革裹尸，死之也浩然。就因为军中有以国事为儿戏，用玩弄人命以报私恨的师长混占要职，导致这个团整团人马成为牺牲品，参战台儿庄战役各部惨遭重大伤亡。战后经调查真相大白，这个师长被撤了职，并按军法执行枪毙。

原来陈理在战斗中，额角中心早就被子弹擦伤，流血不止。后又被那炮弹炸到，右小腿骨折严重。经过精心医治后恢复了健康，留职重庆，担任院长管理后勤。

同室操戈时和时烈，国共合作时合时分。共产党领导的无产阶级革命事业日升月恒欣欣向荣。陈理看透了腐败的民国政府正在穷途末路上苟延残喘。陈理对形势看得十分清楚，不过作为一个军人，以忠为首，但“身在曹营心在汉”，所以决心卖剑买牛解甲归田。那时陈理的父亲已去世多年，他多次写信回家，告诫一心为子孙终身俭朴的老母：“要吃要穿，需钱任何时候都可以供奉，千万不要苦了自身去买田置地，将来害子孙。”

捌

穷庄办学折射多，贪银保长颜面涂。

建祠遗益村综用，官家买个二百五。

由于大陆村历代沿坳各姓氏的定居，逐步形成了有规模的行政村。民国时期为了加强统治，将大陆全坳编制为一个保。受委任为保长的是大陆村陈姓长房支下的十四世孙，慈设之长子祥丰。

慈设是陈氏配居于大世间上首七间头房下的后人。年轻时看到民间读书识字的人能外跑挣钱当官，比不识字的人有手段、地位高。慈设看到村里学龄儿童多，希望村内能办学校。但村里没有资金，自家又不愿意掏钱。慈设对大陆村家家筛选排名，最后还是慈祥家未能溜过他的筛格。慈祥祖辈多代谐和心善，历年对姓尚办学、碧川办学、上街办学多次诚心资助。慈祥夫妇一贯惜苦怜贫，赞助办学必然热切。慈祥之子在国当军官，官家有钱要面子，与其相议办学核无异议。慈祥救灾受省长“惠及灾黎”匾额，荣誉感正浓。不出慈设设想，慈祥子祥善得知家乡欲办学，立即复信支持此公益事业的倡议，答应学生课桌凳子全数包办。

学堂就办在村中心老祖宗所建的大世间。楼下做教室，楼上为先生卧室。

当年学堂习惯，学生交学费就是给教书先生学期束修。先生自烧饭，学生每餐给先生送菜。条件好的家庭，家长客气，送菜蔬就丰盛些。遇到条件差的家庭，先生也只能随之蘸点咸菜过餐。

大陆村是个偏僻地方，大人教导小孩就是以“孩子要有手段，不要让人欺”为目标，以“别人打你，你杀心打回去，不可吃亏”作教条。结果学堂十多个学生天天打成一串，谁也不承认是哪个打了哪个。先生只得牢牢看守不得离开半步，坚守老半天连饭也不能烧。为了在楼上也能看到楼下教室里的学生，先生只好在楼板镌起一个洞，以便窥视察情。可是如果先生批评了某个学生，学生就哭着回家告诉母亲。母亲给孩子擦泪，直将脸皮擦红，拉着孩子来校责怪先生："我孩子脸上被人打得这样红肿，还骂我孩子，你这做先生的偏私不讲道理……"

学生少，束修低，忍气吞声做先生，还不如另混饭吃。就这样大陆村不到三年走了两个先生，学堂只得停办。祥善助学办成的双人课桌凳，也自行找主顾，各自溜往贪图公物之家，掩脸不见了。

慈设生养三个儿子，也都读过些书。大儿子祥丰当上了地方保长，慈设便要祥丰除忠实奉情上司，尽职摊派钱粮、壮丁外，也要为村里办点好事。这样又能留名后世，也便从中捞取一把。祥丰确实也谨遵父训，积心办事。两个弟弟却不理解哥哥的心意，借势威风凛凛，结伙为匪，无恶不作。

次子祥德刚满廿五岁就送命他乡。村人只传说"祥德活葬"。"活葬"，一语灭尽人性，令人闻之心惊。黄碧村到大陆村半途山脚下，山田交界处，土名"鬼神坛"，有一丘类似坟墓，当年日本人强迫中国的被活葬者自己掘成墓坑，然后将人推入坑内以泥土盖封活活埋下。夯土后还用尖竹签往下钉入，祥德的死因外人自然不明。

三儿子祥章年轻时就到处横行。碧仙路原是仙居到金华、永康做生意的人贩运盐米必经之大路。祥章费尽心机策划霸道，一天在鬼神坛候到有人挑着沉重的米担路过，见前后无人即行强横抢劫，掠米回家。贩米人来乡政府诉讼，乡政府分析劫情发生在鬼神坛，依据历来周边人品推断圈定祥章不出重点嫌疑。经查勘属实，又碍于祥丰保长之面，令祥章给还所劫大米，免于刑捕。事后祥章躲风外出做生意，后事如何谁也不知，只传言"祥章北佬"。"北佬"就是北方某大军伐，带领部队在混战中专行抢劫的一帮军匪。祥章多年不回家，家人以为和祥德一样死在外面了。

祥丰当上地方保长，想尽主意想为地方办点事业。可惜时逢抗日战争，国民政府还连续发起反共高潮。祥丰受职民国保长，尽职尽责为国民党办事，帮伪军派捐派粮，抽丁抓夫，搞得全村鸡飞狗跳，使好多完整家庭劳燕分飞。村人知道，凡逢其上门，必是祸星降临，均危惧在心，对其无有好感。

一九四零年冬，伪军一个部队路过这个乡。乡公所向所属各保摊派棉被，供宿营伪军遮盖。大陆村家家困难，十冬腊月谁家有多余的棉被闲置？

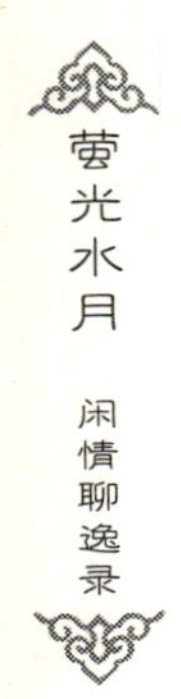

祥丰自度祥炅家里人多，挤出一条不会有问题，就趁祥炅家没人，推门进房从床上抱走一条棉被，送到乡公所交了差。

祥炅回家发现床上少了床棉被，情知祥丰所为，即时暴跳如雷，跑到祥丰家从其床上也抱回一条。刚巧祥丰老婆做产将满月而未满月，此时起床外出洗尿布。婴儿蒙在被里睡。祥炅这一抱，把个婴儿抛落到地上哇哇大哭。正好祥丰老婆进来碰见，两家拉扯了一阵子。祥炅力大夺被，扬长而去。

祥丰告怨诉苦到乡公所，黄碧村乡的乡长正是祥炅的妻舅，碍于祥丰例行的是公事，祥炅委属无理。为顾全面子，另派了个乡官来大陆处理：让祥丰抱回派交的棉被还于祥炅。祥丰婴儿受惊吓，祥炅需杀鸡，带着鸡蛋索面赔礼道歉。

贫苦山村乡风，杀鸡过年，鸡头要摆中央碗。亲戚朋友拜年客，不过正月半二月二，招待未满不下箸。非是逢年过节，谁家会杀鸡？碰上祥炅这样的吝惜鬼更不用说杀鸡赔礼了。濒于乡公所的压力，只好向旬日前死掉一只鸡的邻居家，借来劈开的半个鸡头，放在汤面上，端给祥丰，以作赔礼。

大世间办学堂不到三年倒掉，原因在大陆村没个好场所。古式学堂都是设在各村祠堂，祠堂既是同宗族人宗教活动场所，又可作族中儿童读书学堂，一门两用多好。从没办过学堂倒也无所谓，孩子上过了学却又停学，村里人心里自然不自在。于是陈氏村民一致倡议建祠堂。

祠堂建在哪里？嶙头外有一丘太祖田，位置、大小正好合适。资金从何处来？一个偏僻入角的小山村，实在难以解决。村里人口不多，但各行其是，人心所向自由。有行公益事业，那就卖穷得瓮牖绳枢，以求得到施舍；村里有红利份子分发，那就纷争得妇姑勃溪，全让吾归来者不拒。村里有人有出息当了官，那就妒忌得坐立不安，巴不得你塌台遇难；村中有人钱财富旺，那就眼红得回肠九转，望不得你倾囊资助。数来点去还是数资助办过大世间学堂的祥善有肉。祥善知道情节，如果不是国势混乱，心潮必然激昂，一定热忱慷慨解囊，力助故乡建宗祠，然则无有闲情逸致于是时立业建功。

还是祥丰主意好：既为太公建宗祠，何不卖太公田？于是同几个族中有名望的人商量，请祥余出面，将坐落在黄碧村的一丘二百五（即三亩一分二厘五）太公田出卖。

坐落在黄碧村的二百五太公田原来是慈祥家佃种的。慈祥老婆施氏是个置家私的主妇，只知为子孙增买田产，不惯出卖田地。听到自家多年承种的太公田要出卖给外姓人，心里忐忑不安。碍于其儿子祥善屡屡来信，说是“买田置地害子孙”，施氏百思不解，只得去与儿子的舅舅商量。这个儿舅的性格同她完全一样，竭力劝勉她买回祖上的那丘田。最后施氏瞒着所有家人，不遗余力地资付村里建造宗祠所需材料、工钱全部经费为田银，买到了二百五。

建祠堂所需的木料，由陈氏太公山、村后玲珑山采伐。

石材是向仙都岩嘴头订买，规格、价格都白纸黑字写过合约。村里先付价款，宕主[①]在规定期限交货待用。

到了规定日期大陆村陈氏组织人力去抬运时，原给大陆宗祠打制好的一批精工细琢的柱石，已让下小溪六份祠堂前几天提运使用。祥丰去县政府上诉其宕主不守信用。由于大陆村穷困，资金不及对方，打官司简直是以卵投石。宕主前厅照例被传进，随之让赃官后门放出。宗祠上梁吉日临近，只得听其糊弄，把另一批偷工粗糙，残角痕深的烂岩断柱抬来顶替用上。

大陆村陈氏宗祠于民国三十四年（一九四五年）夏月建成，正堂屋显面上厅三开间，上厅中堂设“神柜”。“神柜”正中立始祖公雕金红漆牌位。始祖牌位下，全村始祖派下历世人丁，按次序左昭右穆插放牌位。为了勉励后人重视读书，向往求取功名，小学毕业以下文化的人，牌位是白底黑字蓝头；小学毕业以后牌位换成白底黑字红头；中学以上文化和有功名的人，牌位是红底金框金字双龙戏珠边头。上左厅悬钉“理学名贤”匾额，下右厅悬钉“朝散大夫”匾额。左右转厢显面各两间，四角插厢各两小间。下厅显面三大开间，左右各开偏门，中间开大门搭戏台。

好事多磨，也或许大陆村建宗祠不是时节。休说祠堂柱被以次充好，上梁后第一次请来戏班开台，就有一个演员中暑闷痧死于非命，他的牌位画在宗祠下厅角柱石上，也算大陆存祠堂的一项典型史载了。

大陆村有了祠堂，学生有了课堂，下课有了活动场所，先生有了房间居住备课改作业，办学条件比以前好了。但以前办起的课桌凳，早已不知所终。祥丰父子和几个人商量，数来仍不忘怀祥善，陈理大官还得资助。祥丰改二人桌为四人桌，重新经办了课桌凳。大陆村又办成了村校。

① 宕主：采石处岩石承包人。

玖

蒋帮末日逃台湾，好溪解放未响枪。
百姓丝毫没惊动，改天换地寝梦床。

陈理在重庆当官，眼看国民党统治日薄西山，江河日下，心下牵挂家乡老母年高体弱，再三要求退职归里，但上司拖沓延日，度日寸阴若岁。

蒋介石四面楚歌，犹如釜底游鱼。据说古语有云："只可失江山，不可失台湾。"民国三十六年，蒋介石和他的忠实部下走投无路，主张逃奔台湾，上司临走前再三动员陈理同去。陈理说："走得了和尚走不了庙，我有家小，丢不了。"上司说："你真的不走，那就封你个'县长'，回故地当吧。"陈理推辞："让本人回家就好，我宁愿当一个平民百姓。"

陈理终于没有跟随蒋介石去台湾，而是早一年回归故里了。随身带回一只手提包和台儿庄战役后蒋介石奖赏于他的"官金券"，同时跟来一个不知祖居地的小妾刘氏。家里没有房居住，根据慈然刘氏临终遗约，请祥昌钦氏搬出那间破烂不堪的房子。家人为陈理请来师傅，清除白蚁，换了被火烧成焦黑的梁木，整理出一个房间。那些一钱不值的官金券，都给他孙子与其同学分享，撕下做折扇倒好玩。

黄碧村有几个酒友，以为祥善当官回家豪富无穷，经常来祥善家花天酒地。而那个跟随而来的小妾，待客送礼神似妓家气派。天天"苏三离了洪洞县，将身来在大街前……"不离口，还有贪便宜的人认她做干娘。她的开心，却让勤劳农家妇讨厌。

祥善家里的老婆是他黄碧村养娘的小女，生两子，一个夭折。长子与她娘家孙女，同年同月同日生，自小登有婚约娶为媳妇，已有两个儿子。祥善小妾的行为，让一个山村妇女实在看不惯，不久就带上她陪嫁过去的田产和家具，回娘家租屋自立门户了。

祥善的儿子惠瑞是大陆村唯一的高中毕业生，在外村教书，文化高，识理深。父亲娶妾无份责怪，对新来的二娘开始也不予贬责，父亲回家未带分文也不怪。但是父亲却指责起儿子“过年不给爹娘做套新衣衫”来。等到自己的亲生母亲被排挤离家出走后，对家庭大失所望，有意离弃免除辣眼糟心。

民国时候官场也讲究考试升级。黄碧村有个在上海当官的人，屡次落第不得耀升。这次请中学刚毕业的惠瑞妻舅代笔，得中了，分外感激，便带惠瑞妻舅到上海给他找了份差使干。

惠瑞欲去上海找他的妻舅落脚。为便于谋取职业，惠瑞要求父亲以其前职名义写个介绍。祥善不反对儿子外出，但叫他写介绍信，却严肃拒绝：“这是违犯国家规则，是犯法的事。”这样苟延残喘的政府，摇摇欲坠的社会，还说什么法律、原则。惠瑞听了不服，趁父亲不在打开他那手提包，发现有几张空白公文纸，便取出一张把包放回原处。

惠瑞岳父家也是一个勤劳致富的人家。岳父是俗称“缸窑”的黄碧村陶瓷厂五家股东之一，岳母做豆腐、养猪，后来从东阳人手里买下街面商铺，开了个卖盐糖酒的小店面。挣钱均供所养一女一男上学。可是岳父早年去世，时年其儿子刚五岁，家业里里外外都靠才九岁的女儿协同中年守寡的母亲厮守操劳，让那个宝贝儿子继续读书。十多年过来没有白花辛劳，帮人代考一举受恩去上海当了“官”。这“官”上任一年有余没有回家，母亲为他订得一门亲事，婚期到了也不回来。为不耽误婚姻大事，家里为其按时娶亲，姐代弟女扮男装充当新郎官，姑娘弟媳同拜天地仪行婚礼。

两个月后为新媳妇夫妻团聚，有出门之意的惠瑞正中心愿，就送她去了上海。这时正是一九四七年八月，蒋介石在上海一战失败后，逃离大陆，驱赶其驻上海的所有官兵全部到了台湾。但惠瑞是自小读书出身的富家弟子，没有听到过遍野哀鸿，不了解门外形势天翻地覆。一心躲避家庭的烦忧想外出谋差，工作没找着。有人知道他性格惯于游嬉，约他乘便船去台湾“旅游”一次。他想：“自己还没坐过轮船，去坐坐也好。”却不料有去不得返，就这样抛离了家中两个年幼的孩子，和怀孕已八个月的爱妻及年老父母，“慕名山水”于台湾。

秋末冬至，惠瑞的妻子徐氏即将临产。丈夫外出，亲婆婆离去，产后只得带领三岁的儿子在娘家调养。好在娘亲一贯以她视为身边儿子，母女情长，

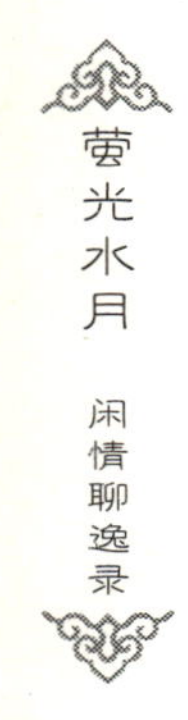

勤勉调理，无微不至。

惠瑞去了台湾，丢下两个儿子在家，长子律从，次子律仪，当年十一月其妻又生得一子取名律中。

律从自小就是个顽皮的孩子，那年十八间为能发丁，年初二就请来师工“灿天灯”。“都隆……”开场鼓响过，在“啊号，啊号”的号角声中伴奏着婴儿的哭声。二太公慈嘉在街沿听，落地婴孩哭声洪亮随即高兴地叫“是男孩，是男孩”。地方上没有同龄小孩，老祖母施氏犹得至宝。有人抱出嶙头村外哄玩，一时看不见就要满村寻找。刚满周岁时，为躲避日本鬼子，村人逃到山旱坳，大人烧好饭上桌吃，他饥饿难堪，搬张小凳爬上灶台用勺舀粥喝。四岁时祖父退职居家，常陪酒友聊天喝酒，他不服眼红，就找到酒坛边偷喝，受到“洋祖母”刘氏的严厉“家教”，跪在太公太婆遗照相前识读《义勇军进行曲》歌词，背熟后才许站起来。

为了照料家庭内外，徐氏无力独手教养三个儿子，就把五岁的长子寄养在黄碧村娘家读书。

黄碧村学堂在黄碧村街尽头经堂佛殿隔壁，徐氏祖祠对面。进校门是操场，过操场是两层楼六间课室。经堂正殿泥塑如来同布袋和尚，左殿是土地公公、土地婆婆，右殿红脸关老爷与背大刀的黑面张飞。姓徐家族祖上有中过进士的，在经堂前跨街竖了两围粗大柱，四条长石板斜撑，立了飞檐斗角的进士门作为纪念。街尽头一株上百年黄椏树外，建造了刻有孟炉亲书“碧川镇”的拱门。

黄碧村街位于通往仙居、金华的大路上，路心长石板直铺。三五成群的盐贩日夜不绝，在协力齐步啁哳的挑担声中，间或夹杂着铁档柱敲击街面石板的“叮当”声。在看似平静的街路上，有时会有倒负长枪的人出没。

小学生在课室午睡，课室门口有两个握“童子军”棍的看守，发现头动者即以军棍警戒。课外活动的内容是：大龄学生对不听话的低年级学生“镇压”，结帮俘虏敌对学生，拉去靠壁坐凳，绳索捆膝于凳面，加砖垫脚跟，名堂叫作上“老虎凳”。此实际上是当时反动政府对地下革命志士施行的一种逼供酷刑，革命人称“英雄凳”。

律从的上学读书，不如说是寄养，在学校什么叫上课根本不知道。除在校看新鲜之外，节节下课就请假到外婆家拿零食吃。

主妇走了，儿子走了，人都走光了。家剩一个儿媳三个孙，那个刘妾在家里也蹲不住了。祥善带着她和听话的长孙到城里表姑妈处暂住。

城里表姑妈家很舒适，除伙房外还有五间楼房。楼房与伙房用铁门隔离以防火灾绵延。楼房前圆形卷洞门，门外有天井。天井西端是鱼池，东端是花坛，花坛前开一小门，出小门走过弄堂就是县城大街，不过孩子们是不准到街上去玩的。律从的洋祖母管教十分严格，从外面买回米过容器时如果有米掉落地上，也要他一粒一粒地捡起，不得扫拢以手抓。别人送的糖果每天只许吃一颗。天天只准在天井内转圈圈，望到的只是四角的天空。祥善妹妹的女儿笙笙也在这儿住过几天，是律从的唯一伴侣，两人一起在池塘边玩是律从最开心的时间，小孩们在一起少不了拌嘴。一个说："十日（仁仪）天晴，十日（仁仪）雨，十日（仁仪）没雨要车水。"一个顶嘴就说："笙笙要车水噢。"

一九四八年五月九日，姑妈的大女儿彩虹欲去水南地里干活，天外开恩让律从一起走出园门外。原来县城大街人来人往是那么热闹，店铺柜中花花绿绿货色齐繁。从没见识过世面的律从看得呆若木鸡，彩虹拉着他才勉强让他左右旁观提步前行。

"小朋友，过来过来。"盯着店铺的律从回头见两个荷枪的兵，伸手来拉他，他抢步冲过桥头向桥中跑去。啊！前面桥头也有两个。又听见两个兵嘻嘻哈哈互乐"这小朋友真勇敢""不错"。见他们的开心态，原来兵们是逗着自己玩的，律从方略息气放心，此时才感觉到脚下大桥会左右晃动上下摇摆，原来自己是在用铁索架的铁桥上走，真有意思。观赏四周，山背上有几所"兵屋"，宽敞的城镇草木未动，好溪溪水平静地畅流。

蒋介石逃离大陆后，留在好溪谷的国民党部队只有稀稀拉拉的几个看守府门、桥头和各个炮台的残兵。这些残兵也早已心灰意懒，每排到上岗，巴不得早点交差。中国人民解放军就在前一天趁着夜色进入了好溪谷县城，白龙鱼服装扮成国军，以换岗调哨形式，把各个岗哨上的国民党哨兵撤械调离。天即启亮，装扮成国民党哨兵的解放军脱下国民党军服，露出中国人民解放军的军装，威武可亲地顶镇了岗哨。未发一枪，未响一炮，全城老幼毫无察觉，工商各业茫然敞营。犹如元末朱元璋军队，"取镇江，'民不知兵'；征婺州，'市不易肆'"，好溪谷肃然"和平"解放。

铁桥上拉律从的兵，就是好溪谷的首班中国人民解放军岗哨。

拾

僭务弃亩复田分，窘家立身做主人。

众恶保僚戳村官，惠心妒扫入秋林。

参考南北朝后新政历史行程，新中国成立后，人民政府实行土地改革。打倒地主，改造恶霸，依靠贫、雇农，团结中农，中立富农。把地主侵占的多余土地房产分配给人口多、土地少、无处居住的穷苦农民。大陆村是个穷山村，因无田可种而外出耍手艺打工的不少，现在都回来分田了。

常年在外赌博的祥庆也回家了，在仙岩铺开酒坊的祥余关了酒坊回家了，在外做木匠的祥财和祥周回来了，在武义做裁缝的祥大和做泥石匠的祥福也回来了。祥大把祖上倒塌的几间房屋重建起来。祥福也把祖上倒塌的几间房屋扩建，却将桥头大路侵占了一半为己有。去安徽搞水利测量的祥旻带着妻女回来了，其前妻见到丈夫又带来一个鼓着肚子的外路妻子和一个女儿，无可奈何，只得偕自己亲生女儿淮央回娘家去了。

凡大陆村外出有音讯的从业人员都随势回家。唯独慈设第三小子祥章，既无活音又无死信，急坏了慈设夫妇俩。七月半是鬼神生日，慈设的老婆田氏在七月十五为祥章做了“路头羹饭”，想召唤祥章的鬼魂回荡入梦，寄以心中悬盼。鬼神确实灵验，一九四九年的一个冬夜，祥丰的房前有人叫大哥开门。祥丰心中疑惑不敢随随便便放入屋来，在门隙内窥视，问：“你是人还是鬼啊？”

“哥哥快开门，我不是鬼，我是你弟祥章。快开门让我进来吧。”

祥章还留得一条命，最后也回家了。

新中国成立，民国时设置的保甲制取消，大陆建立村组织，祥丰摇身一变成了大陆村村长。他的老婆被任命为村妇女主任。此外村里组织有农民会、民兵队、儿童团。祥梧三子惠兴当上了农会长。农会代表贫下中农，协助本地政府工作。内点徐观注是民兵队长，每天夜晚带领民兵队出发上山剿匪，白天集中在祠堂睡觉休息。

因为当时附近白军和土匪活动猖狂，虽抓到并枪毙了施百横、徐桐宜，但潜逃的未必肃清。黄碧村大地主徐育棍，为维护自家利益，怂恿家弟加入维护地主阶级利益的武装白匪，在碧川街持枪耀威。当地政府下令立即抓捕枪毙。大陆村的祥福名义上外出武义做工，其实也参加了白军当了队长，回家后被人认出，被解放军抓得，捆吊在本村晒场严拷才自首招认。人民政府宽大政策，自首者减罪。祥福自首后被押解丽水劳教多年，全靠一点泥石手艺维持生计，老实改造。刑满还带了个一同劳教的老婆回来，但这都是后事了。

儿童团胸戴“中国少年儿童团”胸章，白天除上课外，轮换守路站“文化岗”。新中国新风尚，不准带店货礼物走亲戚拜年。儿童团负责盘问过往行人，扣留拜年货。总之一个新政权初建立，必须有完善的组织和严密的防范，才能更快地稳定局势。

土改工作队到乡下，各村请有文化的人经过学习后，帮助摸底核算每户田产收支。根据人口、田亩、租种、雇用情况，依据政策划分各农家成分。大陆村没有他人，只有教过书的祥昊这时也回家了，就让他参与划定成分核算。

自陈氏始祖迁徙大陆村，族人沿坳陆续定居。经过十五代的繁衍，人口增加，土地相对狭小，多数人家租种外村人田地，所以都是贫农。慈鑫门下两户，一个卖田以赌博为业的是贫农，一个在保队做事开酒坊没卖田的是中农。鸿图派下慈嘉门下四兄弟已分成四家：长子早死，荡妇卖田养公鹅，是贫农；小子赌输卖田，是贫农；次子贪谋勤俭，堵路建房未卖田，是中农；祥昊自己，偕妻在外教书，请长工耕种田地未出卖，也是中农。凡在外地挣钱，村里没有买空卖空过田的都是贫农。村长家人多，当然是贫农。贫农大多分到了土地。祥兰、祥周早代原是“八字村”左边七间房人，房屋先代倒塌。祥周是木匠，于路边自盖了一间屋居住。祥兰父子没有房屋，便将闲置的大世间分他居住，将供奉祖上的香炉请到了廊下。

慈祥终身经营商务辛劳挣钱，巧配一位俭朴的施氏，丈夫挣到的钱除施舍乐助外，一心欲置起一户好人家。他们只有一对儿女，一个宝贝孙儿，一方面培养教育儿孙成材，希望成就出人头地的栋梁；一方面想为儿孙积一份好过日子的家产，外界风雨全然不知，封建思想深铭不移。虽然儿子祥善屡屡

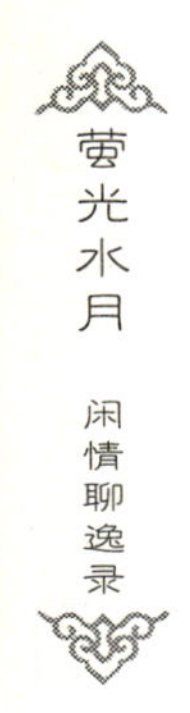

来信“买田置地害子孙”,施氏始终茫然不理解,“勤劳总是为‘致富’”。所以村里建宗祠卖祖田,尚苦苦忙到了个二百五。至此鉴于祥善家田地多人口单,根据政策划为富农。

大家都巴不得祥善家被划成富农成分,不然的话大陆村整整一个村没有地主富农了。祥善在外当官,说“打死了”又未死,有些人本来就不服气,尤其是自家三弟祥灵,因为祥善的儿子惠瑞曾阻止过他堵截路道建屋。

祥灵的长、次两女力气大,各人能使一只二十多斤重的岩鼠头,对面站立高举落下轮番舂米。祥灵家研饲料养猪,舂米砍柴少不得她们,祥灵儿子早死,舍不得女儿出嫁,意欲招婿在家。依仗大女婿识几个字,借口当时村学先生不好,赶走原有老师让大女婿充当教师。策划没收祥善家与其隔壁的房屋,分给他女婿居住。祥灵无理取闹,土改工作组和乡政府了解了他这个女婿的为人,开除了他,另派教师到大陆村学任教。

十八间道坛居民不让祥灵建成那间屋的一榀木,多年后霉烂塌架,他就震天地骂:“不让我建屋,害我好好的一榀木烂掉,全是惠瑞作恶啊!”闾门间被他私自占为研磨间又作养猪场。夜间小猪被狼拖走,他便半夜敲打惠瑞家房门大骂:“都是祥善恶霸、害人精……”惠瑞不在家,他的妻儿只得忍气吞声以免兄弟阋于墙。

大陆村解放了,世代贫苦穷困的大陆村村民,本来都是租种外地富户田地的,如今有了自己的田种,成了土地的主人,确实喜从天降欣喜若狂。

刚来授教的老师初出茅庐年轻有为,会拉会弹,丝竹纯熟,能歌善舞,龙章凤姿。他教学生学唱革命歌曲,晚上带领学生到内点各厂寮倡导群众合唱解放歌;还指导小朋友们跳苏联舞,年轻妇女舞凤阳鞭。每逢乡里开群众大会,秧歌队、歌舞组伴随民众陆续入场,大祠堂上厅下厢,楼上楼下,分村入位,熙熙攘攘座无虚席。会前各村众相互挑战,歌声嘹亮响彻云霄。会后青少年登台轻歌曼舞,妙趣横生,使得全村男女老少欢欣鼓舞津津乐道,引得村里一男一妇麻子祥庆同祥杲老婆显月,也返老还童扭起了秧歌,兴致勃勃去大会台上表演。

正当全村民众欢天喜地欢欣鼓舞之时,上房嫡系世族祥财病故。祥财是大陆村始祖长支嫡系,遵长子不出屋,居住始祖在大陆开基创业最早落脚的那间破烂小平房,传世十二世代也没有造过新房。祥财娶妻生育一子惠灵和二女，二女均尚年幼，生活仍然困难，安葬费用无所着落。乡政府照顾其特殊需要，抬来黄碧村大地主银箱用过的“金字福寿两头红”棺材赐予盛殓。村民人人怜惜他家困境难，由祥旻为首的青年人自愿凑拼做“四天王”抬棺材，其他年轻人自动组成送葬乐队，几乎全体村民参与送葬，悼念祥财。

祥财死后遗下一男二女尚未成人，几年后其妻在百般万难中携带子女改嫁。历代继承下来的大陆村始祖创业时居住的一间房子，被祥章从祥财儿子惠灵手上谋买下来。

祥章改建时提出要和祥庆屋拆墙接木，企图进一步谋取房产，遭祥庆少子惠田抵制。

拾　壹

戗逆丽君从四德，诱子正道益故村。
心存恶念邪路走，甭越恢网妻小怨。

人民政府明白“武能安胞，文可治国”的道理。中华人民共和国刚成立，政府就各方面寻觅能人。领导翻阅县里新中国成立前遗下的有关人事资料，发现一个叫徐露的女子名字。

徐露就是大陆村祥善的媳妇，娘家黄碧村，早龄丧父，母女相依，读小学时就操劳家政，学业拔尖考上中学。抗日战争时期，全县掀起抗日救国运动。经黄碧村有名望的徐达，即前面讲到过的三岭头抗日指挥将领推荐，参加过“县青年妇女抗日救亡队”，抗日胜利后回家。

徐露嫁到大陆村，祥善带二房回家以后，刘氏将徐氏逐回娘家，气走儿子，但身边还有媳妇碍眼，虎食狼用尚不随心所欲。刘氏便同祥善的酒友芳德商量：“媳妇不本事(不孝顺)就分家。给她三百田够客气了。”徐露带着三个儿子要种三百田已够呛，只是作为妇道人家与公公分家，感觉非合孝妇之道，在那个婆婆面前只好纡尊降贵虚己以听。

做大容易做小难，存心排挤人的人，被排挤者百般奉承也不得讨好。在这个耀武扬威的贵妇面前，祥善有苦难言奈何不得，新中国成立后就自行起灶，让徐露领着三个孙子分居各食。

虽然徐露身处富农家庭，丈夫弃家外走又成台属，但领导了解后并没有以“富民”看待，而是委派县妇联找上门去做徐露的思想工作，请她参加县妇联工作。由于当时国共两党的政治对立，政府要求徐露声明脱离台属关系。前两年，徐露次子五岁时患麻疹，由于医疗技术落后，千般医治最终夭折。孩子终前尚喊：“哥哥列(走)来起，我有钞票喃!”一个活泼的小孩过不了两个时辰就咽了气，悲伤历历在心。徐露担忧脱离陈家，就是要她丢弃小孩。如果要叫她抛弃两个小孩，她宁愿不去当“官”，在家受气受苦。更何况古训云：“一女不便嫁二夫。”

望子成龙是做父母的共同心愿，徐露没有离开陈家去谋职，而是在家孝顺公婆开导二子读书。长子律从从县城回来，又安排其在上街头陈氏祠堂上学。

陈氏祠堂直进三厅，位于过坑水碓田旁，建于明朝正德年间。上街坑北有好溪谷特有的“花门”建筑。花门横幅“簪婴济美”，落款“姻戚光绪括苍别驾”。门联上首是“理学名贤君御笔”，下联书“花门业绩世代传”，花门内大道坛可容近万人看戏。上街坑沿古有“花门百步两头桥，花门桥头花门井”古迹谚语。祠堂就在下花门桥过桥，与上花门桥过桥跨大路——光绪十八年建的“百岁坊”相称对应。

律从在上街读书，回外婆处食宿。他从新塑造的佛殿处学来纸剪刀刃，包贴上锡纸，用以壮胆吓唬上学路上的狗吠。律从天未亮就起床上学，与同学比早。祖母还以为孙子聪明，读书认真。全不料这个不上进的孙子，在外只知交友玩耍。新发课本未开本，就在水碓田甩丢比高远。模仿乞丐绕桌爬行，引诱同学们欢笑。有年长的同学携手教律从执笔写字，可律从的握笔之手如铁锤一样笨重，无法传授。

律从在外婆处上学，无人督促指点，读了两处学校，不知“上”“下”怎么写，没学会一个字。大陆村调来了新先生，徐露心想还不如让他回村上学试试。

律从九岁时回大陆村村校读书，新教师是洪坑桥来的丁先生。丁先生年十九，初出茅庐，夜宿祠堂怕清静，便携带律从一起睡祥庆空房。调皮捣蛋的律从老叫之为“同年先生”。后来同年先生带亲弟福奎来读书。律从、福奎等，夜跟无好教调的会牛去上厂爬树偷摘樱桃，让树主发现了。丁先生为教育学生，只责打自己亲弟，作“教材”教育全校学生，却未责骂领头偷盗的会牛及随附犯事的律从。打得福奎手掌红肿达平时三倍厚。从此全校包括律从在内的学生，对威严秉公的丁先生尊崇敬佩起来，对先生的训导百依百顺。

丁先生带弟来陪寝，徐露就带儿子律从在自家睡了。晚上督促读写，没钱买灯油就在床前柜背放一砖块，燃起松油当灯照明。明确规定每天上的《语文》必须要诵背，《常识》要熟读，要求严格。可是野惯了的律从日久后都

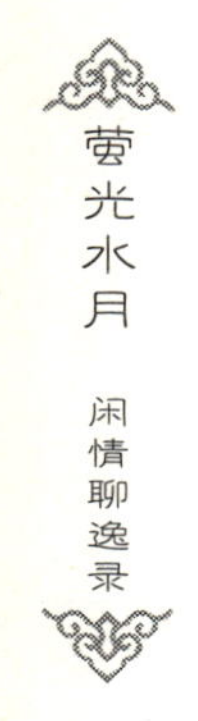

有手段对应。待劳累一天的母亲睡意浓时，便“以读允背”骗过娘亲好睡觉。

祥善的为人，县政府也略有所知，是武职退隐返乡。为了治安，曾请祥善亲去公安机关，申明本人退职时枪支呈交情节。情况属实，汇报清楚，人民政府特为信任，所以特别下文点名祥善当选“县各界人民代表”。

政府为加强教育，将黄碧村上街头学堂改办为“供销社”，师生并入碧川下街尾学堂，扩充徐姓大祠堂作课堂。由于祥旻读了不少书又到过外省工作，见识广博，文化水平高，受政府聘请到了碧川小学教书，当上了一名光荣的人民教师。

祥旻教育有方，对自己的两子四女要求也严格。望子成龙心皆有，然而祥旻身受其父训子存误经历覆车之鉴，对子女循循善诱谆谆告诫，日夜以金玉良言耐心指教。“不可学蝴蝶贪玩，应当习蜜蜂聚糖。”他对孩子们说，“真的读不起书，那只好学理发或学打铁。”

一群孩子个个成才。读书后成长，大儿在县政府工作，承学太祖遗传，村人遇事求助无以推却，改革开放后的失地保险、拨款筑路也尽心尽力，随时照顾本村利益。小儿在镇政府工作。此为后事。

一九五一年，美国侵略朝鲜，战火烧到中国边境。中国政府明了“保卫祖国安全，消灭侵略者于国门之外”的道理，号召全国人民反对美帝国主义的侵略行为，组织中国人民志愿军“抗美援朝”。大陆村青年踊跃报名参军，在村学读书的小朋友们也摩拳擦掌，希望成为一名光荣的志愿军战士。听说当志愿军要有五尺身长，孩子们便常常在一起量自己的身高。根据村里的推荐和上级的挑选，最后有两人批准应征。一个是内点的陈良欣，另一个是村长祥丰的次子惠山。祥丰到底是村长见识多，看到地方上以前祥善当兵升官，行事忌妒，内心实有羡慕之意。加上自己在新中国成立前当过保长不太光彩，荐儿子参军即便成了军属。摊上挂一个羊头，整个摊位狗肉自然膻。村人就不敢视之如敝屣，而不得不对他刮目相看，利、权两得。

当兵是要打仗的，有战争就会有牺牲。黄碧村在殿山沿放电影，还是乡村百姓第一次看到电影，影片就是《抗美援朝》。那惊心动魄的画面，的确使人触目惊心，感到毛骨悚然。康熙年间移居上厂的忠官后人祥魁老婆，村人尊称魁仪太婆，是年未至六十，看了《抗美援朝》电影，当夜烦恼起病，忧愁被国民党抓壮丁去外当兵的儿子和小叔，在这样烽火连天枪林弹雨中，也必人仰马翻尸骨粉碎，此生无以回归再见到面了。祥魁老婆病入膏肓，一卧不起，结果呜呼哀哉。

魁仪太婆的小叔就是祥勋，当年被国民党军队抓了壮丁，解放军南下时祥勋所在的部队投诚到了林彪部下。抗美援朝时彭德怀率军出国奔赴朝鲜，英勇抗击美国侵略者。在一次战役中，美军仗着钢甲坦克的坚固，以坦克为前锋向我方阵地驰驶袭击。祥勋看到情况严重，就身系数枚手榴弹，冲到敌坦克必过之处卧在地上，揭开盖拉了线以待敌车。邪恶的美国佬，瞥见地上有人躺着，以为是志愿军伤员，恶意要碾轧作肉泥。结果“轰隆”一声震雷巨响，车翻人仰。同守战地的战友们激情万分趁势冲杀，打得侵略者屁滚尿流失魂落魄。祥勋的牺牲为中国人民志愿军和朝鲜人民军，最后将美帝侵略者赶过“三八线”以南，立下了不可磨灭的功劳。

烈属的荣誉祥丰当然不会羡慕，他要的是有利益可图和权威可使。

祥丰身为村长又是军属，马上在上堰头路旁他自家的半亩田上建房。半亩多地本可建方方正正的七间，两端尚有余空。

自大陆村始祖后分脉，到祥丰代已过十五世。简直是代代单丁，故世世仅住祖宗遗下的大世间上首房屋。此房原本与大世间下首慈兴支七间头房屋一样建造。由于多代人丁不旺，盖不起新屋而反复改修老屋，屋貌全非不成方圆。

如今传至祥丰代，人口旺盛起来。历经保、村两任官，刮得民脂造起新屋。建屋本是令人欣喜之事，而祥丰一旦有了气候，就想得寸进尺，偏要将内、外点通道大路截断并作屋基，将大路改屋前过，其司马昭之心，路人皆知。他的计算是：进一步并进前面一丘田，再建成对合房屋，改大路过坑，使内外点人往来涉水。内点群众自然合力反对，农会长惠兴为了维护内外点人的利益大局，阻止改道，保护了老路。

全县农村开始装上了有线广播，村民们感到极为新鲜，播放时都自携凳子坐在广播前围听。为了维护广播，广播站要求各村培训一名广播维修人员。村长便让自己的孙子，祥德的儿子惠牛去学习，村里给予补贴费。村长“分封”家里的人当“官”，村民背议他家“满门官”。

惠牛生来就有点儿“弄聪明”。到田头会把农家刚下种的洋芋偷挖回家烧着吃。农家在村学放便桶以让学生上厕所，他故意搬移十多斤重的石块放

入，使便桶主费劲多挑。夜阑人静偷摘人家果子更是寻常事。

惠牛从来没有见过钱，领了村里五十元的补贴费，以为足够今生远走高飞，就买了车票趁机远逃。外逃找不到满意的活干，五十元钱当然不久就荡然无存了。惠牛无脸回乡见村民，游荡几月找了家寡妇当了进舍夫，帮别人养育儿女去了。

祥丰有三个儿子，长名惠良，次名惠山，幼名惠向，意欲再生四子取名惠阳。好一个"良山向阳"，本来希望满门福星高照。保长派被，祥炅夺被摔坏婴儿，惠阳早夭归西，成了北风刺骨的"良山向"。

新中国成立初时剿匪风头紧，慈设的小子祥章在外难混，留得一条活命溜回家乡。俗话说"贼骨头生犯，本性难改"。祥章回村，分得了土地，平静了不到一年。第二年他去六百田访亲，自称"新中国成立前在国民党部队当连长"。女方李氏家长认为他出身高贵，人格高尚，正合择婿心意。又因女儿已过及聘年龄，"慢慢人慢慢福"，如获至宝急于求成，满口答应。他的妻舅原是城内理发师，新中国成立后调任县百货商店售货员。祥章去拜访，妻舅热情接待，请祥章入店内谈。没料到这位新妹夫，趁妻舅转身接待顾客，伸手从店柜抽屉里抓了一大把钞票往衣袋里塞，好在被旁边售货员发觉。亏得这位妻舅说情，归还赃物未予以处理。

"小偷不教养大贼"也是一句名言，养虺成蛇一点不错。一向在邪路游荡惯了的人，闷不过这些年的缩手缩脚，没过几年就故态复萌。祥章带领祥丰的长子，名义上外出烧炭，实质故伎重演。孙叔两个揣着带横档的凳脚，上面覆以布襟，模拟"冲锋枪"。祥章自封为"司令"，封惠良为"大队长"，明火执仗，明目张胆地到当地某单位抢劫派捐，被公安机关查清破案，一个"司令"和一个"大队长"分别换来八年和五年徒刑，劳动改造去了。

拾　贰

雨息云消高天青，假面真目照妖明。
邪魔终就法网鱼，金箍棒下尚留情。

国民党逃往台湾时残留在大陆的反革命分子和安插在某些单位的特务气焰仍是嚣张。他们不甘心失败，对新中国政府推行的政策进行破坏和捣乱。幕前背后改头换面地造谣惑众，侵占农田，破坏生产，组织骚乱，抢劫财物。针对反动分子的疯狂活动，中共中央一九五〇年发出“镇压反革命运动”指示。对罪大恶极、怙恶不悛的反革命分子实行坚决镇压。民国末期，保长是助国民党作恶多端，给村民带来灾难最深重的基层官员。这种人，村民个个切齿痛恨，凡给国民党干过保长以上职务的“匪、特、恶、反”都属“反革命”。根据情节轻重分别实施杀、关、管。

大陆村的祥丰在新中国成立前本当过保长，新中国成立后政府为了稳定乡村基层局势，顺利接管有关资料和了解相关信息，实行稳健措施，采取宽大政策，让其接任村长。祥丰当了村长后，恣意操纵权柄，以权谋私，放纵自己儿子伙同本家兄弟做土匪。依据国家《惩治反革命条例》量刑标准，罪孽深重的祥丰保长当数“格杀勿论”之列。鉴于次子惠山刚参加志愿军，祥丰尚算军属，特于宽大处理：戴“历史反革命”帽子，就地管制，监督改造。

惠山虽然趁机渗入了志愿军，但由于其父亲是“反革命”，自然得不到上级的青睐。领导官员不敢信任他这种家庭出来的人，认为他不适宜编入前线部队，只将其安置在后勤工作，当一名伤员务理兵。惠山没有实现父亲让他“当兵升官”之入伍初衷，三年后便退伍回家了。

祥庆分到了田再娶过一个老婆，也遗一子。可说也是赌性难改，四五十岁了出门一去不返，不知去向，再没回家，一直没有音信。也许冤家路窄，与债主狭路相逢殒命他乡了。

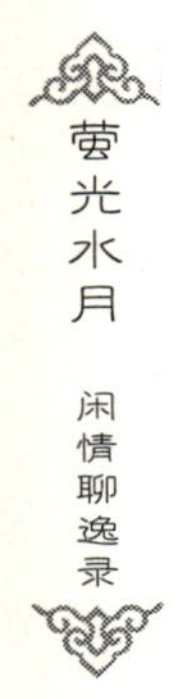

祥余老婆去世，续娶了新洋地主的女儿为妻。有本事的人总觉经商挣钱多，不惯于在家种田。便经常约伴祥昊、惠兴等人出外做生意，或者给孵坊收购鸡蛋鸭蛋，挑卖小鸡小鸭。货真价实的买卖当然合情合理，自然心无宿耻。以假乱真的行当，心虚脑烦，终究撕皮露馅。农户买去小鸡，雌鸡长大成母鸡会下蛋更喜，雄鸡长大成公鸡可杀肉也好，不管雌雄看机遇买养。专业养鸭户是为养鸭生蛋卖卵，只买养雌鸭。孵坊孵出的小鸭就被师傅雌雄分开，雄的不值钱，白送人不要，都为弃置埋葬。祥余和祥昊不花一分本钱，趁机挑去整担雄小鸭，以雄鸭当雌鸭卖，随处叫卖欺骗，害得受骗专业户叫苦连天：买雏鸭本钱少还不在乎，一年辛辛苦苦，养了上千只不会下蛋的雄鸭，花了上万元的饲料费，这一生再也直不起腰来。

买卖公道，熟地熟客生意好。诈骗匿情，污行污史从严惩。祥余以为自己在乐口乡住过几年，有地位、情面好，相识之人会帮衬倾销，生意必然好做，便挑了担小鸭来乐口转卖。乐口人的确有如他想象中热情，“现今你也卖鸭啦？”“真难得，还会到我们这山头呀！”“中饭来我家吃吧。”老乡政府的“官员”上门，似有聊不尽情吃不完餐的势态。可是真正谈及买卖业务的人却也寥寥无几。祥余挑担转了一天，好容易碰上几个买雏鸭大户，才把一担鸭卖完。

这些买鸭大户都是养蛋鸭专业户，他们买了雏鸭就陆续运往广东等地饲养，不到一个月发觉所买养的小鸭全都不是雌鸭，人人火冒三丈气冲牛斗，愤愤回家联名状告诈骗犯陈祥余。经公安机关调查，祥余非但犯诈骗罪，且是肃反时隐瞒了保队伍身份的漏划“反革命”。罪上加罪，判处有期徒刑十五年，关押劳动改造。

拾　叁

互助合作阳关道，富农经济受孤立。
出身成分高压寒，前程朦胧童心抑。

新中国成立初，通过一系列运动和政策，巩固了国家政权，使国民经济有了迅速发展。

经过文化教育制度改革，人民政府切实重视教育工作，想方设法办好学校。碧川一个七大村之乡，仅有一处高级小学，校舍主体还是借用了徐氏祠堂。乡政府提议：将不包括徐氏祠堂和京堂殿舍的原碧川小学校舍，与土改分配给孟炉招来当长工的明来等的东三塘住房调换，加上土改没收的孟炉官厅正屋，再经民众勤奋改造，碧川小学的校舍变成了好溪谷少有的高档次校园。各村小的优秀教师都调到碧川小学任职。

在大陆村小学刚读满三年初小的律从，跟随“同年先生”进到碧川小学的新校舍，又回到黄碧村读书了。

新学校新改革，开学典礼上校长讲话，传达上级指示：“从现在起同学们要尊称教导你们的先生为‘老师’；原来的‘中国少年儿童团’改称‘中国少年先锋队’，简称‘少先队’。加入中国共产主义青年团的成员，称团员。加入少先队的成员，称队员。‘中国少年儿童团’团员的胸章换成少先队红领巾。顾名思义，‘少先队’是先进少年，目前还未系上红领巾的同学，向少先队员学习，积极争取加入中国少年先锋队。”

接着校长宣布新学校的校规校训，总结起来就是写在礼堂讲台左右的八个鲜红大字：团结、紧张、严肃、活泼。

读了四五年书，在村学也只知跟先生学唱歌、跳舞、扭秧歌的律从，系上红领巾和同学们一起参加东三塘上塘改填操场劳动，确实起了先锋作用。可进了四所校门的律从仍然不知什么是读书。

律从自家带米食宿于外婆家。为解决外婆家烧饭问题，律从冬天得早起到村口捡落地枫果当柴，夏天放学得二里路内到处爬山捡柴火。有时还要顺便照看稻田田水，在“家”可称得上能干。在学校除上课老实坐桌位，一有空就与一帮好友上学校后山挖掘洞室玩。一个年长点的帮他爬树砍下一枝枯杈，那就免去放学远出捡柴火了，可以齐心合力挖洞建室。

在碧川小学的第一年，读四年级的律从参加了一次自然考试。发下的一张试卷，到底是什么东西也不知道。一张八开的试卷上，除了签有陈律从大名外，仅在一个空格内，稀里糊涂地填了“牛瘟”二字。得到的批卷，不外伴随个大鸭蛋，期末留级重读。

为了使农民克服个体经营的困难，避免重陷贫穷落后贫富不均之苦，彻底拔掉扎根中国两千年的封建社会的生产关系，党中央制定了引导教育农民以苏联老大哥为榜样，逐步走社会主义集体化道路的农业改造政策。引导贫穷的农民发展生产丰衣足食，也使国家得到更多的粮食和原料，支援社会主义工业化建设。

大陆村村民组织了互助组，农忙时谁家农活忙，组内劳力集中突击帮助干完，又集中突击干完另一家。比起单干独操，互助组情绪活跃高涨得多，互助精神可嘉。农闲时节各自分散农作，或者还可外出经商买卖，有手艺的帮人打几个零工挣钱，生产积极性有了很大提高。

可是合作互助农活总得有先后，特别是收获季节，先割的麦子趁天气晴朗，可及时晒干入仓，慢收逢雨，就会留在地里发芽霉烂。先人后己的人自找“倒霉”。最好是帮人先收割入仓的粮食“我也有份”。解决如此矛盾的最优办法，就是互助组内各成员连土地加入，统一计划经营种植。大家同出工、同劳动、同下种、同管理、同收割、同分享。土地是农家私有财产的观念，数千年来在村民观念中根深蒂固。共产党分给的田，谁也不敢白白占据，谁也不愿白白送人。农民的封建个体经济思想，要扭转暂时有困难。唯一稳重的办法是以土地作为股份，入股分红。先以“半社会主义”性质的农村集体所有制作为过渡。农民投入的土地给予酬授。出勤劳动日日记工，既得土地分授，又有按劳分配，何乐不为？因此受到广大农民的欢迎。这样一来，扩大了规模，将互助组改办合作社，办社成为农村群众运动。

律从娘舅在台湾，外婆家人口单薄，土改定成分为“小土地出租”。合作化后就近入了社，社址办公即利用其街边空房。上方委派来的办社工作队，晚上常在此主持会议，白天游闲在此看报。

留级将律从的面皮剥了一层，回家受望子成龙的娘责骂，在校遭同班同学讥笑。本来晚饭后都是会上邻近的一帮伙伴，在鱼塘内晒场上园市坛玩车水拉网捉鱼，大猫格猪笼叼猪，遍地开花捉迷藏百般活动。而现在后悔无及，无颜搭伙玩闹，晚饭后掌灯前理会做完作业看点书。住社工作队常视这小孩读书看报，心觉可爱。一次大祠堂演戏，工作队看到律从盘膝坐台后幕下，看戏入迷心无旁骛，就省下自己已吃了半个的烧饼，赠予律从。律从受宠若惊，慌乱中接过烧饼掉落大块肉馅，赶忙捡回入口享受。从此便知认真读书受人爱。

这天班主任徐老师上语文课："昨天同学们都在后操场植树，为学校操场周边绿化贡献了一分力量。今天我们的作文题就以'植树绿化'为题，同学们借题记录昨天的欣喜情景。"

接着徐老师拿起一本日记簿，环视学生。

"我发现有位同学，写了这样的一篇日记。读于同学们听了评评，写得好吗：'今天我看见一只鸟，飞去了。'"

"写得好！写得简单扼要。"

"写得不好！只写了一句话，太简单。"

……

"这位同学，一篇日记只写了这十一个字的一句话，加上一逗号，一个句号两标点，仅用十三格，简单扼要得不成文章。同学们今后的作文和日记都不能如此简单偷懒。"

同学十一字的日记在班众受批，给予律从一个深刻教育，这次作文决意要认真写作。在时间、地点、情感、效益方面做精心记叙后，忽然脑子中浮现出昨晚看到的报纸，一篇文章后附有七字一句，末字共调的一首诗。心生好奇，作文后也写了四句不伦不类的"诗"。

两天后徐老师独召律从审问："你这次写的作文很好，有谁指导过你吗？"

"没有，老师上课，要我们写作文不可太简单。这次我比以前多花了点心思，耐心地坐着写得详细些。"

"你作文后还附了一首诗，是从什么地方抄来的吧？"

"不，我没有抄现成的诗，是我自己编写的。"

"你会写这样好的诗，我有点不信。"

"我……"

"那天植树的情景，你还清楚，你再写一首给我看，我才相信那诗不是抄的，好吗？"

"好。"

吟诗恁诗意，事迁情过气。前章舒情尽，共笔难双机。

律从偶然写成一首诗，已是挖空心思。要他重来，实在难以再下笔。虽然当面答应班主任的要求，实属无奈。但是不还账，就等于承认前文抄袭。

郁郁寡欢了两周，挂角羚羊才得到脱离篱笆的机遇。学校进行大扫除，给律从提供了"采访"成章的机会。律从一边兴致勃勃参加大扫除，有心注意多方面大扫除的情况，一边立意满脑子搜索写作用词。

恰逢老师出作文题目：大扫除。律从正好借题发挥，将大扫除情形，编写成七个字一句的流水文章。二句一行，整篇作文写了三页作文纸。

作文上交又受召谈，律从来到学校办公室，办公桌上醒目地放着他的作文簿。

"这次你写成了如此长的诗歌，说明上次的诗确实是你自己写的。"

"我本没有抄，你让我原题重写，我的确也写不出来，只得借这次大扫除新写了。"

"所以读书只要有决心读好，下苦功专心去读，用你写这两篇作文这样的认真，成绩的提高就在眼前。如今你自有所体会了吧。"

律从默不作声，心里倒有些洋洋自得。

"再过二十多天，六一儿童节就到了，学校决定开文娱联欢会。你自己写的这篇诗歌，你多多准备一下熟读它，到时给排节目，上台唱快板给全校师生听。"

全不料班主任还来这一招。公众场合，对于一贯沉默寡言的律从，无异于泥牛入海危若朝露。律从连连摇头谢绝，班主任理解他的性格，答应请另一位同学以此为唱词演唱。届时登台表演，逗乐全场拍手赞扬。

大陆村随势也组建起一个合作社，是碧川乡的第十三个初级农业生产合作社，外人简称“大陆十三社”。大田入股，零星土地按人口，经丈量，留予农户自主支配种植，称“自留地”。社员出勤记工分，男子正劳力十分，妇女半劳力最高六分三，量力记分。

外点分两个生产队，内点一个生产队。生产队以互助组为基础，慈设门下及与其同路共派的为一队。队长是当过志愿军退伍的惠山，他的老婆当记工员。祥余曾有个女儿取名与惠山老婆取名一字相同。祥余再婚老婆教子附势，叫惠山老婆作“姐”，共同收为一队。遗下其他的各户杂作一个生产队，农会长惠兴当队长。

党中央引导农民走互助合作道路，目的在于做到“群马分肥”，消除农村贫富差距。为了避免重现富裕农户，走向两极分化，提出“消灭富农经济”的目标口号。口号一级传一级，一级“深入”一级。“消灭富农经济”成了“消灭富农”，“打倒富农经济”成了“打倒富农”。

大陆村土改时被划为富农的祥善，以及分家后同时冕以“富农”的徐露两家被排挤到集体化道路之外，不得加入互助组合作社。一个读书出身的妇女，嫁到大陆村，要种四亩多的山村田，抚养二子读书，只能栉风沐雨披星戴月辛勤劳作。律从已开始享受认真学习的乐趣，深受开卷有益之影响，然而也谅解自己的家庭，星期天尚以帮农活为主，无暇多看书。农闲时就是上山砍柴，或割绿肥施田。

自从《大扫除》荣立了光彩，在老师的关怀下，律从的学习兴致猛然来了个转折性之提高。

自然课的任课老师是校长，他亲手对碧川小学的建设设计做了个模型。一台手摇发电机一转，整所学校就实现了电气化。律从对此很有兴趣，只怨自身无知识，没有这方面技艺，便决心多向自然老师学些东西，提高动手能力。自然课学习成绩相应上升。

冬去春来，已而越过了小学四年功读。

是时好溪谷分别在五云镇、壶镇镇、新建镇和舒洪镇立有四所中学。招生名额有限，择优录取的应届小学毕业生不到半数。好溪谷中学地处县城，威望显赫名声远扬。碧川小学校长工作民主，就学生的就读志向，征求了毕业班的志愿。同学们不谋而合，不虑自己能考几分，一致要求报考好溪谷中学，一意企求成为让人仰慕的“好中生”。

这段时间学生中有一人却无精打采，他对自己的成绩抱有泰然信心，担心的是报考单上“家庭成分”栏，如此因素让有“情况”的学生前途势必受阻。

“我从小住在外婆家，娘舅出外无音信。外婆本欲视我为儿，长年劳心无机遇办事。我在考中学的报表上填写外婆家，可以吗?”律从不得已以协商方式向校长提出请求。

心有体会经验丰富的校长，以同情的心态圆滑地说：“实事求是地填写，没问题。”

以意“求是”，还是按今“实事”，律从犹如悬空晃荡，身处峭壁只得由命摆布。

拾　肆

合作道路辽无边，科学种田冒高产。
迷信求雨佛不灵，索龙蓄水人胜天。

单从土地的“入股分红”看，其实质与新中国成立前地主“出租”土地给佃农然后向其“收租”性质类似。不过土地的“入股分红”只是从中国两千多年历史的土地私有制向土地国家公有制的共产主义改造的一个低级过渡阶段。在农民群众办社积极性高潮中，碧川乡七个村于一九五五年冬联合办起了碧川高级农业生产合作社。

农业生产从初级社转向高级社，农村不留单干户了，大陆的两家富农也加入了集体。由于教育局内部有规定，初中招生以本地就读为主。律从被录取到新建中学，可以迁移成国家粮户。

初中生粮户迁不迁，尽凭户主自愿。为此律从的母亲没了主意。迁了，儿子去读书吃饭也要钱；不迁，农村粮食紧缺，怕儿子饿肚皮。左右为难，只好去找小学校长商量。

“成为国家粮户不容易，律从读书不错，不迁的话，到时悔之不及。如果农村粮食紧缺，你向人家借粮万难。迁去没钱买饭，你问我借，我身上摸摸，或许有点零钱也可过渡一时。还钱账容易，还粮债难。”校长说。

碧川乡辖属仙都区，迁移户口要去区政府所在地靖岳办理。为使儿子多受经历，徐露让律从自己去靖岳经办手续。但是律从除五岁时去过县城外，从未走出碧川乡一步，经咨问仅知靖岳位于大陆村东方。

律从沿隔山下小道走到碧仙大路，刚巧一人往东骑自行车路过。

“叔叔请问去靖岳怎走？”律从赶忙挥手拦问。

“往前，我即去靖岳。”过路人回答一句，未下车继续赶他的路。

碰上运气有同路人难得，不可错过。律从即刻开步跑，跟在骑车人后边。

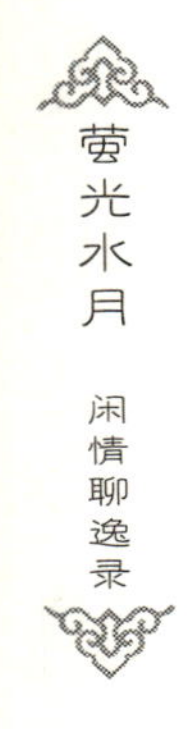

到了仙岩铺，律从已跑了足足五里的上坡路。骑车人发觉问路人跑步跟随在后，感叹他有能耐，更同情他够吃力，于是下车少待。

“你去靖岳什么事?”

“去粮管所迁户口。”

“不早说，上车坐后面，我带你去。”

律从爬坐车后架上，骑车人即蹬车前进，路逢好人律从不知如何感激。

又过了近半小时，他们到达靖岳一大门口。

“到了，就是在这。你去向他办。”

骑车人下了车对律从说，又回头对人说：“他来迁移粮户关系，给办个手续吧。”

律从下车受那人招呼急去办理，本想事毕向好心的搭车人恭问个贵姓，说句诚恳的感谢话，不料回头已不见了搭车人。只能遗憾地步行回家。

高级社的创办有利于先进农业技术的推广和提高。化肥使用和农药治虫破天荒地铺开，广泛推行优良品种的种植。地处浙中偏南的山区县，好溪谷历来都是按照“春播水稻冬种麦”两熟制进行农耕。合作社通过早播、连植、套插试验，成功取得种植双季水稻的经验。水稻插秧古老插法是成人叭开脚步伸开臂膊，一行插六株，株距一尺四五寸。合作社推广小株密植，同样的行宽要插十二株以上，普遍推行六六密植。合作化道路名副其实“人尽其才，地尽其用”。

碧川高级社组社的第二年秋天，遇上大旱，连续两个多月未下滴雨。田边有塘，塘水全都车干了。直到泉水干枯坑水断流，地面干裂三尺无有潮气。赤日炎炎似火烧，野田禾稻半枯焦。农夫心里如汤煮，住社干部把头摇。时逢夜空扫帚星(彗星)经过，坏人谣言“集体化道路天不容”“星现扫帚，国难临头”。

本地雨水历来都是属北海龙王“管辖”。今年的北海龙王只管坐在佛殿里受供，不体谅民情。有好事的请来道士，邀集一伙人到先锋殿抬出北海龙王来求雨，地方俗语叫“取雨”。

前面背着龙缠扛着佛，道士后面跟随着一支不戴斗笠的秃头取雨队伍，沿大路绕田畈顶日游行。行路人相遇，务必停步脱帽跪拜。公路上开车司机也不例外，不然的话拦车拉下责打。游行队伍路过村落，村民有事先煮好绿豆粥或凉茶放路边施舍，让取雨队伍的人解渴，引得村里大人小孩都来看热闹。

围观的人多了，背龙缠的人就将四根大毛竹龙缠交叉竖起，半空架根棍棒。道士依仗练就的技巧功夫翻身上竿，一手端一只盛水的碗，一手顺便摘取带三叶的竹枝。口中念念有词之后，以竹枝向四下洒“净水”。道士洒过净水，取下随身带的牛角号角，“呃唔，呃唔”地朝天吹了一通，然后大声喝叫：“天灵灵，地灵灵，玉皇大帝下凡尘。”“天灵灵，地灵灵，玉皇大帝察旱情。”“两月没雨天大晴，泥鳅晒干变铁钉，田螺晒起叻啦声，蟥蟥晒如牛蹄筋，蚯蚓晒死蚂蚁叮，蛇虫晒死像草绳。”取雨游行结束，大家将木雕泥塑北海龙王供在晒场桌上，让管辖雨水的佛也尝尝烈焰般太阳照射的滋味。

大陆村没北海龙王，也有人去先锋殿请来三将军之一的周将军供奉在晒场日晒。

结果不外是，“大旱望云霓，救佛解肚饥，白晒一日苦，梦寐求雨来”。

人民政府对碧川乡的旱情十分关心，千方百计找水源抗旱。也有更多的先进社员在社队干部带领下，破除迷信，积极奋起抗旱，提出“人定胜天”的口号，带动全社近两百有为劳力，用三十六级水车长龙，人力车水。从马渡大溪潭，泛水经过泉塘岭，灌溉碧川畈抗旱保丰收。在烈日下换人不停车，夜以继日连续奋战。前后督促竞赛，下级起劲淹没上级水车，上级用力向下级讨水车。真的是：竞赛号声震天响，水车咿嗽乐伴唱，战天抗旱心十足，水貌高流爬过山。确实显示了人多力量大的社会主义集体化优势。

新中国经过一系列运动，在一九五六年进入了全面建设社会主义的新阶段，农业上掀起了兴修水利的热潮。

水是万物之源，碧川高级社附近，由好溪谷政府发动邻近村社援助，带头建成了“今古塘水库”“西蛙塘水库”。这几个水库规模不大，但它们的诞生使碧川高级社的干部社员树立了改天换地的志向。

由于之前的旱情教训，这个社的干部社员认识到想要旱涝保丰收，兴修水利便是碧川社的当务之急。受社员委托，洪勤、消涨、保旱等几个热心水利的骨干，到处实地考察库基。碧川位于碧水中游，上游主流是白岩，不属碧川管辖。另有分支吴弄坑和大陆坑，两坑水汇合处是筑坝最理想的所在，但是对于一个乡社来说，要对吴源村、大陆村两村移民，工程太大，支应不过。吴

弄坑由山早坳坑汇聚，山早坳山高坑长，坳陡建库畜水量少。大陆坑沿坳分布自然村多，移民也困难。一同去考察库址的洪勤与吴源的保早在工作中存在分歧。在众人确定不下库址时，洪勤指着吴弄坑口对保早说："要做水库此处最好，只是你们下吴弄地方要整处移啦。"保早情知他是在戏耍自己，为了顾全大局，呈面子，随即回答说："果如大家说的此处做水库好，那就做吧。吴弄移民我负责做思想动员工作。"其他在场人员见他俩如此斗气，仔细看看地形，发现真的是个建造水库的好地方，即刻以此建议奉为圭臬。正如南越滇桂防秦侵犯，诱骗秦始皇开凿郑国渠，阴谋离间军心，耗损国力，不意坏事成好事，水库基址就这样确定了下来。

水库习惯称"吴弄水库"，后命名为"碧川水库"。

为激发吴源移民的积极性，社委决定将黄碧村最好畈田"三百廿"让给移民盖造新居住房。此外碧川社所属附村：麻村村、大陆村、山早村等都让移民自愿迁入居住。也可另外迁徙一处建立一个新村，村名"早宅"。

吴源村原分上吴源和下吴源两自然村，因水库将淹没吴源整个畈田，为便于行政管理，县政府决定将上吴源改划东方乡管辖，下吴源的迁徙由建库乡负责。

迁移了整个下吴源后各村人口变动很大，要重新配以田种。因此碧川社首倡把全社所属田地、山林均按当时各村人口和劳动力重新分配划界。似为再次"土地改革"。

由吴源迁徙大陆，使大陆村户籍添加了八户，二十多人，又成一自然村，拼属外点。

吴源迁来的人带来了水库周边库水灌溉不上的田和地。按人口分配田种面积，已大大有余而无缺，水库口灌溉方便的大陆村外前畈全部划给川一村所有。将来水库建成后，这个村库水能够自流灌溉面积不过几亩田。反正是大社集体经济，小村种孬田收获少，大村种好田收益高，共同分配，一样得利。

碧川水库就建在山早坑出口与吴弄坑交会处。库岸将连接土名叫"吴弄呐坡坳"的山嘴和"仰天饭甑"山嘴，彻底截断了蒋介石设想游仙都而在一九三四年建成、抗战时遭日本人毁坏的碧仙公路。建成后库岸长约二百三十米，高十五米。为使库岸稳固，基脚内外宽厚约百米。整所库岸将由近十万土石方堆砌而成。

水库岸的建筑内外分三部分。

中心部分为堵水的关键层，叫坝心，水库蓄水将有十米多深，其水压每平方米在十吨以上。如此大的水压，不让库岸有针缝透水渗漏，坝心是关键。挖坝心基叫扦坝心，坝心要扦到露出没有破缝的山岩为止，然后以不杂砂的纯黏土填充，层层夯实。

坝心层外是支固坡。它的作用有两个：一是以它的倾斜度支持坝心稳固，二是以它的透水性使库岸不积水。所以支固坡以带砂性黏土压筑，越近库岸表层砂石分量越大，直到表面则以大块石料堆砌。

坝心层内是迎水坡。它的作用也有二：一为支持保护坝心，二是以它的斜坡缓解库水波浪对库岸的冲击。迎水坡也是以黏土夯筑而成，不过质料不需像坝心泥那么严格。

与水库大坝工程配套的还有放水的涵洞和排洪的溢洪道。在当时的农村，大家连水泥是什么东西都还不知道，更不可能像现在用混凝土那样方便。黄碧村做水库有别出机杼之处，就是发挥了祖传缸窑的作用，捏泥烧制成陶器。放水涵洞就以一百多只内径四十厘米的陶器连接构成。又以千年水底松制作放水阀门。溢洪道即通过爆破坚硬的山垄作为排洪溢口。

十万土石方从库内搬移到库口，夯筑成山一样高的库岸，似如神话。但在二十世纪五十年代踌躇满志的碧川社员手下，却成了现实。全体社员在“建库如建仓，积水如积粮”的口号下，众志成城，人人露才扬能，生龙活虎地奋战了整整一个冬春。没有挖土机就用锄头掏，没有拖拉机就以双肩挑，没有推土机就使耙拏扒。以三四十人拖动长达一米多的石面磙代替压土机。人多力量大，一尺厚的虚泥压得如步平路。八人拉八束，心齐劲头足。一百多斤重的石夯，在“大家一齐来啊……嗨……哎嗨哟啊……”的口号声中，似纸鸢腾飞高空，能扔到半人多高。

西江月为颂；碧水源头，建库锁龙。科学战天斗地，众策群力；自力更生，挖海造山。声情吭歌行云，别开生面。

在建库苦干的同时碧川社员更发挥各自的智慧，用土机械代替洋机械。其中“牛拉火车”和“输土索道”的发明者是一位社员，名叫表法。表法为人聪明，历来不曾从师，但木工泥瓦、补胎修车，百般手艺俱全。他感到做水库民

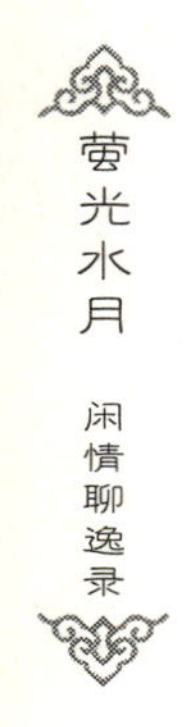

工挑土辛苦，设计建成从下吴弄到库基二里路长的木轨铁路，以牛拉“火车”的方式运输库岸泥石。用双轮车轴承钢圈为转盘，架起从仰天饭甑到坝心二百多米长的索道，输送筑坝心黄金泥。仅此两项，给碧川人民节省的工时不可计数。

除了库岸上主体工程外，为保证水库蓄水，扩大拾雨面积，在大陆村前绕山又开凿了五里多长的引水渠道。从内点下寮起始引大陆坑水入库。

由于大家夜以继日奋力拼搏，仅一年多一点工夫即按规划建成了那十万多方土石的碧川水库。

水库建成，有智慧的碧川社员更一库多用。库下设置了碾米厂、发电厂，利用水力白天碾米磨麦，晚上发电点灯，成为好溪谷首例“点灯不用油，舂米不用老鼠头”的先进乡村。

兴建水库让碧川起了翻天覆地的变化。可有人借故曰“水库做‘火车’轮用材”，趁机砍伐了大陆村沿坑水口树，反说是辖属川一村的田边木，祖宗育林遗下的百年古樟惨遭毁损。

后来虽然由水利局拨款，历年对放水管、阀门、溢洪道、岸外坡多次进行现代化修建，然而自力更生，白手起家，群策群力，土法上马，兴建水库，为后代造福的事迹是当代人们热衷于谈论的话题，更是留给子孙万代抚今追昔感人肺腑的活教材。

拾　伍

遍华统刮共产风，浮虚自夸工农动。
领导寝忧食不完，剃山破斧冒业功。

黄碧村翻过泉塘岭，横过金温公路，走过马渡溪滩马渡桥马渡磷，跨过笕头畈，绕过莪蒿殿即到新建下街头口。

街头拱门口边的房顶上，立有跟常人一般大小的魁星点状元雕像。左手揣墨斗于胸前，右手握朱笔额举前附，似乎招手欢迎来校上学的人。

进拱门约过五十米，街道边围墙内隔一球场对面，大门上书写“浙江省好溪谷新建中学”。

入校门，建有左右相对连续不止十间双层厢房，上下相对三大开间厅堂的古老屋舍。这所房舍中央除立筑有独峰书院外，还供奉有理学大师朱熹和御封“理学名贤”仅有的一所文昌阁。登阁楼瞭望四周，新建周围远近风光尽收眼底。新建中学初建时选用该址，将阁楼上的魁星移请到了街头拱门口房顶。在文昌阁院内改扩建作学校大礼堂，两厢房楼下为学校医护室和师生食堂，楼上为老师宿舍和学生寝室。

校教学楼就是大礼堂后，相隔三个球场的两层新房。堂皇新建中学仅此校园，后门挤对新建后畈小山，门前通过环镇小道。晚自修课室点煤气灯，老师办公点风硐灯，寝路灯点煤油灯。

五六届招来新生三个班，以甲乙丙编次。律从幸入一（甲）班。因当时少年上学难，同班同学年龄差五六岁。十三岁的律从个子小，排座于最前列。

大陆村同时到新建中学读书的有四人。当上中学生了，人人都不是来自宽裕之家。四个人没有一个带得起雨伞。带上一个大雨笠，就为上等雨具了。这个星期日正是冬至，大家兴致勃勃地赶回过冬节，却逢天不作美雨雪交加。穿布鞋走路，鞋袜会淋湿。穿雨鞋走路，十多里的泥石路会磨耗鞋。

大家不约而同脱鞋赤脚，步行回家过节。

政府重视教育，为褒奖优生学习，解决特困生生活难、交费难，决定以后者为主，设立助学金。

一(甲)班班委之一员，村学小学自小和律从同班读书，长律从五岁，工作干练周到。学校在摸底学生家庭情况时，以她对律从家庭经济的了解，关心地提议将律从列为助学金享受对象。其班主任正是黄碧街人，对律从的家庭略有所知，出于其家庭成分却不宜多助。律从享以丁级减免费，每学期全交二十二元学费，到发放时尚可领回半数。

经过互助组、初级社、高级社的发展，农业生产速度提高很快，全民对合作化道路有高度认识。而道路不可能都是平整的，有人将合作化道路上出现的高下矛盾扩大化，掀起整风“反右”运动。

教育系统随运动来了个“调整、充实、提高”热潮。欲开除“不合格”学生，压缩班级数量，提高教学质量。风雨中校内“场上正打完，汗珠还没干，这一场秋收难度过，难度过腊月鬼门关，鬼门关”歌声四起。

“目前教育系统正进入调整、充实、提高阶段，上级要让部分学生退校，”班主任叫律从谈话，“一年来你表现还好，可以安心学习。但鉴于你的家庭，你享受的那份减免，让我承担不了，我得上报撤除。你看如何？”

给予这样的学生以助学金，是一个路线问题，明白的班主任不得不改正。

大陆四个学生上中学，祥丰小儿也在名列，比较家况可谓上等，视律从学费有减，妒火难消。好在本户阴谋家众，诡计多端。趁到村做抗漏生的老师来户，祥丰百般卖穷，声称交不起学费。故意拖延儿子惠向上学时间，以为学校会答应学费减免。不料想抗漏生老师不再登门。料知诡计已被识破，祥丰赶忙叫惠向去校报名时，学校“调整”已于前天截止注册，惠向就此享父福而失学。

碧川三村一个在校不遵守纪律，根本不读书的徐玉乙，也受“调整”回家。

整风“反右”运动又扩大化，好多善意向中央提出异议的人被打成“右派”。

社会的熏风，莫名的情景，促使了律从对政治的关注钻研。在政治老师，新中杜校长的指导下，律从好奇地利用课余时间研读《毛泽东选集》《政治经济学》等课外书。

整风“反右”后人们日常说话、行为都爱表现自己是“左”。“左”成了全国上下一股强盛劲风。一九五八年中央提出“足干劲，力争上游，多、快、好、省地建设社会主义”总路线。总路线在“左”倾支配下出现了“大跃进”。“大跃进”以为社越大越好，在短短的不到一年时间内将小乡社变成大乡社，又将大乡社变成区社，甚至变为县社。

在好溪谷尚属第三类，一区一社，冠以“大跃进”中出现的“卫星”“红旗”“跃进”“东方”等新名词作为社名，这种规模巨大的社叫作“人民公社”。“总路线”“大跃进”“人民公社”三面红旗在世界之东高举起来。

碧川高级社所辖大陆村属新建区，命名为“红旗人民公社”，简称“红旗公社”。

公社实行“政社合一”，本来的乡级政府消失，原来的行政村改称“大队”，大队下分“生产队”。西弄徐成人是大陆大队的大队长。公社实现了“组织军事化”，实行“行动战斗化”。社内有各门手艺的人员组成专业队、手工业社。一切财产归公统一核算，统一分配。一切人员、所有劳动力统一调动，统一安排。大陆村祥富等几个本来会泥瓦的参加“泥水社”；祥周等本会木工的参加了“木业社”；徐露自小在娘家养过蚕，有养蚕经验，被抽去成为碧川养蚕专业队人员；祥兰大儿惠松自小跟父亲学裁缝，参加了“成衣社”。所谓说“参加”，不如用“指派”更符实。如参加成衣社的惠松不久之后就被指派到公路段当上养路工，之后又被指派到金华铁路段做工。其他没有专业技术的社员遗务农业。

在“以粮为纲”的“大跃进”形势下，农业浮夸风越刮越盛，生产指标越来越高。

民以食为天，有粮食了一切好办。公社推行供给制，各村办起了食堂，吃饭不要钱。公社社员过起了“共产主义生活”。包括在学校读书的学生，各公社也按月支付伙食费。

一九五八年下半年国家提出了不切实际的钢铁产量要翻一番的目标。

红旗公社炼铁基地在新建镇上村头，其他稍大的村自己也独立建立有土高炉。人们把泥土倒进立在炉基上的木桶内，木桶三米多高，口径一米五左右，层层夯实，作“炉坯”。然后将中心挖空拍平，做成“炉膛”。在细腻的黏土中掺些永康来的“胡西泥”，再同舂细的木炭粉末拌和成“耐火泥”，糊糊到炉

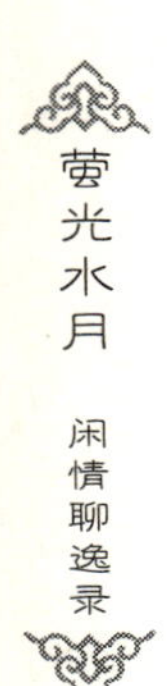

膛，一寸多厚，以作为“耐火层”。最后在炉后打一寸直径小孔作为“进风孔”，在炉前挖直径十厘米大孔为出铁、退渣口，土高炉便是这样建成的。上百个土高炉林立在村头田野耸立，为中国钢铁事业出力立功。

土高炉以铁砂为原料，以木炭为燃料炼铁。开炉起火以后，木炭从炉顶加入，铁砂散落到木炭上。待炉内下层木炭烧尽，上层砂炭自然降落到炽热高温的炉膛下部。铁砂熔化成铁水和铁渣积聚于炉底。铁渣密度小，浮在铁水上，渣铁分层。定时用钢钎捅去出铁口封泥，渣铁外流即“成功出铁”了。敲去松脆的铁渣，它就是一万零七十万吨中的一分子了。

由于各地来的高炉新工人，都为临时农转工，不懂炼铁原理。新筑铁炉开炼，往往费耗多炉炭火和铁砂来摸索经验才能成功。

新建中学乃是文化之地，集结了各科高材教师。语文课讲授大办钢铁风采描述，数学课传授大办钢铁炉料计算，物理课指导大办钢铁分子热力，化学课讲解大办钢铁铁氧分化。各科老师分工带领学生去炼铁场，实地操作拉风箱、加砂添炭；去机械厂，亲手操纵机床运转、翻砂铸件。脑子灵敏肯学的学生，百业受得经历，百般有个基础。

学校自己建的一个土高炉，第一炉就成功出铁。学生们欢呼雀跃。

土高炉炼出的生铁，合格的实际不到三分之二。新建中学领头在学校园东空地建筑炒钢平炉，模拟两千年前祖先发明的“炒钢”术。传教社员把生铁柔化成熟铁：把生铁摆在“平炉”里再鼓风烧炭，用木棍不断搅动炒钢，使铁块半熔成溏状，让其“渗碳”。钳出铁块放在铁砧上用锤捶打，以进一步排除杂质。多次熔炼生铁才炼成熟铁，真正遵守“百炼成钢”规则去干。

要将生铁炼成特种钢，还得另外起炉。老师指导三年级的学生用黏土、炭粉、胡西泥按一定比例打和，自制“坩埚”，筑起冶炼特种钢的大平炉。用天平秤称准各种化学配料，盛到“坩埚”中，钳放入平炉内。人在炉台上看火色断炉温，操作火候熔炼。

老师除响应大办炼钢铁的号召，带领学生投入炼铁炼钢外，物理老师还辅导学生翻砂模铸大小磅锤和打稻机大小齿轮。化学老师指导学生从理发店收来头发为原料，用烧瓶、烧杯、酒精灯做酿制烧酒实验；以杂乱有机废物，盛大铁桶内现示沼气点灯。

虽然群众炼铁不做高质要求，这一千零七十万吨的一分子来之已不易。

当时没有电动鼓风机，每个高炉都用木制风箱人力鼓风。风箱是在长木柜内，置一围扎鸡毛、附拉臂的阀门，两头有开带活门的进风口，旁边钉以带活门的出风口。拉风箱人拉推伸出箱外的拉臂鼓风，往前三五步，后退三五步地用力拉推。若略微懒散，风力不足就会遭遇“冷炉”麻烦。铁水冻结炉膛放不出，只得停火修理。严冬中两人交替不分昼夜挥汗如雨使劲干。各炉争上游、夺红旗、树标兵、掌鼓风的阵前旗手，不得不不遗余力地干。

来此一份钢铁，除直接在“前线”炼铁的战士日夜苦战外，还有更多的人为它风餐露宿完成“洗铁砂”“烧木炭”等辛劳作业。

万物入土皆为泥，从春秋时期铁器广泛使用于农业，铁泥摩擦损耗的铁制农具皆成铁末混入泥中。冲除泥沙后的铁末即是土高炉炼铁原料，这就需成千上万的人“洗铁砂”。

以三边钉壁的长方木盆，倒入泥沙冲水，赤着双脚搅动，铁砂下沉。另一人拿把木耙随水扒去上面泥沙，剩下的就是苦劳的收获。

大陆村为了找木板钉制洗砂木盆，有人首倡“破四旧”，把大陆村宗祠上厅高挂的“理学名贤”“朝散大夫”两方古匾卸下做洗砂木盆。恰逢祥昊见祠堂卸匾，念念不忘欲毁除民国年间浙江省长奖于他的伯伯慈祥救灾有功，挂在十八间世间的“惠及灾黎”的匾额，此着正逢时机，赶忙乘风破浪卸除这块匾额，将其钉成木盆洗砂。

含铁砂量高的泥土也不过万分之一，大陆村地土含铁砂量更少，要洗铁砂得到十多里路外。分派你洗砂，谁若推卸不去，或者去了，完不成铁砂任务的，食堂会不给领食。你自家动火烧饭，看到烟囱冒烟，就到你伙房，撬出铁锅当场敲碎，以抵铁砂任务。在全民大办钢铁中完成不了指标的社区，通常以派投现成铁充报新炼铁，毁坏铁器充填钢材，来上报钢铁产量。

再话炼钢铁需要的柴火。大陆村地处山地，山上松木茂密成林。除铁砂任务外，因地制宜就地取材，还有“公”献供土高炉炼铁用木炭的义务。除外调洗铁砂人员外，还有伐木烧炭组。烧炭组派外来进社的施寅为队长，带领众人砍伐松树。松树截断后紧密竖立于平地，四周密封泥土，点燃封口，让其在缺氧的状况下燃烧。适时淋水将其熄灭，取出木炭供炼铁时当燃料。原来青山绿水山林茂盛的大陆坳，经不起半年乱砍滥伐的毁林烧炭，弄得四周山垄光秃秃，草稀木绝。鸟兽不得安居，随后逐类绝灭。

大炼钢铁形成了全国性的群众运动，群众运动激流冲撞，造成堤损难免。然而在大炼钢铁的浪潮中，还是在某些方面取得了成就。

国家在大炼钢铁的同时，也大力提倡技术革命。各行各业匀在本岗位大搞技术革新，表彰创造发明。其中新建木业社制作的"永动水车"特别引人注目：一台鬼斧神工的木制车机，亭亭玉立于新建溪岸上，轰动一时，前来参观的观众络绎不绝。听介绍，"永动水车"的原理是：水车从溪塘中车上来的水，经过水轮转动，水轮转动带动水车车水。只要开始花力气车上水，有水流动，水就自己能永久车水了。天下真有如此一劳永逸的机器吗？

因为老师曾布置过，学生应参与技术革新，有所发明创造。律从对此极感兴趣，课外专程到所在地去，对"永动水车"进行"参观、考察、研究"。观赏了永动水车，律从受到了启发，触类旁通，解决了多日来苦思冥想的收割机平移输送稻把难题。

自从上次律从去理发，看到理发师手里的理发剪，就产生了自行收割机的设计理念。律从幻想利用人工推力，推动收割机前进；利用塔轮传动，改变轮轴转动方向；利用偏心轮变转动为平动，推动齿片进行左右剪割；利用惯性，割后稻麦倒向输送皮带，送打稻机脱粒。

看水车回来，律从就解剖了想象中的机模，动手画开了图纸。设计图纸送交导师金老师修改、制模。

县政府举办技术革新展览会，集中全县创造发明样品在城隍山展览。校导师带领得力学生盛装赴城参观。事前得意地说："你们去看看，人家的创造发明是怎样做的。想想自己怎么想不到，搞不出成果。"

导师特别导游了农械展厅。

这里放着一台收割机，律从一眼看见自己设计的收割机在这里展出，兴奋极了。收割机的设计原理和机件设施与自己亲画样图一模一样，只是在推杆下添装了一只小柴油机，推杆改成了扶手。同行同学翻过吊在机上的标签，牌子上写的设计者姓名是"新建中学金兆纪"。同学们围拢金老师，热诚地抒发了敬佩仰慕之情。在旁的律从也自觉欣慰，小鸟依人，人尊鸟贵，学生成材功成师受，理有应得。如此大器非比玩具，终不宜将制作者挂个小孩大名。

拾　陆

跃进立定文教上，草批作业恶生挡。
严师酝酿抚徒心，堵刹自满高手法。

土改后经过多年的经济恢复，农业产量逐年提高。农村生活虽然正在走好，但惯以常备不懈为荣，缩食淡饭为俗的农民，依然俭朴度日。公社化后农户历年积铢累寸节约下的粮食均都交公。当年食堂粮食充足，人人饱餐，干活奋战无忧。

一九五八年大炼钢铁，全社会集中兵力“为钢铁而战”。各级农业生产领导松懈，农村基层大队、小队放弃农田管理。田地搁置，农时延误。下地的没有劳动任务，大伙同干活，同收工，“出工不出力，反正有饭食”。造成以后连续几年农业生产畸形发展，粮食产量年年下降。最终落得坐吃山空，激进中的空中楼阁，似海市蜃楼转眼化为乌有。

那时社会上粮食十分紧张，大陆村便是个典型。相当一段日子食堂缺米，炊事员每餐仅限斤把米和几块番薯落锅，煮一大锅稀烂的薄粥，装进豆腐桶盖上锅盖以待施发。用个铁勺“哄哚，哄哚”的，一人一勺分给社员过餐。炊事员如果将整桶粥搅动一下，或从桶底捞块番薯给你，还算得有人情，受者多得到一块番薯高兴得心花怒放。如果看到铁勺边上一块番薯落回桶里，心疼得“泪痕映眶”，即将到口的让人垂涎欲滴的一餐就没了。一个大队同时吃饭，饥肠辘辘的几十个人闹哄哄地在祠堂排队等食。炊事员只得全力以赴压住锅盖，等待开饭时刻的到来。

粮户在中学的学生，粮食局供应给食堂粮食，同时也兼搭红薯等杂粮。在大炼钢铁勤工俭学中，反正人、体力都属国家，有力拼命干理所当然。可耗费体力的学生父母，都享受供给制，缺资乏钱供给子女，无条件饱食终日，不会向食堂买菜，补充营养。一个大餐厅，入眼的都是自带白盐炒野菜过餐。

食堂每斤米只能买一角二分钱的饭票，有大个子同学一餐要吃两角多饭票。律从家只有娘，维持一家两兄弟读书，没钞票收入。除交学费，自限日食八分钱饭票，只能买两分钱一块半斤重的红薯就此过餐。到星期五、六，接近星期天，律从细想到家母弟弟，以省下的饭票多买几分米饭，带回给大家填充饥肠。

一九五九年大炼钢铁有所收敛，经全国上下齐奏“大炼钢铁”凯歌，一九五八年钢铁产量猛升到一千一百多万吨。取得如此成就，花的代价不可否认其大，难怪有人说：“大炼钢铁得不偿失。”

教育界开始恢复教学秩序，杜校长因调动，临走尚不忘勤工办学的校风，在校长办公桌抽屉遗放一铁块和红薯，以示后任者继承勤工俭学良风。金华地区为适应新形势，促进教学，对初三毕业班进行竞赛统考。学生在外闯荡惯了，整日坐着上课做作业心神难耐，巴不得快下课，一下课就冲向操场打球或围起打扑克。

“嗯！下周就要地区统考了，”年过花甲的名誉校长，走到正起劲打球的律从身边，拍拍他的头，指着地面说，“喏喏喏，你看你看，这么多分数，‘嘣，嘣，嘣’的都落在地下啦！多可惜啊！”

律从回头一看，是满腹经纶受人尊敬的老校长，便红着脸赶忙弃球跑回课室。

这是老校长对他的关爱。从此律从自思，得充分利用时间好好学习。决心课内专心致志听懂知识，下课再不敢打球玩牌，自律完成当节课老师布置的作业，而不待晚自修去做。用晚自修时间，重温当日老师讲过的课文，预习明天老师将要讲的新课内容。兼权熟计成持久常规，其奋斗结果，便是于统考中取得了地区级第三名的优秀成绩。

新建中学在勤工俭学和教学质量上得到了双丰收，校舍进行了扩建，办学规模也扩大了。在大炼钢铁年与盘溪中学并举，创办了高中班。学校来了一位姓沈的化学老师，任教初三年级。沈老师带家属任职，家务忙，对学生交来的作业批改，紧跟技术革新形势，从全部改批革新为抽批。忽一日随机抽捡到科代表律从的作业本，本内夹写着一张纸条，上写着：“作业是学生学习劳动成果的检验，各个学生有各人的解题思路，不是工厂机器生产的产件，不宜随机抽样检查。”

真是岂有此理，学生对老师胆敢指责。隔一天沈老师去这班上课，勉强向学生道了歉。事隔不久又改革为三班轮次批改。

后来化学老师撤换由姓程的担任。程老师名海昌，年过半百，患有心脏病。身体衰弱工作热情不减当年，老骥伏枥忠诚守职，独担高一、初三两个年级段的化学教学任务。

程海昌委任律从继续当科代表，律从也同心协力与之提高本班学科成绩。同学在化学课学习中有疑难问题，自修时间去找老师不便，都问律从。同一个问题问的人多，律从就自告奋勇上讲台为全班讲解。后来班里各科科代表都学样理化科代表，先自行钻研本节学科内容，或请教任课老师，弄懂并进一步思考表达法，冒充小教员适时适量当众讲解重点、疑点，像模像样地干起了科代表的工作。

程老师一人上四个班的课，改作繁重还得备课，精力有限。律从为帮其减轻工作量，晚自修下课就去程老师房间，帮忙批改作业。初中作业少，律从求教领悟其中理念之后，程老师将高中班作业也让他参与改阅。律从天天都去成了习惯，经常"工作"到深夜。有些天批改太晚了，程老师担心律从夜长饥饿，于房内利用酒精喷灯做点小吃，让他吃了夜宵就寝。

自修课给同学讲作业，下课抓紧去改作业。有时连自己既定规程的预复习都完成不得。"今天的事今天做，明天还有新功课。"不做完今天该做的事，律从是睡不着觉的。改完作业律从轻脚轻手地进寝室，为了不影响同学，藏在被窝内打起手电筒，完成明天功课的预习。

班主任让律从与读书成绩差极、上课老是睡觉、没人愿与其同桌的人共桌，弄不清是瞌睡虫传染，还是夜里睡眠时间少，律从这段时间白天上课也经常打瞌睡。有同学向物理老师提意见："上课有同学睡着了，你就批评得凶狠。为什么律从上课经常睡觉，却不批评？老师不公平。"

"他每回考试都考得好，他要睡让他睡何妨?"项贻匡老师似乎了解律从睡眠不足。

"他这个学期上课如此睡觉，为什么成绩还这么好啊!"

"他上课，重要的醒来听进去了，不重要的地方他不听睡一下，不可以吗?"

初中毕业，老校长王施仁，不想看到共同奋战三年，相处了六个学期的同

学离散，就向同学们分析本校教学经验，叙谈母校历年来取得的成绩，语重心长的表达办校经历的激情体会，希望同学们报考母校高中部继续读。新建中学当然不及好溪谷中学名气大，而且本届尚为第二届高中招生，还没有经过高考验证质量高低。恭听了相处三年老校长的嘉言，学生个个心悦诚服。留恋热爱母校之心人人有之，原想报考别校的同学意向齐转，望再共砚三年。

三个初三班还有外公社学生，筛选成一个高中班。律从也在其中，步入新起点，继往开来坚持奋斗。

中学教导主任傅祖德，为人雍容正经，说一是一，从不与人说一句空话玩笑。全校集会，别的老师发言，台下叽叽喳喳哄闹难止。一旦值日老师宣布："下面请傅主任讲话。"台下众人立时肃静无声，立正听训。

傅主任负责教学高一数学，同学们课内未听懂的有疑惑问题，都不敢前去拜问，甚至原科代表，也仅充当转交作业儿郎。

个性奇特的律从以为，任何老师都希望学生好，不会有老师对求学问师的学生严厉批评，学习中遇到难题，不可不问老师。大家都有这样怕傅老师，我偏欲去虎口拔牙试试。可是也心有余悸，生怕在恐慌中老师的讲解听不入耳。他从课外书中翻阅得一道相关习题，经过两天的钻研终究解开。律从捧着这道自己已经破解的"难题"，去试探威严若虎的"严"老师。

"傅老师，这道数学题该怎么解？"

傅老师望一眼律从，转眼看题纸，说："此题不是课本中的。"

"是图书室的一本《数学习题集》中的。"

"好，这道习题很好。它包含的数学知识面广。"

傅老师脸带笑容，接着给律从从"看题入门、题型特征、思路启发、联系知识、逐步前推、贯穿破解"，导述解题方法思路。唇焦舌敝尚忧律从听不懂，以所学知识，从题目推析到浅显知识，再从浅显着手逐步深入题解，对照习题讲解多遍。

"面对难题如此思路，领会了吗？"

没料到让人威惧的老师，向其询疑，不但就事论事给予就题解说，而且更加借题发挥传教解题方法。律从的畏惧心理早消，替代的是感激。连答："懂了，懂了。"

"学生向我问问题，"傅老师用手摸摸律从的头说，"你还是第一个。'学问'是要多'学'多'问'多钻研，从中掌握学习门路。解题方法繁多，见练得多，视题型将以归类，新题旧属学习就轻松了。今后高一班数学科代表由你担当，有问题尽管来问。”

律从回到班上，大力宣传傅老师的爱生情义。此后同窗效仿其赴问傅老师疑难习题的日多。律从干理化科代表已熟门熟路，干数学科代表很快就上手了。

班里有对手的学友，课余安排久习成律。饭后课间丝竹共鸣，胡琴口琴，直箫横笛齐奏。女生放喉颂诗吭歌，和韵合唱。英语老师春节回老家上海，特意买来若干笛子，送给这班文艺爱好的同学，勉励他们多面发展。

课外活动，球迷们进入球场。喜爱篮球排球乒乓球的，各守岗位。几个科代表和那些喜好看书的，一头钻进图书室。各自按傅主任“新题旧属原理”浏阅群书，有查获“新发现”，回班公示于众，大家协力围攻，找出解开新问题的方法。有时一个题目各自分解后，碰头交谈解法各一，交流中各持己见，各执其是。有些习题从不同思路入门，有不同的解法。在争论中得出一题多解道理，让同学们日后在练习中多了研讨课题，研究一题多解办法和比较何解简便。

新建中学扩建填操场后，劳动基地在两里路外，土名叫“猪娘山”。同学们辛勤劳动，种的红薯大丰收。语文老师让学生以“收红薯”为题写一篇体会作文。律从以为困难时期亲手种粮丰收，一反常规记叙以表心态，模拟物理中运动相对。以师生行走路过成熟的稻畈，写成乘船航行于金黄稻浪中，将丰收情景体现在航船两侧。作文得到班主任好评，给予当班讲评。律从因而自以为文理科学习均不错。

化学测验律从见题下笔，旗开得胜早完全卷，东张西望自豪的四顾旁人做得如何。程老师不动声色坐黑板下。等待班里五六个先锋交了卷，律从就迫不及待地送交了出去。

“等会出去。”律从正轻快地往课室外走，猛然被程老师叫住了。

程老师取红笔于其考卷当面就批。“嚓，嚓，嚓”满卷的叉叉在卷题后画起，偶然有几个红钩尚带捺点。最后于卷头得分处画了个显眼的“54”。

“你看，自己觉得怎么样？”程老师面带愠色面对律从。

习惯于考试得满分的律从，突然得个“54”袭击，点点头，拖着沉重的两脚，惭愧地步出教室。

拾　柒

钢钢弃农入艰境，米珍假代充饥紧。

官干眼红复耕归，中央及时旨调整。

一九六〇年中央采取“调整、巩固、充实、提高”八字方针，取消公共食堂和供给制等盲目的共产主义激进风产物，将县区级人民公社规模压缩回乡社级，缩小经济核算单位，恢复商品经济，纠正平均主义。安定了人心，农民生产积极性增强。

将区级大规模的人民公社收缩回原来的乡级初级规模，并不是孙悟空的金箍棒那样说变就变。如碧川高级社原来是一个碧川小乡成立的农业社，这样小的人民公社，经历大公社管理的领导，觉得小公社管理起来不够舒畅。于是将好溪谷范围内新建溪下游原碧溪高级社、碧虞高级社、碧川高级社三个老乡级社合并为一个公社，定名为“三碧人民公社”，后来正式命名为“新碧人民公社”，简称“新碧公社”。公社办公中心设在下小溪村六份祠堂。

由于公社的组建，山田又得重新调整。这次调整与土改分田大相径庭，土地对农民而言是衣食源泉，理应求之不得，土改时农民对土地是托钵垂涎，任何人都巴不得多分；但由于经历了几年人民公社的“一大二公”折腾，许多人以为土地多就得多干多劳，似乎觉得土地也是一个负担。这次调整后各村大队干部，个个出身“大方之家”，巴不得将土地推让给别村，自己仅种村边田就足矣。本有规划大陆坳内田地配让碧虞大队的官山生产队，大陆村除种原外坳田地外，再配以黄碧村外“白路坟畈”田，或村前水库口田，这两处田地都是光照强，旱涝保丰收之处。可是参加分田的大陆村大队长徐戊人，以为自己坳内田地下地近，反正“一大二公”，收益多少与他无关，拒绝接受远田。当时的山林分配也出现类似现象，经大炼钢铁后，大陆坳前后山都已成光头。食堂刚散伙，村民生活食玉炊桂，山中人砍柴烧也不容易。大队长徐戊人对宜于松杉栽植的前山，包括常山都推却不要，只要他自家屋旁的后山，想着缺少柴火时到公山偷一些茅草烧也方便。对山林的管理并非需要勤出工大费力，大陆村外至蓬头殿内土名“白车岩头”一大片山，白送也无人肯承受，全靠碧川三大队干部大发慈悲接纳归己。至此田地山塘才落实到各大队，归村所有。

亡羊补牢虽说未晚，然而毕竟历经三年曲折，造成损失过大。刚好遭受接连不断的自然灾祸戗害，粮食生产一时翘不起头。政府救济不无少补，但杯水车薪无济于事。货物短缺米价上涨，社会上省吃俭用的人家，节约下的米为换买盐钱用，盐的市价达到当时国家统价九分六厘一斤的三十倍以上。农民在没粮食过活下，只能千方百计搞“代用品”填肚皮。

大陆村参战过台儿庄战役，当了十二年县人民代表的祥善，也在这一年去世。

学校发动中学生支援供销社，去山区担纸，运输卫生纸。从三十里路外担出二大块纸，得到五角钱的酬金。供销社仅配卖给值二角钱的十厘米口径的瓷碟一只。物资紧缺只可以分配供应，粮票、布票、油票比钞票还值钱。

面对这种现象，中央及时调整政策。一方面压缩城镇人口，知识青年上山下乡。一方面包产到队，恢复生产队和社员农户的自主权，恢复和扩大自留地，允许扩大土地开荒种植。

中央的政策使社会上商品经济得到抬头。农民收获的农产品，可上市自由买卖增加收益，这大大激发了农民社员的生产劳动积极性。市场生机盎然，农产食用品源出泉涌，日常生活用品价格和粮价徒然跌落，人民币币值回升。

当年一位大学毕业生初级工资仅四十二元。社区一般工作人员薪饷只有二三十元。许多国家工作人员有同黄碧村徐长短类似思虑，坐办公室忙碌一个月，领得二十几元工资不够买一担萝卜，还不如回家开种扩地来得有钱，于是申请退职返乡务农的不少。

大陆村的惠松就在这样的社会背景下弃职回家。

惠松开始在公社组织的成衣社工作，在组织军事化、行动战斗化中，服从“轻工业支援重工业”的形势下，被委派到县公路段，后又被委派到金华铁路局做工。月工资二十八元，供应口粮每月四十五斤。困难时候，惠松不在家，

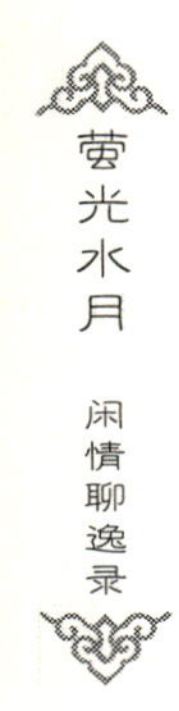

家里两个孩子和老婆去食堂经常连苦马洋芋都吃不上。惠松适假休回来领略如是情形，还同叔叔祥周商议。叔叔说："陷回大陆村泥潭拔腿艰难。你难得让风吹起，别人正愁纸鹫断线拉你不回来呢，你若回来正合他们意。你该想清楚一点，决不可胡为。"惠松此后回到铁路局，一直牵挂家庭坐卧不安。为照顾家人，决心割爱舍职，回家与妻小酸辣共尝。出于叔叔的劝训和路段领导的情面，惠松不好意思提起申请。但若不申请批准，自动逃回，连二十八元也领不到，只得撞钟待时。尽管惠松有敲钟做和尚的情绪，但由于一贯听话能干，得到上司领导信任重用，有心随时提携升任。

有意待机机自临，上级刚巧欲从金华铁路局选派一对象去余姚段工作。领导看上了惠松，即时谈话让他办理调动手续。惠松满口答应，领导却不知惠松另有打算。惠松将全部手续办妥，各部门领导顺理成章地签了字，名正言顺地结算清楚账目，领取所有该领的钱款。最后上车才对顶亲近的送行领导说："我上车回家了，不去余姚。"那位领导无可奈何，只能憨笑着拍臂告别。

拾　捌

仙景求知无心享，学友有难热情上。
天灾无免尚可抗，人祸横道毁理想。

好溪谷教委及县领导干部，确实关心年轻一代的前程。为了提高当年高考成绩，让考生有个良好的复习环境，让各校互相交流教学相长。把县内的好中、壶中、新中三所全中的毕业班，都集中到本县的国家级风景区——仙都，合并复习。调聘各校优秀导师，交叉辅导，扬长补短。

临时辅导高复处设在仙都党校，就在月亮岩下，宋时朱熹讲学的独峰书院近旁。

古有典范为今人楷模，同学们学习倍加认真，教师的讲解情意透彻。虽身处优美景区内，除晚饭后带着讨论习题散步，踏赏咫尺景点外，谁也没有余心欣赏步外旖旎风光。

集中复习有利处也有弊端，利处是相互交流取长补短，弊端是师生熟疏习惯各异。

一位壶中来的数学女老师，年轻有为心情激动，讲课语调频率偏高偏快。未及了解学生是否听懂前句，后句连贯送至。学生正在思考上句理义，后语就无休止地灌进耳朵。听贯老师慢讲渐进的学生，都来不及思考。往往是听了一节课，耳脑"咕噜噜"，不知老师匆匆忙忙讲的那么多东西是什么。课后议论纷纷，要律从提个意见。

对陌生的老师，不便贸然提意见。该待机利用她的急速性格出差错，然后诚恳地提议改善教法。

一天律从在练习中遇到一难题——一道名副其实的难题，以常规线索思考，中途都不得甚解，经多番试探，只找到一条独路能达终点。

"杜老师，这道题该怎么做？"

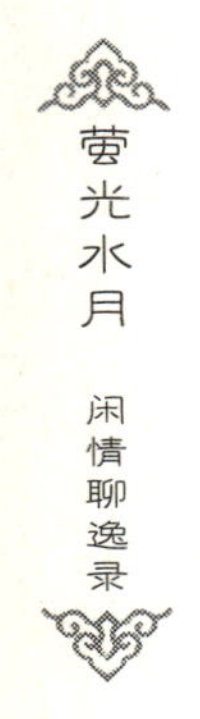

杜老师接手题目，张目扫视一翻，就急速边讲边写长驱直入。

“杜老师，您讲慢点，这样快我听都听不及，更没时间思考领会。”

杜老师温柔地看看律从，然后又从头开始慢慢讲解。讲一会思路，写一步题解，问一句“懂吗”。

沿线走了一程，进入关键之处也碰着了拦路虎，她的思路、题解断了。看一下律从说：“我那边有点急事，待会再同你讲吧。”

待她走后，律从微微笑。

“你来，”第二天中午，杜老师叫上律从，“你昨日问的题目，解开了吗？此题要这样做。”

接着，她胸有成竹地将题对律从比画了一遍。讲解速度随解题方法的改变而改进，讲述慢得多了。

“懂得了吗？”

“懂，不过按您昨天的开导，我去解了，却做不出来。”

“解题的方法多种，可能一题多解。但也有些特殊问题，只有采取特殊解法，不是千篇一律。”

得了这句教导，律从倒受心动而久远铭记。杜老师也体谅学生，以后讲课也不做单一“报告”了。重复再讲解一遍的时间，不如留给学生做领会思维时间。

就寝后，紧张了一天的学生呼呼入睡。突然女生来报，寝室有同学肚痛翻滚。正备课的班主任忙停笔。过去一看，是凤仙同学的胃病犯了，叫痛连天急得共室不安。班主任急速嘱咐：“快就近请仙都中学校医过来视诊。”

仙都中学离独峰书院两里多路，深更夜静，天下大雨。胆怯的女生急得团团转，谁也没胆量自告奋勇。

“我叫一位男生同去。”首报的学生唐娟转身即跑。

与凤仙要好的男同学不外律从，在校时座位前后桌，经常面坐研讨问题，帮助学习解难于人。周前上学，律从时常不避弯路，路过其家约伴同行。

“叫他去决不会推托。”唐娟满脑思索。

“这点路我一个人去吧。”律从说。

“不行，天下雨，我也不放心你单人夜行。”

下了一整天的雨，深夜还是时不停刻。来到屋外已是伸手不见五指，好在雷鸣闪光不绝，借以助人认路。两人撑伞走到问渔亭，道路已被溪水淹没过膝，只能高卷裤脚摸索行走。两人携手护肩，唐娟姑娘尚且不敢举步前进，害怕被水推走。

“唐娟你回去吧，我一个人去。”

“不回去，我不能叫你一个人冒险。”

“那好，你护我肩上，我背你过去，你给我打伞。”

律从合伞，无虑男女授受不亲，扭转唐娟于身后，在其前面略蹲下。唐娟乖乖地趴伏到律从肩膀上。

两人擂门进校说明来意，找到熟睡了的校医。医生以医德为重，校医听了诉说，背上药箱，随手拿根木棒支撑，就走在前面领路。两个学生随后绕过公路深水段，爬坡弯走“响岩洞”到校。

经不畏艰辛无分内外，以救治为己任的仙都中学校医积极治疗，凤仙的病痛顿时解除。

律从前夜屈膝背人，不慎沾湿了屁股，第二天如小孩穿尿裤。白天不愿缺课回家换衣，夜晚向老师请假必然不准。万一碰着狗头熊，难免白送夜餐。

野猪、野兔、狼、狐、麂，在好溪谷山丘历来常有出没，见多不怪。要吃人的凶猛狗头熊，也时有出现。有说是狗熊，有说就是狼。有传说某省山区开发，筑路或开矿爆破巨响，惊动了这些原住动物，四面八方窜逃，它们仇视人类剿覆其家，逢人即泄恨报复。

夜晚狗头熊会入山村。日间趁人单独活动，会悄悄后腿直立走近人背后，模仿人用前掌拍打你的肩膀。倘若你还以为是朋友跟你打招呼，回头一看，连喊叫都来不及，就会被咬住喉颈拖走。

因此民间传扬：“找到朋友，不可拍肩打招呼。”“有人拍肩，不可转脸看顾。”“没大人照看的小孩，不可外出玩耍。”尽管如是警戒，像麻坳等地还有遭受狗头熊伤害而丧生的事故发生。

律从对一班干部说明了情形，晚自修后回家住了一宿。早上回校发现同学们正议论纷纷，原来昨晚狗头熊活动到校前广场，亏得人多让同学们轰跑了。

大炼钢铁荒废农业，又遇连年灾害，国民经济已遭到重挫。国际形势亦不明朗，加之党内还有极“左”派再次挥动“阶级斗争”金箍棒，提出“以阶级斗

争为纲”的基本路线，导致民众苦不堪言。

学生有家庭政治拖累的，学校借故除名取消其报考高校资格。或对下没公开理由的，上头紧卡把守，学生即使取得高分也不得录取。

一九六二年，金华地区高考考点设在永康二中，学生都负背笨重书包坐车赴考。一直得到学校老师关注的律从，心高气傲，那些农大、工大的星星点点的学院，统未入他眼帘。他的志愿表排次是清华大学、复旦大学、北京大学。去考试时却是空手打白镲，不带一本书一张纸。他让所学各科知识，屡屡在脑海里排队点名。如何砍伐主杆上的枝杈，心里有底，不欲装扮临时抱佛脚的丑相。可是第一科考下来，教导主任发现他连一支像样的答卷钢笔都没有。教导主任同情其贫苦买不起好笔，急忙递过自己的金星钢笔借其写答卷，并取下腕上手表给他，让他掌握考试速度。

高考终了，学校接到上方的第一个信息，就是律从考分高出清华大学录取分数线二十一分，却不见刊上录取名单。屈得校教务主任傅祖德老师拍桌叫怨：“先前还说社会关系不影响考生，原来如此！上榜学生少，学校声誉都被降落了！”

新建中学首届仅得录取两名学生，高中班也只办了两届，就停了。

律从母亲徐露不知情不死心，拼命向亲邻贷款借食，给儿子去好溪谷中学复习，让儿子参加下届高考。律从到校交了学费，住宿于亲戚家。不足一个星期便遇到多位调离新建中学、携升县中任教的知情老师。见面均当面惊问：“你还来做什么？”言下之意不言而喻。

一个出身于富农的台属学生，当该离校。律从也不想让培养他长大了的母亲在如此困难年月，还要去东奔西跑借钱借粮，背着一身债。

拾 玖

失学就业工农场，恳学自好心静凉。

领导抚慰神蒸茂，俗情收羽凡扉怪。

从小过惯学校集体生活的律从，一是以为高中毕业在生产队挣半劳力工，受人讥笑；二是有人指点一个居民户口迁回农村可惜。在县政府工作的施达，留了个地址，让律从找他设法解难。

律从提着凤仙同学临别时赠送的塑料袋，去县政府找施达。纸条上写着："县政府井边办公室……"律从来到五云镇，找了好几口井，在井边绕转，引得人们都新奇地以敬慕的心看着他的塑料袋。那时塑料是稀罕玩意儿，山乡人从来没见过什么叫塑料。凤仙的未婚夫在湖南工作买了几只塑料袋回乡，让未婚妻作礼品送人留念。律从请教围观人群"井边"办公室在何处。原来此"井边"是"整编"。社会上的白字流行，弄得糊涂的书呆子不知去向。

"你来了，快进房间，你娘还好吧?"

"好，娘让我来问问你，能不能给我找事干。"

"是这样，我也很忙离不开身。壶镇两个地方我帮你打了招呼，一个是药物场，一个是垦殖场。好溪谷地方国营垦殖场，也叫农垦场。那里的负责人姓灿名遇生，人还好，你先去看看中意否。"

"谢谢你的帮助，明天我就去那里落脚，有口饭吃就好。"

"咳，你知道这是什么地方，这里是县政府，"律从正要转身告辞，施达添了一句嘱咐，"以你的成分，以后少来这里走动。"

壶镇是好溪谷最大的一个平畈区，东西长近三十里，南北宽二十多里。发源于邻县磐安括苍山的好溪流经盘地，地广土沃。大公社"大跃进"中抽拼组建起来的场，收缩公社规模时土地无人要，三联周围大村干部使手段，都极力把水田推让给中心一个干部能力弱的牛岗村。至于鱼种场、良种场、药物

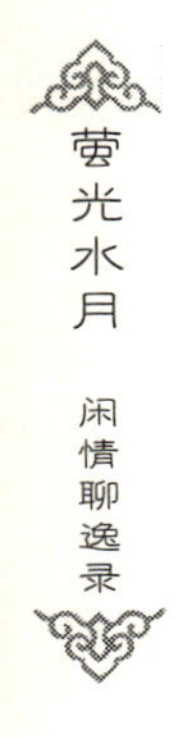

场、垦殖场连片土地更没人接收,成了拖泥带水的烂摊子。壶镇与永康接界,新中国成立前曾属永康县,有永康风习,喜务工商挣钱,根本不稀罕种田。

四十多里路沿途问信,律从在一个小山坡前终于找着了药物场。

"你找谁?"

施达没有给律从介绍药物场负责人是谁,一时答不上来。心想找到了也无法尊称,及时改变主意,说:"请问农垦场在哪里。"

"农垦场就在甘开,呵开山后。"

好溪谷东、南、西三乡,讲话七八十腔。好在律从集中复习有所了解,言者指划了方向,说往前再走就到。

壶镇屋房全是门口头朝街沿的排楼。这里的排楼西边建有三栋深长的猪舍样平房,一栋关牛,放置杂物,还养着几头猪;一栋现安排女职工和多口之家居住;一栋安排男职工居住。四五个人在七间排楼前晒太阳,地头若干人在干农活。

"你是律从,是吧?"灿书记见一陌生年轻人到来,心下明了。

"他是谁?"场出纳吕其问。

"整编办公室老施介绍来的,"灿书记回头对律从说,"老施对我讲过,你来在这里干,我们欢迎。"

"新来的那个像小孩的小个子,明年廿岁了,你相信吗?"

"听说是个高中毕业生,比郑会计学历还高,看得起吗?"

"新来乍到,我们先给他点颜色看。"

……

工人们收工指点个没完,有蔑视的,有惋惜的,有羡慕的。

"妈,前天新来个叔叔。"子娥从娘家回来,三小孩围拢跟前报告新闻。

"是吗?"子娥问正在吃晚餐的丈夫家彦。

"是又来一个小青年,黄碧街那方人,高中刚毕业,人还老实。"

"我过去看看去。"

"明天没得看啦?日后一起,时间有的是。"

人们称呼家彦"姓钱",原在宁波工作。宁波近海风大,工作干部带头越野抗灾,秃体衣衫被飓风撕成碎片,不为见怪,亲眼看到被海风吹死的也有。妻子不愿意离开家乡去险地,反正工资那么少的工作,也不在乎,家彦便舍弃了工作归籍到好溪谷来了。

农垦场土名又叫万果园，四面村庄有黄果园、坑沿、云田岭、宅塘。办场的历史也较长，二十世纪五十年代曾是县农林水利局创办在云岭没收的地主官厅——壶镇农技校的附属实习场所。在知识青年“上山下乡”的号召下，县政府撤办技校，场地转交民政局接管，改农垦场为“地方国营好溪谷垦殖场”，安置城镇失业人员。

农场土质是碱性严重的红色黏土，没带半粒细砂。雨后水分蒸发，表面即露白色结晶。晴天泥干土块就坚硬如石，雨水润湿才能化解泥粘。大雨后坳中一条山水溪经过，似黄河水泥浆红混。久旱地裂，土层裂口半米多深，直达地底红岩。

前后三村村民世代叹苦传唱：“前生世不修，出世云田岭州。天晴折脚骨，落雨打千秋。大水牛钓田头，大码后生当耕牛。”

当个国营垦殖场的职工，实际与农民无有差别。除上方委派来的灿书记和会计郑森洪外，全场“工人”都是天天记出勤扛锄下地。不过在自产自销自负盈亏前提下，县财政有所补贴。粮油定量自给外，还有粮管所给予保障的份额。

既是农技学的后身，农业技术必然先进于老农。农场尝试果木粮蔬药材综合经营，职工操纵修剪耕作施肥各项磨砺。刚刚走出校门的律从到此，大开眼界。

如果树管理，橘桃整形状如杯，梨柿修剪形若塔；果木嫁接，锋刀切芽无毛糙，再生韧皮密紧粘。如作物锄草，毛细根系宜浅刨，直扎根系得深铲；幼秧栽植，晴日地干土压实，临雨泥湿轻埋根。

这一切都让律从习有所长，劳作忘倦，不久被委任以记工员事务。半年后良种场（农科所）撤销，抽调所长田土金来场任队长。全场仅一个队，利用其农活全能，承担整体安排。律从虚心实干，内外事务都与其磋商。好学的律从尊以为师，随众称呼“土金哥”，向他学习全犁耕作，结合杠杆、压强、惯性所学原理，犁耙耕耖代承操作。土金哥有事离去，律从还代替他按各位职工各尽所能，忖时揣量安排工作。

农场为谋利种有中药材，县属药物场正在隔壁。巧的是场书记灿遇生偏好以中草药施医。职工偶有伤疮小病，伸手拔来草药嚼咽，药到病除。

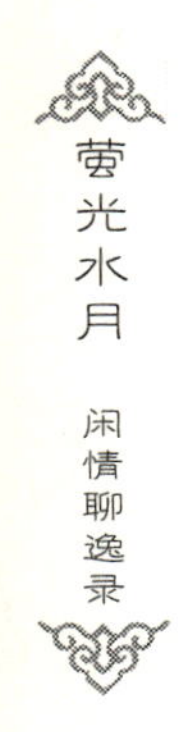

“灿书记，你医药学通懂，请传教一二行吗？”

“什么？你说小儿科传教你点？”

“不一定小儿科，不管什么医药传授一点都好。”

“你喜欢学，我给你本书看。”

灿遇生叫律从去他房间，捧出一大捆书，古今新旧厚薄相间，足有半米高，封面签名“萍遇生”。律从想要从中挑选一本满意的看，伸手翻览。《中医学概论》《雷公药性赋》《汤头歌》《伤寒来苏集》《针灸临床取穴图解》《民间草药良方》……从理论到临床，从验方到草药应有尽有，本本难以释手。

“这几本书都送给你吧，拿去好好研读，对医学入门会有点帮助。”

本来律从生怕荒废知识虚度光阴，地上一张字纸，也得捡起读个明白。上厕所也要拿张报纸，细致阅读。如今无偿天降如此多的宝卷，非用心不成谢意。

由于八字方针的全面贯彻，国民经济得到了恢复，农业生产有了恢复，市场商品交易有所发展，农民生活开始好转。可是不免一小撮人，在经济有些回升的时机，要手“讨饭袋抓米”，以贪污、盗窃、多记工等手法以权谋私。一九六三年二月，中央针对这种挖集体墙脚的现象，展开小“四清”运动，在农村基层进行清账、清仓、清物、清工。

垦殖场原来的灿书记，被抽调去了工作组，参加农村“四清”工作，又调来一位陈书记和一位吴主任。

陈书记祖籍革命根据地，双溪上周人，姓陈名水。带来一个师母，整日指手画脚口若悬河，还带来几个南乡宝贝。陈书记来场任职实是从文教系统退离，来此“养老”。他性格一本正经，食粮不管事，也少出门交往；分不清是性格寡独，还是瞧不起人。食堂女炊事员对新任的顶头官，是百般奉承特别照顾，一碗菜与一大锅的菜下一样多的油，一日三餐捧送到手。目睹者评论：“油炒菜梗水煮叶，集体炊事营私餐。”工人们看不下去，却又不敢提意见，能动手的宁可自己起灶烧菜做饭。

吴主任老家也是革命根据地，三溪后吴人，姓吴名秀。新中国成立前地下游击队在三溪活动频繁。那时他年仅十五岁，目睹游击队四出活动心生佩服，不顾父亲劝阻欣然前往，投身地下革命工作。

一次游击队计划外出活动缺乏电池，委派吴秀去壶镇购买。吴秀身藏一支木壳枪，单枪匹马步行翻山外出，走进顽固反共严阵抄匪的壶镇。吴秀买回一口袋电池路过马飞岭，见两个荷枪实弹全副武装的国民党卫兵在站岗。经受游击队训练的他，急中生智生出一计，迅速取出木壳中的手枪塞腰间，手枪空壳放入电池袋。镇定自若地肩负布袋前行。

“站住！”

“袋里装的什么？过来检查！”

吴秀不动声色不慌不忙走到两人近旁，甩口袋于地。

“你自己检查去。”

两卫兵弯腰张开袋口查看，发现有“枪”。

“啊，有枪……”

“不许动！举起手来！”

不等卫兵反应，吴秀已神速抽出手枪对准他们。两卫兵狗熊似的，老老实实举起手不敢斜视。吴秀就这样缴获了他们的两支枪械。

“提袋往前走！”吴秀押着两个俘虏回游击队交差。

一个小孩一支枪，俘虏两个大人两支枪，逢凶化吉，让在场的同志们心悦诚服。

一贯以仁义性情交友的吴秀，总是闲不住。农场里的生产事务多，他经常下地同干。关心职工生活，闲来与职工促膝谈心。他父亲曾开店铺卖肉，他也会杀猪，农闲或逢节就亲手宰猪，给工人改善伙食。工余，职工总高兴地围着吴秀谈天说地。

“杀猪煺毛汤要多热呀？”

“开水加冷水，手入冷水一探，再插入汤水两呼吸受得住就是。”

“力入猪喉进得刀吗？”

“半角持刀，刀尖前划不费劲，刀锋转面血自尽。”

好溪谷人民医院一位拍摄X光片的宋志医师，因为工作作风上的错误，被送到农垦劳动。宋医师懊恼不该犯错误，整日精神不振，常常胃口不开，借酒解闷。常叨叨：“律从去买酒喝。”“律从去买肉吃。”

律从理解他的心情，天天陪他一起下地劳动，餐餐陪同他对坐同桌喝酒。朋友吃喝终不好意思让对方多掏钱。律从只好自摸口袋，年长日久，竟也赔光了每月发的小工资。

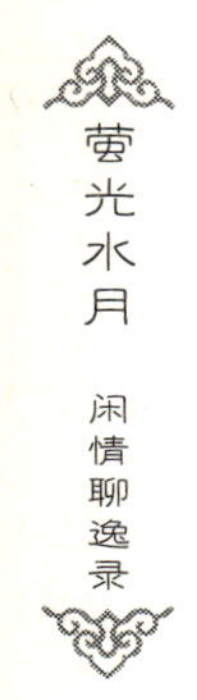

"你时时看这些书,有什么用啊?!"律从常看医学书,引起宋志感慨。

"没书看,有空看看也好,偶然有点了解比无知强。"

"你喜欢,我那儿的书都给你吧,我没用啦。"

宋志拿来一叠《人体解剖学》等医书。好笑的律从,结合学起中、西医来了,居然跑到问松堂买来长短银针。根据西医《人体解剖学》,对照中医《脉络说》,在自己身上取穴行医。动手练习针灸扎法和直接体验针灸感受。

赌博是一种不务正业的事,钱财往来无亲疏,讨付常引吵打祸,历史上统治者对赌博从来不提倡。新中国成立前社会混乱,赌博成风,搞得很多人家破人亡。新中国成立后政府严禁行赌,没收赌具,严处赌徒,但还有人偷偷私藏赌具。小"四清"宅塘工作队接群众举报,没收来两副麻将。垦殖场职工正好利用来消遣长夜。搭上"赌"字号的活动,就没成好事。虽然大家坐着玩不挨近钱钞,同样使人赢不满足输不服气。坐着参与即刻上瘾,站不起身离不去。经常是通宵达旦整夜不眠,第二天还是满脑牵挂议论得失,或者精神不振影响干活。样样都学的律从开始也很喜欢,后来深有体会,觉得这东西不可挨近。

郑申来场前是某小学校教师,整风运动中因表现得"反党反人民"而被开除教籍,幸亏未打成"右派""反革命"。家无产业,被安置到垦殖场当工人。因为收入低,趁收工休息时就在房内搞副业,做老鼠夹、跳蚤器等,待壶镇集市兜销换钱,用以培养儿子读书。他设计制作的老鼠夹,不用板座,只用不显眼的铁丝、弹簧做成,与那时市场上所卖的老鼠夹有所不同,也有畅销之时。

郑申倒从来不参与麻将,心情舒畅时,提把自制二胡,坐门口饲料池边,自拉自唱。律从看到也动手制起一把土二胡,向其学技共同拉奏。

"我们好溪谷人讲普通话,半土半洋,倒像谱曲调。我拉给大家听听。"郑申接着奏唱起:

"2(来)4(发)! 3(棉)5(纱)7(线)1(驮)2(来)。5(啥)7(色)3(棉)5(纱)7(线)? 2(蓝)7(色)3(棉)5(纱)7(线)。2(蓝)7(色)3(棉)5(纱)7(线)6(赖)1(驮),4(否)2(来)1(驮)。4(勿)1(驮)3(没)1(度)4(缝)6(拉)。2(来)4(发)1(驮)5(纱)7(线)6(了)。"

听得众人哈哈大笑。

"四清"展开,农村处处敲锣打鼓,只有农垦场鸦雀无声。两个在宅塘搞

"四清"借宿在农垦场的干部,回住处就觉得冷冷清清,于是建议职工学会乐器敲打,这正符合对玩乐本有一手的吴秀主任。

"你们喜欢学敲锣鼓吗?"

"没锣鼓怎么学。"

"喜欢就去买来。"

吴秀买到锣鼓,还特意跑去华车路郑森洪家所在地,协商请来熟练乐器的乐队,每天晚上来场义务教学。吴秀把职工引向了高雅的娱乐活动,自然将麻将推向垃圾箱。

小"四清"进行不久,社会上"左"倾思潮又泛滥起来。小"四清"变成了大"四清","清政治、清经济、清组织、清思想"的"社会主义教育运动",缩称"社教",把矛头直指"走资本主义道路当权派",再起以"阶级斗争为纲"潮水,追查"四不清"干部。

上级组织了大批有经历的"四清"工作人员组成工作组,撒网似的分散到各个社队和企业,有全面铺开之势。

本县组织的工作组总由外县来的调岗,垦殖场来了两位老干部。一个姓张,之前任会计师;另一个年长的老蒋,出身空军某部,首次试飞体重耗降十多斤,转飞机飞前质检地勤,今又转业地方行政。

工作组进场和职工一起参加地里劳动,谈天说地,讲古论今,交流思想。在锄地拓荒时偶然打开一丘古墓,里边好多冬眠着的蛇。他们就抓了两条回来欲烧着吃。开始职工们都以为蛇肮脏,看到恶心;食堂锅炉不让煮蛇肉。他们就在三块岩搭灶野炊,待烧好,拿着调羹让各职工尝尝滋味。并劝说:"蛇肉有补助营养解毒的作用,还可防治风湿疗疮。我们庆元那里,大家都很爱吃。"一调羹两调羹,一段肉两段肉,引得大家从恶心厌恶到吃得津津有味。从野炊煮蛇肉,变成抓蛇到食堂烧菜。还引起有夫妻俩吃完蛇肉争汤喝,导致打架的笑话。

"四清"开始后让陈、吴两干部"靠边站",刚敲响的锣鼓就息声。陈、吴正堂各捧头颅,自行门路。工作组召开了多次会,动员职工对领导干部提意见。意见纷至沓来,几位干部相比,自然针对陈水的多。但他的位高,还有携带来的南乡帮亲随。工作组心里明白,却不可轻易摇撼。为了开展工作,不得不抓只麻雀开刀。

农场劳动和农村生产队不同，忙期加记工分激励多出勤，闲时维持基本工分，让工人自由调节，或以按件记工促进工效。

“土金哥出勤少，工分多。有贪污行为。”

“一样生活，扣我工分，自行多占。属贪污。”

“经常外出，工分比我多。少不了贪污。”

……

田土金就此以“贪污”罪，被开除回籍。

就这样，一个在壶镇农科所工作多年，在垦殖场当生产队长一年多的共产党员，被排挤回家，多数人感叹惋惜。但在激烈的运动声势中，没人胆敢挽留。律从等一班人忍心翻越马飞岭，陪送去其家盛园。

“四清”工作组察言观色，见律从不凑热闹少言语，热心为人解忧排难为人正派。要展开本单工作，还该打开此门。工作组了解律从的处境后开始有意接近，宣传不搞“唯成分”论的政策，启发他积极争取加入先进组织。

“像我这种人可以入党吗？”

“怎么不可以？只需具备条件，你父在台湾不知是不是国民党员？”

“我不知道。你们何不调查一下？”

“这问题你自己找知情的人问清楚就是，反正不唯成分、不唯社会关系，组织上会考虑的。你年轻有为，写个申请先入团。”

小“四清”县工作组住宿场里时，有一位喜爱无线电的组员，律从回味所学知识也摆弄起个矿石机。在那位组员的指导下，矿石机慢慢进化成六管机，用天线收音可让整栋平房的职工听到新闻和天气预报。

律从带收音机在家玩忘记带回农垦场。

“他家有收音机收听敌台，律从的团籍该开除。”律从家大陆村的人，借故跑到农场工作组处急于其拉后腿。

场里的职工履历都很清楚，只有一个教过书的郑申，对领导提出了意见遭到报复，以“一个小学教师政治水平低得这么可怜，连是中国侵略还是美国侵略这样的问题都不能答复”的罪名被撤了职。

为了清理郑申的“反革命”史实，消除矛头人的异议。工作组派遣山东佬和律从，调查档案中与郑申有关系的，从前共事人的资料。

山东佬叫马世忠，是县长介绍来的山东老乡，一个鳏夫什么也没有。据他说："我家乡，常年无雨，房屋都用高粱秆排起来做墙壁。若是高粱秆排成的墙外涂泥粉刷白石灰，这家就是大地主了。"马世忠有幸到南方，简直来到世外桃源，兴奋得整天拿着多页夹板唱快板。

二人来到桃源章村，沿山垄上山找到一条不过二十厘米宽的山路。道路在上下壁陡的山腰逶迤延伸。二人小心谨慎颠簸过四千多米的"平路"，翻过两个小山冈，才见到卡落在深坳内的小村庄田山，怪不得古代妇女传唱："千般苦楚耐可尝，只求莫做田山娘。""嫁夫贫丑还的可，莫做田山嫂。"

二人按姓名寻访，见到的是一位须发白花花的老头，老头精神饱满声音洪亮。攀谈中得知他是黄埔军校首届毕业生，与当今好多大人物都是同学。真是深山沟壑出英才，不解何故淹埋在野。

问及郑申的事，老头追忆了一会，说："没有这个人的印象，也没有对'郑申'名字的记忆。"

一地查空白跑，工作组提出换一对象，仍让二人出发调查。这次是要向嵊县城内某单位的一位干事查访。远路外出，需备餐宿费和用膳粮票。因为工资低的缘故，平时花去几元钱痛如拔毛，今二人支领二十元钱护身，且还带有粮票，以为足够来回了。二人兴致勃勃地路过永康，却不料饭店买饭限收一斤面额的粮票，五斤十斤的大额粮票拒收。律从找到一位在永康县政府大门口值岗的警察同学，请他协助。警察进食堂调换，没有成功。如果回程到好溪谷调换，浪费车费不说，还觉得麻烦。还是节约点支出，继续启程了。

这趟比田山那次收获要多，找的对象认得郑申，二十年前曾同事过。他说："郑申这人没大明堂，干不了大事。我知道的，他没做坏事。"

完成正事不宜多待，因为那样会多出花费。为了节省花费，二人当晚从嵊县步行回东阳投宿，第二天乘车回归交差。

贰　拾

澄清谣诟混泥浆，跋山涉水行访查。

三进山溪询一史，前后证词统同腔。

社会上有指控：游击队在上周坑、平坑、塘孔一带活动时，陈水有向东金寮坪透露消息的嫌疑。工作组让律从带上个非水帮的钟英，去查访实情，计划首先“解放”陈水。

钟英父子俩逃避日本人，跟随一位在好溪谷行医的叔叔，来好溪谷经商。商情凋落孤本亏空，落得钓鱼养生。办场来此，老的养牛，小的干工。

查访对象没名没姓，难道要将寮坪整个村的村民逐个访问？律从有些却步。

“当年游击队活动的山村，不可能很大，你俩去了看着办嘛。”

二人沿金临公路来到东金横塘岸，经指点：“寮坪就在隔水对面的山上，距此不过十五里路。沿路没人家，直走莫横。见寮就是。”

开始是层层梯田担挑大道，接着是块块坡地农活斜路，过后是岖岖拗脊柴樵蹊径。

爬上一个凸起的山坡，转身看过来路。见脚下千百人口的横塘，已可伸手盖没。回头仰视羊肠小道，还在逶迤盘绕着延伸向深山。二人已走得饥饿困乏，但尚不见村舍。

直到太阳照头顶时二人才看到一间草房，一长胡子老人在门前地里干活：“啊，你俩真难得，上这里来。”

“请问这里是寮坪吗？”

“是，快进屋坐坐。还未吃过午饭吧，这里吃吧。”

还以为寮坪是一大村庄，却原来是单家独户。一柜乌漆红头棺材挡门放着。饭桌、床铺、锅炉在一旁。

“我们想问一下，你认得陈水吗？”

“上周陈水，认得。是我家里的孙子，怎么啦？”

“他以前有没有参加过地下工作？”

“这，他没有说起过。当时他在读书，不可能吧。”

“那他有没有同你谈论起，关于他地方上游击队的事情呢？”

“我这山窝，什么叫游击队也不知道。他也很少来，来也从未讲村里有的事。不过，那年倒有几个人来过我这里。”

“什么人？”

“有一天早上，三个人说是从壶镇回来，路过这里。我叫他们在家里吃了点饭，他们就匆忙翻过白水山去了。后来我听说，那天夜里，壶镇曾经打起来。我猜测是他们这伙干的。”

“是这样吗？这就好了，我们也没什么事，该走啦。”

“陈水，他怎么啦？”

“好的，他没事。我们随便问问，了解一下。”

“吃点饭再走啊。”

“我们下边吃好了过来的，不饿。再会。”

走出门外没多远钟英就抱怨起来：“还吃呢，进门看到棺材都恶心。你还连续问他。”

“既然难得来此高山，我们也爬次白水山吧，反正下去也这么高。”律从提议。

“白水山有多高？”

“一千多米吧。”

“好啊，可惜太饿啦。”

“往下面不到横塘岸也没饭吃，不如往上走，看到哪里有人家，就到哪里就地乞食。”

二人继续往上爬登，但是沿途都没有人家，连只鸟影也难得相遇。但功夫不负有心人，最终登上了白水山峰。双方气喘吁吁汗流浃背，环顾远近，四方胜景尽收眼下。上蓝天白云，下碧地疃宅，片片绿黄蓬枯相间，笔笔黑白青葱调润。自然的杰作诱人延颈企踵流连忘返。好溪支流贞溪，似一株摇钱树从远方向下伸展，枝杈茂盛。重重山冈起伏，如卧龟蹑伏，伸脚摇尾招引摇钱树枝附体温抱。二人赏景忘饥，日已西斜只得伴随留恋下山去。

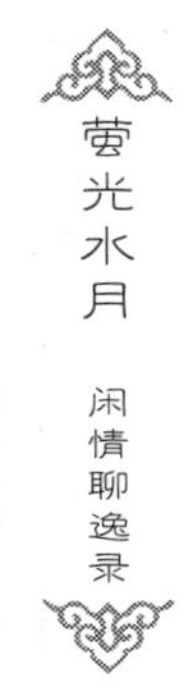

上山艰辛下山脚自落，不觉来至半山腰。眼前一户“福建省厂”人家[①]。向主人诉说错走路过，想借餐求食。

“我们山厂头，终年都是红薯干为粮，没有米饭。午饭恰扫锅没有现成餐。你们难得过此，再烧也很快。”

两个空腹的家伙爬了一整天山路，有物填肚已足镇馋，顺便蹭坐息喘。

“没事，随便烧点吃的，我们给你钱。”

一会儿工夫，主母招呼吃饭。盛碗里的却是两碗香喷喷的白米饭，且山珍满桌。

“请慢吃，饿了吃快不好。”

二人万分感激，饱食后递给两斤粮票加十元钱，夫妇俩严词拒收。

“粮票我们没用，出去买也讨厌。你们难得到此，稀罕吃餐饭，我们又不是开饭店，谁要收你们的钱。”

交付不得，只好领情，辞谢告别。

对陈水的调查泄露出去，有人对工作组产生意见。

“查陈水不查吴秀。”

“吴秀出身富农，不可能参加地下革命工作。”

“吴秀跟游击队是随从在外行匪，贪享口福。”

蜚语纷扬。

除非有明确反革命历史，革命干部，即使曾经犯点错误，经过教育改过，都要解除“靠边站”，让他守职工作。为免除压力，展示平等处理，便任派律从去三溪后吴，调查吴秀的历史。

有没有参加游击队，为什么参加游击队，参加游击队干什么等疑惑，其实只需问明“他在什么情景中参加了游击队”，工作组指点律从工作方法。

律从到后吴，发现路边一店铺里谈天嬉笑的人多，就进去想打听村干部和吴秀之居所。

“你是哪来的？听你说话不像东乡口音。”店铺老板娘问。

“我是西乡人，今从壶镇农垦场来。”

“啊？农垦场？我家里的也在。他好吗？”

---

① 福建省厂：当地常见地名，可能是对从福建迁居到此地后的居民聚居地的称呼。

“你家谁?”

“吴秀。”

律从心下一愣,转念一想,吴参加的是游击队活动,没什么秘密大问题,自己光明正大地来后吴,吴秀未必无闻,对吴师母何须隐瞒来意。即便当众说:“我正为他而来。了解一下他当年参加游击队的事情。”

“游击队,我们村里就有好多人参加过。”

“参加游击队,在我们村,当时根本就不是神秘的事。”

“吴秀也一样,开始时像小孩子闹着玩。后来才认识到是党领导下的地下革命工作,你说呢?”话者问旁人。

“是吗! 这班人,一切活动都不像劫匪强盗乱七八糟。外出活动,是上头安排才可去。”

“你去了,怎么又不去? 不然也像吴秀,弄个干部干干。”另一旁人接问。

“我不识字。玩命,很辛苦,我爷不让去。”

“我也听说了,有一次他们按指示到仙都外面活动,被困问渔亭,差点失了人。还好别处游击队来解围脱身,都得回来。”

……

说起游击队,一班人你一句我一句,述评个没完没了。这正合律从来意,借以了解三溪游击队情况。

“家里吃饭吧。”

听说吃饭,一班人应令撤退。

“那不行,我到饭店吃。”

“哪有饭店? 到朋友家逢餐不吃饭,是看不起朋友。”

盛情难却,只好就情。吃饭中吴师母说:“刚才坐这凳上,讲话最多的,是我村大队长。吃好饭我带你去。我家的,一辈子就是要高兴,爱交朋友。在家如此,出门在外也如此。你看到这一大班人都是他最要好的伙伴,天天来这里嬉闹聊开心,若吴秀在家还更热闹。”吴师母说着话题又转向游击队,“当年我还未过门,听老爹说,他还是十六岁那年,见一班青年人白天闲逛,夜晚出去行事,很有趣,不久就勾搭上了那帮人。老爹对他说,自家钱财不缺,不要去搭那‘不见天日的伴’。可是他不听,坚决要跟随。有个朋友好心来家也对他说明,这是‘反政府’的革命活动,不是单纯的‘劫财’行为。但自从那个

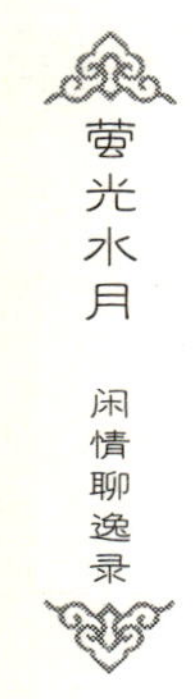

同伴说清楚后，他反倒更任性了。马飞岭事件后，更不可挽回了。”

“提着魂魄换来的一份工作，如今正安稳了些，又来了个‘四清’。”吴师母发起怨言来。

“吴主任为人好，职工都与他很合意。我只是来认识一回你们的家。吴主任革命史清白，工作组对吴主任都很信任，没问题的，不必担心。”

听过包括村大队在内的村民议论和讲述，律从对吴秀历史问题十分清楚，他以为没必要再去找其他干部了。律从拜谢吴师母就回到农垦场，向工作组报告了后吴的调查经过。

“出差干调查工作，在被查人家里吃饭，能调查到实情吗？必须重新调查。”有人提出异议，工作组让律从再跑一趟后吴。

因为在领导家吃饭，调查到的情况无效。律从这次得改过前非，不能让吴秀家人看见，也不去找前次在吴秀家高谈阔论的大队长。律从暗访到了副队长，教他莫张扬，请几位干部来家说说，当年吴秀参加游击队的情况。

正巧这天大队长进山做农活。来的任职四五人，说起当年游击队之故事，兴致勃发，海阔天空，言无止境。

“我想请各位说说，有关吴秀同志当时与游击队的关系。”律从不得已只好刹车，言归正事。

“吴秀也是游击队员，许多活动也都参与的啊。”

“游击队活动没有独个的，都是合伙进出来去。”

“你胡说八道，那次壶镇买电池，不是吴秀独个去吗？”

在场的几个干部，基本上都是上次在吴秀家谈论的旧事重谈，没有什么别的新鲜味。于是，律从让那个副队长写了吴秀简历，即告别回农垦场。

汇报情况后，上次有异议的同志这次依旧有异议。

“后吴干部同吴秀都是共穿一条布裤，共鼻孔出气，合屁股拉屎，同嘴巴讲话。谁知吴秀是否有贿赂，众干部包庇他说话啊。”

“调查干部向干部调查，这是空调查。贫下中农才是革命的依靠力量，理当向贫下中农调查。”

工作组同志对此又无言以对，还得遣派律从再次进山调查。

律从采纳建议，来后吴后，看到一位背着书包，慌忙赶路的小朋友。

“小朋友，上学去吧？”“贫下中农”未曾挂牌在胸前，律从只得拦路咨问。

“是，今天太晚，要迟到了。”小孩不止步。

“停一下，我问你。你们后吴谁家是贫下中农？”

“贫下中农？这家，这家，这家。后吴都是贫下中农。”

小孩说着就跑开了。

律从进了小孩手指的其中一家登门访问。门开着，屋内乱七八糟。

“大伯，我可以进来吗？”

一位衣衫打补丁的上了年纪的人，见门口突然有人挡光，转身问：“你找谁？”

“我想借问一下关于吴秀的事。”

“啊？调查吴秀。吴秀家人都是好人，我不识字，带你另走一家，都一样。”

走了两家都没有人在。到第三家，一个六十岁左右的人接待了他们。上年纪的大伯代替律从说明了来意，老人客气地让座于律从。上年纪的大伯欲走，被老人留住。

“当年后吴有游击队活动吧？”

“有，游击队经常在这里。”两位老人，一个答话，一个点头。

“吴秀参加了游击队吗？”

“参加了，当时他才十几岁，还很积极。”

“他家什么成分？”

“富农。”

“富农家的儿子怎么会去参加游击队呢？”

“这我也不清楚，横竖是参加了。富农就不能参加游击队吗？”

这一下却打开了话匣子。

“不过吴秀家当时开了个店，挣了点钱，应属新兴财主。”

两人言来话去，说起吴秀参加游击队的程过，鸡零狗碎的不外是选段重播。

律从请老人写了证词回来。

“向贫下中农调查取得的证据，这就不会有差错了。”

贰拾壹

四清矛指四不清，知苦识甘佳课程，

昧心混诉恩怨史。魔鬼当道难天晴。

按纪律，工作组到农村要和贫下中农打成一片，同甘共苦。到贫下中农家，要与贫下中农同住同吃同劳动。工作组到贫下中农家，贫下中农家面子增光，于是个个都要靠拢贫下中农了。农户趋之若鹜以穷为光荣，“卖穷”成风。

大陆村本来就是个穷山村，除了祥善家，母亲建宗祠买来一个“二百五”的富农，祥善去世除了将富农名号遗留给媳妇徐露外，找不出第二个地主资本家。其他还有两个历史反革命，一是管制中的伪保长祥丰，二是劳教中的伪保队伍祥余。经劳改五年八年的现行抢劫犯祥丰的弟和子，释归未戴帽。除此外内坳有个服兵役退伍时贪小便宜，回乡受管制的人。有富裕中、上中农出身的，就不必去划分扩大敌对面了，反正他们绝都涂脸“贫下中农”。革命运动依靠的就是朝气蓬勃热血沸腾的青年人，只要他们肯唱“社会主义好”就是贫下中农，就是革命积极分子。

和新中国成立初来大陆村的村校教师一样，住在村里的工作组热火朝天，同全村小青年一起办起了俱乐部，教会大家唱革命歌曲。革命青年还担泥垒土，在祠堂戏台基上筑了个土戏台。排练“革命样板戏”《红灯记》《沙家浜》《智取威虎山》的片段。大陆村和全国各地一样热火朝天。

大陆村历来是个穷山村，干部认识能力有限。既改变不了穷村面貌，更无公款物资可贪污，最多不过与人有疏落亲近之别。结果是亲近成一派——走资派；疏落成一派——革命派。青年人个个都表现得相当革命。因为“四清”重点在追查“四不清”干部，走资派的队伍越来越弱。承父支书职的陈三连亲戚也看他不在眼里，不与交往。只能不分阶级，偷偷躲到富农加台属的徐露家避难诉苦，阶级立场全无，界线不分。

干部“四不清”，是社会主义制度下阶级斗争的表现。干部们在新社会生活水平改善了，社会地位提高了，抛掉了旧社会的疾苦生活。不知苦就不识甘甜，有必要让老一辈人说说过去的苦难情形，使时代青少年了解现代生活的美好，提醒大家不要忘本，不可去犯“四不清”。

“忆苦思甜”是“社教”运动的重要课题。工作组有必要全面“备课”，这样上起课来才能流畅生动，才能成功。

曾经有一个村的驻村工作组没有备好课，草率从事。在一个上百人的大会上，安排一位贫下中农上台作忆苦思甜发言。这位贫下中农在台上泪流满面地说：“一九五八年办食堂，贫苦百姓忍饥挨饿，多一粒饭也要从饭勺口刮回……”工作组听这发言风马牛不相及，本欲控诉旧社会，变成诉起困难时期的苦来。工作组赶快将其拉下台，急忙休会，后悔自己事先没交代清楚，准备工作没有做到家。

“四清”工作组进村略一了解，就知祥昌是大陆村名副其实的贫下中农，即确定食宿其家。祥昌和他的女儿热情欢迎，热心招待。女儿陈仙积极参加“四清”运动，跟踪出入，昼夜不离。几位工作组人员对他们的款待和工作态度感到由衷满意。

工作组到他家住草房，看看除了几把出工挣工分的锄头外，别的家具一无所有，知道原本一定是很贫困之家。动员祥昌忆苦思甜，讲讲旧社会的苦楚。

祥昌想，不同道坛相邻的祥丰、祥余家，根本看不起自己家，世代没有交往不通水火，道不清说不出所受他们的苦处。隔壁祥善家是富农，自己家世代受恩于他们家。没有伯娘好心照顾，娘儿俩早都饿死。没有慈祥伯伯替我娶来老婆，即使与人相好生子，终不能谱己名下，今天也没有这个家。一间破屋是自己娘临终表示一点心意，受恩还恩，自己亲口求情伯娘收下字据，又亲手收受伯母房价米。直到祥善哥回家没房住，才搬出给他。怎能开口说受祥善剥削受苦，工作组的好心增添了祥昌的为难。

祥昌父母早年去世，寄托大伯慈然养大。大伯只养一女陈菊，嫁姓尚居杭州谋生多年，也是布帛菽粟柴米油盐朝夕不济。闻信娘家也开展“四清”运动，哥哥家住了工作组的人，赶快回故里炫耀一下城市人的风采，指手画脚照

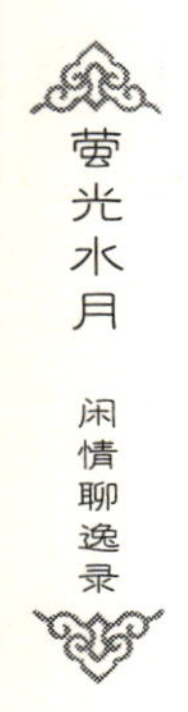

猫画虎，大谈杭州“四清”工作组如何为贫下中农做主。以谗言佞语鼓唇摇舌，在他哥哥面前挑拨，说要趁“四清”形势把“被富农‘霸占’的那间房屋，叫工作组帮我们争回来”。

祥昌虽然是个目不识丁的井底蛙，也知这是忘恩负义的事，不想抹杀良心污水泼人。一个以管窥天的人，怎经得了见了大城市世面的家妹再三鼓动，熏蒙得想入非非异想天开。工作组住我家这么好，若帮我夺回那间屋就不用住草房了。于是听谗惑乱，察见渊鱼馋涎欲滴。正巧工作组请他忆苦思甜，管它什么“以德报怨”“以怨报德”的陈规旧习，先领眼前工作组一片情意，决定瞒心昧己，恩仇混淆，本末倒置。

大陆村如期召开了社员群众大会，内外点男女老幼杂聚祠堂戏台前。工作组宣告开会目的后，祥昌一跌一跛上台来，表情晴转阴到多云，最后声泪俱下地说：“旧社会穷苦人家受压迫受剥削，慈祥老婆放高利贷，牟取我家仅有的一间房子，害得我们无家可归，到如今还住草房。共产党毛主席是我们贫下中农的大救星，万望‘四清’工作组给我们贫下中农做主，从徐露家把我家谋去的房子拿回来！”说着涕泪滂沱，向在座工作队拱手揖拜着下台去。不料踩上台梯鼻涕滑了一跤，陈仙急忙护着归位。

祥昌的发言令工作组拍手称赞，年轻人拍案叫绝，农民们拍手称快，年长者拍腿议冤。忆苦思甜大会取得圆满成功。

“四清”工作组是为贫下中农服务的，祥昌发言可说是一狐之腋，相当宝贵难得。提出的房屋问题马上列人议事日程，做重点调查研究。

“案件当事人”徐露，邻里所居面善不鲜。平时观其言行，悉知是个博学多才通达情理，曾经沧海难为水却又敬仰讲理人的寡言妇女，绝非平凡之辈。所以，好多干部小会或工作组内情议事，都毫无忌讳地坐在那富农窗前商谈，无防冷听。有关以上房屋问题的来龙去脉，除进行了各方面调查之外，也向那个“当事人”了解情况。得到的回答是：“你们是来执行政策的，按国家政策办吧。”

工作组经过曲折了解，原来此屋是在民国十几年时，祥昌母亲为感谢慈祥长年照顾她家的恩情，赠予他家，以了却报答心愿的，土改时曾登载上证。企图推翻土地改革成果的人，实在是蚍蜉撼树，目无法纪的法盲。祥昌自身亲历，今颠倒是非，纯属忘恩负义之人。这样的人家不可久居长往，准备换户以免夜长梦多生事犯错。但他是贫下中农不能得罪，宜将事情冷却不了了之，以便减少受辱者压力。

围绕阶级斗争为纲的“四清”运动，新阶级敌人虽未查出，老阶级敌人必须严管。大陆村安排村支书长子治保主任兼民兵连长吴检，管督这些四类分子。富农分子徐露，反革命分子祥丰，反革命分子祥余的再婚妻子、河阳地主的女儿兑梅，这三个人必须每天到祠堂治保办公室向治保主任汇报当天劳动态度。老实服辖的徐露三两句汇报即命回家，利唇顶嘴的兑梅即需整顿治顺为止，顽固调皮的祥丰则要花点气力采取措施镇压。

兑梅出身富足家庭，过的是大家闺秀生活，养尊处优，在娘家受人尊敬。原以为祥余能干，万万未料移嫁过门，生得一子却成了反革命家属。天降大祸日日受此奇耻大辱，尽管忍心含垢纳辱，长久以来始终心下不服，心里委屈只有叫天呼地：“天地菩萨啊！显灵显胜啊！于我分个明白啊！”

这一天兑梅又在自家正屋檐口点烛烧香叨咒，叨叨一番烧完纸，没熄灯火就忙碌别事去了。不曾注意一点点短蜡烛头，不一会儿就燃尽了，又燃起外面的竹丝灯笼罩，火焰燎熏上屋檐。几百年前的屋都是用杉木劈成薄片，编织成网状屋辫再盖上瓦片的。百年毫无潮气的屋辫受火焰一燎立即起火。刚起火时也有人发现喊叫：“起火啦！”“祥余家火烧屋啦！”但是因为兑梅家是四类分子，尽管工作组同志号召：“赶快救火！”但除祥余自己两对儿媳立场不稳，提水扑火外，其他人个个立场坚定，主动地“靠边站”，袖手旁观。眼睁睁欣赏着火从屋辫烧到椽头，从椽头烧到屋顶，从屋顶烧到桁条，从桁条烧到屋柱，从屋柱烧到楼板，从楼板烧到板壁。一所七间楼房中的一切床铺、橱柜、衣着、粮食丝毫无遗。可怜的火焰虽然一度焱焱生威，到此时也只好自生自灭。

大陆村祖宗建造的第三所房屋即此焚毁。几年后，祥余两子在原基础上重盖的房子却不是古遗宗迹，兑梅自觉倒霉携子改嫁。

“四清”工作组住大陆近一年，和大陆村民交际多了，逐渐了解了村里的一些情况。新的当权派让他去走资，也根本走不起来。经过几宗事情的分析，徐露这家富农倒是有问题。

徐露贫苦出身，到大陆村夫家原本田也不是很多，由于丈夫不在家，家庭人口少故划归富农。这样的一个家庭，如果不是在大陆村根本还够不上。况

且这个富农是她和公公合家时冠名公公祥善的。据了解祥善回籍时刘氏曾闹分家，如果当时徐露跟刘氏一样狠心肠，依刘氏分家，“富家”帽子根本就不是她的。划成分后分家，村里人随便地给两户人家以双冕戴上了。祥善的富农“头衔”也值得进一步研究，祥善从新中国成立初开始，就当上县级人民代表直到去世，人民代表怎么会是阶级敌人呢。

从各方面分析，徐露不应是富农。但这些都是历史遗下的问题，土改划定祥善的成分至今当然不可翻改。

为体现正确的党群关系，驻大陆村的“四清”工作组决定，对徐露的富农成分予以平反撤除。

祥丰心里有算盘，除了兑梅是四类分子家属，祥章和惠艮叔孙劳动改造释放刚回未曾戴帽，大陆村的四类分子只有两个。如果徐露的富农给撤除，那只有自己独个了。那样一来，今后所有的运动都只针对自己了。

自从工作队进村，祥丰次子惠山随时随地睥睨觊觎，和颜悦色装腔作势地来拉近他需接触的人，竭尽全力捞取与其父、叔、兄有关的风声，旋归商计。上次诉苦大会，知情老年人已经吐舌言怨，工作组为徐露除帽决议，村干部和村民均称赞，于是议决上报审批。惠山面是背非，急着同劳教刚释放，诡计多端的祥章谋划去了。

祥善厌世归里，携带的小妾仍然以官太太习性生活，时常高朋满座。祥善于生活困难中去世后，孙媳仅限供奉度日柴米，刘氏无以铺张用度，落到门可罗雀无人问津的境地。原来潜心喂养意气相投的干儿犬马，再无意踏进那筚门闺窦之冷门。

祥富老婆田氏原嫁板堰本村，丈夫兄弟四人，丈夫的父亲为免除四个儿子被抽壮丁，卖出一百秧田买壮丁。田氏出计怂恿丈夫卖壮丁，从父亲处赢取一百秧田。“反正用不了几天就能逃回。”或许因逃兵被枪杀，结果一去不复返，断送了前夫。当时田氏与前夫已有两子一女，小子得病无钱医治，活活丢弃。逢祥富在板堰做泥水匠，受招进舍成第二老公。后生惠本，一家回大陆村居住。

现各遗子成家立业，贪刘氏处易骗实物，田氏以自身经验“好心”点拨：“你没亲生儿子奉养，别人生的孙媳日久能不受气吗？再嫁个老公养老好。”于是经她做媒，刘氏改嫁去其前夫之村，安享晚福去了。

刘氏临别不忘旧情，将房中点点物件，祥善临终交代孙子的遗物，乃至碗筷一件不留。一扫分送给她的狐朋狗友、干儿女和媒婆为谢情。

一个是劳教释放犯，一个是志愿军退伍军人，花脸小丑各戴各的面具。平时日里敌我分明稀往淡来，今夜惠山又潜来蝇集，无疑大惑降落。惠山讲述“四清”工作组意向，及村人论议后，祥章惯使的鬼蜮伎俩顷刻应情展露。叔侄俩即刻眉开眼笑洋洋自得。

工作组按计划召开大陆村村民大会，正式提出“撤除徐露富农帽子”的议案。全体村民个个到会，热情举手投赞成票，颂扬党的政策英明，赞赏工作组卓越高见。

“我不同意。祥善当过国民党军官，徐露家里还有枪！”正当与会群众兴高采烈欢腾雀跃之时，坐在角落的惠山狠力地丢弃手中大半支烟，杀气腾腾地站起来说。

弄得开会众人晕头转向摸不着头脑，工作组人员莫明其妙是非难分。

惠山横眉怒目地接着说：“祥善老婆本来认我做干儿子，多次邀我到过她家喝酒，对我无话不说。祥善当团长带回来一支手枪，藏匿在墙洞里。墙洞在什么地方她曾指点与我看过，是真的。不信，我带你们去她家看看。”

工作组半信半疑地站起来，跟着惠山去徐露家，后边随着一大群看热闹的人。

徐露屋后矮屋原是慈祥作磨坊用的，墙上打了个洞摆放灯火，以便夜间劳作。房屋传世三四代，谁也没注意那被烟尘熏得墨黑的洞孔。后世磨坊改作养猪圈，生产队曾派惠山、祥章到那里挑过猪粪，鼠眼睨扫，就此存档备案。

惠山带领工作组等一大帮人，熟门熟路地指示：“这个洞就是当年祥善藏枪的洞，如今洞口打开，那支枪必定藏到别处去了，希望你们先把她家的枪查清楚。”

有人证物证在前，工作组只得摇头叹息。工作组人员虽然心里明了是祥丰一家搞的阴谋，碍于如此霹雳大事，不得不精心调查，谨慎处理。

贰拾贰

幽舍杜犯招怨忌，责示避祸成家意。
冷语其中有同情，激感之下终身配。

“四清”工作组走群众路线，让群众提意见的方式有开会发言、个别谈话、接受意见书、听取闲议、张贴大字报等。

“看你这个人，我们来场长久了，让你外调你尽责去跑，叫你干什么你干什么。可在场里不开口又不动手。是怕事怕得罪，还是真的没有异议？外调支持了我们工作的开展，有我们在，希望不必缩手缩脚，大胆干。其他事情也起带动作用。”三进后吴回来汇报情况时，老蒋批评了律从一通。

药物场主任从老乡某药场带来罂粟籽，种了大片罂粟，待日后挣钱。不理生产的陈水，对此倒兴味盎然。

“明年我们也隐瞒种植，大伙不要惊奇，不要宣扬。”

不经审批大量播种罂粟，是违反国家政策的行为。工作组进场知情后，不留情面，依法拔除即将扬花收获的罂粟。

作为干部知法犯法行事，是受了金钱的蛊惑。接受了工作组的督导，律从借题发挥画成一幅《金钱挂帅》图，张贴在走廊。

一元帅身穿用“金”字连成的盔甲，胸前嵌一大个“钱”字护身镜，背插四面“金”字镶边帅旗，头扦二羽“金”字长接雉鸡毛，手握古刀币，跨骑红棕马。

此画一张贴，引得合意者欣慰，大字报纷至沓来。嫉妒者指责，背地里怒目切齿。

“干部总帮干部说话，免不了官官相护。任何运动都是潮涨潮落，我有切身体验，何必在运动时逞露头角？工作组早晚要走，需注意日后招受报复。”姓钱的以亲身经历点拨律从。

“我什么时候带你到我家去认识一趟，去吗？”子娥将律从视作亲弟弟。

子娥娘家在方川大仓山十八曲间，八碟岭对面山沟西坑口爬坡进沟十里到西坑。其长兄大嫂分家启灶，二哥四十出头还单身与母共食。据说：她娘多次夜寝财神托梦，坑岸住房基下有金银宝藏。善良的老母说：非我得的，开拓实有也隐没；该归我的，久埋长寝宝更煌。老妇临财不渴耐，性静守，耄耋康健。

二哥初次见了律从就与他成了好友，一同上山下地干活。走出村外就是遍坳竹林满山毛竹，中间仅夹少垄野柴木。律从挥汗砍的柴他却遗弃不要，原来山区人砍柴火有选择，俗话说："竤山尖烧成鲜。"山区人家里不存柴火，砍回柴就进厨房烧。宽叶灌木含水量大，不宜现烧；小叶灌木水分少，烧即能燃。

第二天又一同上山掏笋，挖笋也有诀窍，看山地表面有缝隙，则泥下有笋上拱。或表土湿润，则下有笋水上蒸。律从东掘西掘挖遍半块竹地，找不着一支笋，而二哥半上午就掏了一担。

下午一家人剥笋壳，还留律从再宿一夜。婆婆有意当夜烫熟笋让律从明天带回家。

"律从今年廿几岁啦？"子娥关心地问。

"廿三岁。"

"廿多岁后生还不想老婆吗？天天这么一大班黄绢幼女围着你，怎么不选择一个？"

垦殖场地宽员工少，种植着的白菊、红花以及桃梨果实，春秋忙期都得雇工采摘。来的雇工全是周村姑娘，计量付酬。职工只能做领班或加工干活，个人采摘多少称量，按开摘、盛期、期末掌握一天工资高低，大致全是律从经管。姑娘们与律从都很亲热，家里有好吃的也经常送他尝鲜，甚至关心起他的温饱来，晚上邀约上其家里玩，甚至有姑娘因为看上律从而拒绝外人提亲。

可是律从明白自己家，母亲一妇搀二子，经济能力不够娶亲条件，不敢急于妄盼。

"我这种人，求亲还不是时候。"

"闲时也该出去走走，看比你年少的，晚上都没空着，出外串门走户，进村交友认亲。就你一个人捧着本书不放。"子娥说。

子娥的话真的打动了律从的心，西坑回来后他也随伴游玩几家。没过多

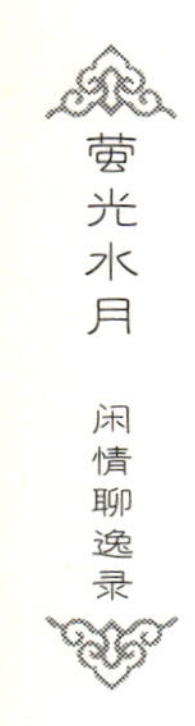

久，风言冷语就出来了。

“听说律从家庭出身富农，带来家里玩得注意。”

“他是台属，不要随意引搭。”

灿遇生从家乡带来一个远房孙女媛娟，他调离后，孙女留场当职。对律从黏腻得很亲昵，又带律从爬山越岭去她家玩。

“这个媛娟南瓜脸，丑相貌，我是不欢喜的，日后要疏远她。”子娥以做姐姐的身份对律从说话。

子女嫁娶自古传统要门当户对，家庭成分更席首重。

“地主富农囝囡，就不要娶媳嫁婿了吗？”一个喝醉了酒的老年人说，“律从不嫌家贫，我小女给他。”

老人叫周喜，长子在机械厂做翻砂工人，娶媳成家育子，顾不及父母弟妹。下面的两个儿子由于家贫，一时还未成亲。再下面还有一女一子，没钱上学，眼看小学也读不成。周喜心馁以酒解闷，没钱买酒赊账也饮。公婆两个和二子，生产队干工分，整年余粮不够一人还酒账。

周喜一个十五岁的女儿雅玉，放学回家就遍地割草斫刺，帮助家里砍柴火。万果园如果雇工，星期天母女俩就去挣点钱以充实零用。

壶镇方言称伯母叫“婼婼”。大婼婼与周喜是自家人，对老人的言谈多少有所合情同心。就试探做起媒妁，从中牵起了线来。

“这男孩不错，地方不错，人貌不错，才能不错，交往不错，只是成分差一点。雅玉跟他日后福分不浅，你们老了早省心事。”

“我嫁囡是嫁人，不是嫁成分，不是嫁东西。你既然如此说，让他早来定亲。”

“可惜雅玉只有十五岁，未到婚姻年龄。”

“古代有指腹为婚。我囡十五岁了，让她早有个依靠，是我做父母的心意。”

“我的意思先定亲后结婚，双方有个着落。”

“就这样吧。无须重礼，让他看自己条件办好了。”

“我这个孙女好，坚实体格好，容貌生相好，听话肯干好，尊长携幼好。你配得她定能勤俭务实持家，将来必成一户丁盛财旺好家庭。你同娘亲商量一下，定下这门亲事吧。”

雅玉是来场打零工最勤的姑娘，与律从接触频繁。但律从给打工姑娘们称量计款忙于事务，不会去注意一个年岁小的女孩。一次职工到云岭宣传演出，律从在台上看到的雅玉，还是一个攀挂在戏台前沿的少女。时而随众发笑，时而惊奇愣视。

“你们表演的《收租园》真有意思，”雅玉倒第一个到幕后赞扬他们的演出，“是哪来的剧本呀。”

“是律从和郑申根据连环画《收租园》合作改编的，演得像吗？”

“演得好，好得很，好生动啊！”

律从发现这个小女已很懂事。

律从的父亲不在家，徐露一个妇女养两个孩子成人已非寻常，接着待娶两个媳妇的确孤掌难鸣。哥读书时，兄弟两人为维持家庭支付，一同挨冻卖柴。如今弟也将婚娶，家父不在，长子为大。婚娶大事为长的，得同时虑及兄弟。为兄长的自己娶好媳妇成家，过后不可将娶弟媳责任再甩手于娘，亲兄弟要一视同仁。

“请看看，这些布质量如何？”律从买回一捆布，直走子娥房间，请子娥鉴定。

“啊，买到这么多布。这些织贡呢、底纹呢全是好布料啊。”

“我自出生从来未买过布，什么布我叫不来。我问供销社营业员，往高价买总有好布，反正难得一次。”

“一样质地花色的布，买一块就是了，怎么你全买两块？多几种花样调换，姑娘穿着好看。”

“不都是给她买的，另有用。”

“买花布还给自己留起穿？”

“留着日后娶弟媳，到时候免得家里没有钱，娶弟妇时娘买不起彩礼。按我自己能力多买少买，两家等同。一样布料一样货色，将来两叔伯母，免去相互眼红抱怨。”

“你真会做哥呀。”

“我想接受大婼婼和雅玉父母他们的心意，先定下亲事。雅玉还年轻，让她继续读书，至少得初中毕业。”

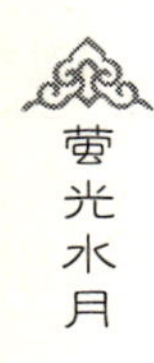

“四清”末期流行推荐入学政策，只许出身贫下中农好成分的人入学，推荐入校，推荐工作。

“文化大革命”的开展，逐出了在各地工作的“四清”工作队，包括住在好溪谷四分团所属的“四清”工作组，都纷纷离开了。

贰拾叁

蝼蚁嗅臭结队忙，老干免任集干校。

离职舍责修心处，广庭聚众闻学多。

“文革”时各类批斗多如牛毛，好溪谷垦殖场也必然紧跟形势，拉帮结派成两派。陈水来场带来的南乡帮，为感恩陈水自成一脉，围拢保驾陈水揉搓成一派，所谓“保皇派”；以民政局逐年安置来的城镇居民、原留场老职工，加上对陈水各方面有看法的职工，撮凑成一派，号称“造反派”。

二十世纪五十年代，五云镇一个疯癫人玩火，烧毁了北门街大部房屋。疯子的一个儿子设岩，也不务正业，没人管束在外到处盗骗，民政局将其安置在垦殖场，但他习性不改。律从与他一起为场院打井，联手爆破放炮半年有余。律从带他去岳父家饮酒，他装醉睡床顺手牵羊偷走律从妻舅的衣服。又和一民间妇女，骗带一县干部在场的儿子，溜外实施犯罪活动，严重影响社会治安，后被“八一一”拘留所关押。

农场的两派找不到直接批斗对象，让律从去“八一一”指挥部，借来设岩开个批斗大会。看守所交代：“不可松绑放纵他，日供食粮不要超过七两半，你借用你送回。”

“看守所的规矩你知道，你不要为难我啊。”出了看守所，律从给他解下紧绑的绳索说。批斗时给吃饱饭，只以宽松绑绳示众做个样子。设岩见律从如此待他，也未乱来，直到律从给予照旧上绑送还“八一一”。

人人都认为自己是“以毛泽东思想为武器，高举无产阶级革命红旗的‘左派’战士”，一时举国若狂，百姓趋之若鹜。

溪圩村有个年轻农民，在“大革命”形势下，兴高采烈地参加一次千人大会，高举造反派红旗于会上高喊：“我们都要革命！大家起来造反！”有不共戴天的异派人忌妒不过，问他：“革什么命，造什么反？”他随口答曰：“革无产阶

级的命，造无产阶级的反。”为此这位大字不识，写不出自己名字的农民，被异派人钻孔子拘留了一个星期。还好看其傻呆的面子上，未被打成“反革命”。

到好溪谷的“四清”工作队是四分团，因为“四清”工作组四分团的团长是好溪谷县长崔于贤。工作组对各阶层领导干部摸底、批评，对大多数犯有错误的革命干部，教育后作为“三结合”对象，让他们再工作。受过这些老干部气的人不服，认为崔于贤的四分团是“保护一小撮走资派”的保护伞，其团长本身就是当权派。自“文化大革命”开始，他们就趁势响应组织起“造反派”，驱逐“四清”工作组。与上头组织成“革联总”，给领导干部戴“走资本主义道路当权派”的帽子，煽动“砸烂公检法”。意图落井下石一棍子彻底打死，企图乘虚夺权。

“四清”工作组在农垦场的工作目标和行事道理，给了律从正义的引导。领导干部工作时间长了不可能清水无垢，但不能有秽全泼，律从心中同情起领导干部，却又不愿掺和他们帮派斗争。

出于对毛主席的敬仰，没能买到毛主席像章的律从从旧课本中剪下一个主席头像，卡在镶金边框的纽扣中，自制了个毛主席像章戴起来。

“律从剪掉毛主席像，是对毛主席的污辱。”

“律从剪去毛主席头像，是现行反革命。”

“你站立我们一边，可以取得我们的谅解。”

形势不让人中立，律从加入了“保皇派”。

一九六五年美国发动越南战争。外交部下文，号召全民“援越抗美”，准备组建志愿军。律从写信外交部，要求参加援越抗美爱国斗争。

“律从你又做出什么唐突事了？”外交部的回文落在陈水手中。陈水丢信于律从面前问。

“我曾写信给外交部，报名参加援越抗美志愿兵。”

“我还以为你又对场里的事胡诌了什么。”

律从慎重地拆开信封悟读。

陈律从同志：

你要求参加越南人民抗美爱国斗争的来信收到了。由于美帝国主义的侵略，目前越南人民正在进行着英勇的斗争。越南是我们的社会主义兄弟国家，与我国唇齿相依，休戚与共，越南人民遭受侵略，我国不能置之不理。我国政府和国家领导人已一再宣称要给越南人民从精神到物质上的支持，必要时还要派遣自己的人员同越南人民共同斗争，赶走美国侵略者。你来信要求去越参加抗美援越斗争，说明你有高度的阶级觉悟，对国际形势有清楚的认识，你的这种愿望是很好的，但是关于何时派遣人员的问题，将在美帝继续扩大侵略战争的情况下，在越南人民需要的时候，由国家统一组织。目前时期，希望你响应四月二十日我国人大常委会《关于支持越南民主共和国国会呼吁书的决议》的号召，提高警惕积极劳动，增加生产，努力做好本职工作，用实际行动支援越南人民抗美爱国正义斗争。同时深入学习我国政府有关声明和人民日报有关社论，作好思想准备，在国家召唤时，挺身而出。此复

致

革命的敬礼

一九六五年五月十二日

文上盖有外交部信访组红印和信字号。律从看完信，递给陈书记亲眼看过。此后陈水对律从信任无疑。

一次律从欲回家一趟，他对村人情态有所了解，预先向另一派借来“井冈山”“革联总”两个袖套，以免在运动形势中回家与人磨唇摇舌横出风波。不出所料，村革联总头头得信，随即不分青红皂白，自以为说理有为，一马当先找上门钻探辩论。律从从裤袋取红袖套一露，这位头脑人物只好默然收兵退场。

借袖套给律从的“井冈山”头头，三番五次对其做工作拉拢。

“你有调查陈水的材料，他们对你早有意见，你还去入‘红联总’?”

“他们早欲寻你麻烦了，你还与之靠拢。”

“那帮人是帮衬陈水的‘保皇派’，‘保皇派’不革命，现在不革命就是反革命。你要革命还是靠向反革命?”

只因律从在场里墙壁上写了几句毛主席语录，能画几个字，两方都试图拉拢。

那时社会上浆贴春联的习俗，变成书写毛主席语录。但“文革”中遍墙涂抹的不是对联也不是语录，而到处都是两派相互攻击的口号。站不稳立场的

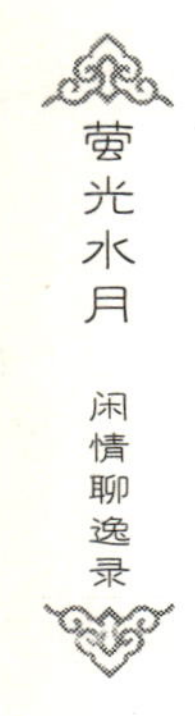

律从帮写了句“红联总　坚决打倒　革联总”。分行排列各自解读。

好溪谷革联总将大批领导干部驱进“五七干校”，让他们靠边站、受审、挨批、遭打。

好溪谷的一批老干部，部分是从山东跟随“百万雄师下江南”过来的老粗民兵。战争年代是战斗英雄，和平时代经济建设却显得外行。像县财政局局长，虽语录不离手却一字不识。红卫兵歌唱：“大海航行靠舵手……”他回家枕边问老婆：“那班小子唱：‘廿四个人扛大轿……’是啥个意思？”对上级计划安排到好溪谷的建设项目，接受能力不够。如拖拉机厂让给永康去建，说好溪谷人肩膀硬，不接纳汽车队；说好溪谷工厂少，不需建水电站。由于好溪谷各方面的落后，出现出生在本地的大学毕业生，在志愿书上填写“除好溪谷之外”的要求。所以县老干部，即使不是有心走资本主义，在对好溪谷建设事业公事上，也犯下了决策上的错误。

五七干校创办在垦殖场和药物场。那个填“除好溪谷之外”的第一个到，然后属党委机关的住药物场，属行政及水利系统的住垦殖场。干校总部和食堂设在垦殖场。

农场院规划干校后，南面空地建起了砼屋。专请外来有高新技术的师傅施工轧钢筋、拌混凝土。房屋的楼板先预制水泥槽，两水泥槽间再搁骑水泥板。楼下看仍像古老的木结构民房。原来子娥一家住的黄果园平房，安装了发电机，两个场都点上了电灯。

五七干校实际上是落职干部的劳教场所。干部们到干校，只要劳身“干”，不必劳心外事。垦殖场三位上级委派的干部，人人找出门路，个个收脚舍任离去。出纳吕棋见状，同时推却不管。

原场领导的弃职，导致垦殖场归属干校领导，但需自行管理。干校委任赵强暂任场长，律从补任会计，麻菊充当出纳。

赵强是五云镇东门人，父母健在，父亲年轻时摆摊行医，老来无业，育一子一女，兄妹不上学没有职业。知识青年下放，民政局将赵强安置在垦殖场。赵强对人和好大方，深得职工信任。

律从任会计仍不脱离生产，办干校后整天和原本的县长、局长们打成一片同干农活。攀谈中安慰他们的情绪，诚心学习他们的广博见闻。王副县长老婆去老家，带回“我们山东一次烙成就要吃半月”的烙饼，让律从定得尝尝鲜。大个子山东佬，律从立其身边只及他胸口的高度，拉车赛过大水牛，吃饭超额三碗头。最喜欢蹲到律从身边匙分律从盆中菜给自己下饭。

陈书记离职，在场当炊事员多年的大日人也要回家了，干校食堂需有个职工帮手，又将律从扯上。

食堂两个炊事员葛余、显富，原来都是县政府食堂的厨师，一人做饭一人烧菜。律从来食堂后，早餐三人轮流早起煮粥，白天律从只管买菜、洗菜、切菜。后来干校学员多了，要改善生活。显富以揉面粉，做馒头包子、炸油条、烤烧饼为主，律从负责焖饭。

不会做饭的往往一锅饭焖成，“下面结锅焦上头白眼盯”。欲掌握焖饭技术也不难，先淘米洗净略浸泡，浸泡时间关系饭的硬软。锅内打水灶起火，水多少视米多少。开水翻滚捞米撒进，撒完米掏平上留层水。水层高低看米多少，二尺八锅五十斤米约寸许，多留饭软少留饭硬，软硬结合浸泡时间是关键，多余水舀去。加猛火烧至饭水溢盖停烧火，炭火拨向炉堂周边，不开盖闭焖片刻饭即好。“淘米浸泡生火来，水滚撒米留寸水。猛火烧至饭汤溢，停焰拨火莫开盖。”牢记四句就成。

至于面类食物，也有四绝：“面娘温水搅前夜，干粉搓揉碱解酸。油条配比一三五，烧饼热炉控风扇。”

干校委任李成均为食堂总负责主任，凡植然为食堂会计兼出纳。刚办起大食堂缺乏资金，两人向干校总部出纳借款一百元作周转。总部出纳是五云镇中国人民银行行长老婆，平时其余在校干部都劳动干活没完没了，她却空闲无聊总是几个人围坐打牌。

一个月后食堂略有盈余，成均让植然拿一百元钱还给总部。植然拿了钱去还，总出纳正打牌忙。收去钱说：“刚才打牌不便站起，等一下再还你借条好吗？”

同志间通融片刻，以身作则的凡植然当然应承，答应一声就忙碌别的事去了。

繁忙的凡植然，当天忘记去要回借条。第二天还没有想起，第三天凡植然向总部出纳去讨借条，得到的答复是：“一手付钱一手交据，未拿钱来还，我怎么还借条给你？”

说得有理。银行行业出身的行为，当然规范。植然无言以对，打官司也她赢。

现场人物因事不关己，没有胆量出头证明，食堂出纳白白赔了一百元。明明白白的事，食堂主任成均心意不过，自承了一半。总出纳几句言语就增收了一百元。

干部进干校心情不安，不少人心里有被除名“回家”的打算。手头会动能摸的聪明人，借干校建房木匠泥瓦匠工具，自制起木匠泥瓦匠工具来预备谋生，还给喜爱劳作的律从做了几款。律从请木匠帮助做张竹躺椅。木匠说：“我们做木老师手艺，实在也是假的。按想象制作起来，不合意也是修修补补。我送你个木刨，你自己动手吧。”与工匠们接触多了，律从也学来了些泥瓦、木工的基础诀窍。

干校开设了医务室，从县人民医院抽调来彭苏罗。彭苏罗是西医内科主治名医，爱人是眼科专家。是故彭医师入干校整日忙碌无休止，除校内干部职员就医外，邻近村庄社员，内外、五官大小疾病，都来问他求医配药。

“彭医师，你这么忙，我有空来给你帮忙，好吗？”待彭医师应付完看病注射的病人，律从说。

“好啊！你会吗？”

“这些打针、换药常见琐事，你指导一下，一学就会嘛。”

“那你自己动手做一个。”

第一次在名医眼前操作，也确实心跳手颤，之后就全无所谓了。空闲时律从就去医务室帮忙，注射、量压、听诊都帮其代劳。有人手脚酸麻或牙齿疼痛，也给人施行穴道针疗。见效者每天针灸不间休，弄得律从自己腰酸背痛。

用医务室的处方笺，律从依照长期览读的药书医理，给自己开了个药方，到三联医院去抓中药。

“这个药方是谁给开的？”抓药医师看了处方问。

律从不敢回答。

“这药方必定出于某位老医师手，你到别的药房，一定不敢给予抓药。今天我给你抓三帖试试。”

律从不好开口，只有“唔，唔”点头。

三帖中药九角钱，一日两剂三天完，不便再去抓。不想这一冒险自开的药方，食后倒感灵验，腰酸背痛逐渐消除了。

场内一名产妇，乳房肿大局部硬块发红，疼痛不得安睡。似有乳胀引起疔疮的样子，夜深非得律从给方不休。第二天一早就去抓药煎喝，不料尚仅吃一剂药，未过半天，到傍晚乳房发痒难当。

“我开这药不对，不要吃了。明天快去医院。”

第二天其丈夫对律从说：“一夜过来，红肿褪完不痛不痒了。”

其实律从只凭对药效好奇，不了解药性大小，没有点滴经验。古话说：别人好医，自病难治。实际就是在自己身上不敢重用药。

贰拾肆

灭义毁功强打骂，贪物扒窃嘘抄家。
建库撤场争录职，洁身自好解瘩讧。

干部们虽然情不悦服，也只能压在心底，在“大好形势”下批斗起“走资派”来，都还表现得很“革命”。

革命将领赵广才，以干校名义发给喽啰们每人一根齐眉棍，武装红卫兵“文攻武卫”。首次批斗大会后，红卫兵的表现他根本不满意，不得不重新整训。

接着又是一次“走资派徐文升批判大会”。

徐文升肃立在台前，左右棍棒伺候。发言人指脑触鼻朗读批判文章，徐文升只有低头谦听，一旦表露不服脸色，或侧目看着发言人，则全场高呼：“打倒徐文升！”“徐文升老实点！”“打倒当权派徐文升！”“打倒走资派徐文升！”“毛主席革命路线万岁！”“无产阶级专政万岁！”“将无产阶级‘文化大革命’进行到底！”

有的人站起来喊，呼号拳头几乎打到徐文升的头。律从只怕真的会动起武来，诚心以为这些人总还是老干部、老革命，过意不去。宁可做内奸，不敢做横派，只得横过棍棒默默阻隔。

会后赵广才指责他“阻拦革命”，还好律从每餐在食堂卖菜卖饭，赵广才不便进一步批评他。

一九七〇年压缩公社规模，尚以大队为单位统一管理统一核算。“文化大革命”中大队干部一律靠边站，红卫兵成立革命领导小组，全村社员在革命领导小组长安排下名曰“抓革命，促生产”，其实是今天开大会，锣鼓喧天，明天闹造反，杀气腾腾。

大陆村红卫兵实质上是结派成帮的成人和不谙世事的青年，不是学校青少年，所以还是称“红卫兵大将”较适当。

“四清”工作组来不及搞清枪支问题，就半途撤离了。革命大将受惠山“富农家有枪”煽动，正合形势借以抄家。惠山之弟惠向，受老奸巨猾的家人指使，也别有用意地积极响应抄家。造反派就这样去了祥善生前住房。

楼下空空如也。

“去，到楼上看看。”

惠向愤愤地说，带头爬梯贼眼四扫。正巧瞄到桌上一个铜观音佛，趁后面人未到，抢步拎得暗夹腋窝。众人上楼看到的是一张会摇晃的桌子，壁上斜挂着祥善父母遗像，遗像前一个陈旧的书箱和一只旧圆篓。除此之外，梁下屋角积压着厚聚灰尘的是祥善上代卖烧纸炮仗遗下的破竹篓，以及勤劳施氏手搓的棕榈叶绳。一帮人七手八脚倒出破竹篓书箱，查看内里有无枪支，除了些霉烂的棕榈叶绳和几本旧书，圆篓内有一顶前清的红缨帽。

“枪一定是藏到地下了。”带头上楼的惠向提示。不料观世音菩萨太沉，夹腋下会被发现，到手横财又不甘心交公，于是心生一计，引人集中兵力寻枪，趁机溜脱送入自家。

既然有人提议，几个年轻力士就动手扒灶掘地，敲壁凿墙大干了起来，唯恐在运动中表现得消极怠慢。

另外有文人徐共趁忙乱之际重返楼上，翻阅刚刚看到的书。原来是祥善家先代貌风水行医遗下的医药地理手抄本古书，还有一杆精巧的药戥。徐共如获至宝，偷偷把书收藏内衣。为掩众人耳目便取下壁上挂的相框，拿着戥秤，提起红缨帽下得楼来。“你们都没注意到，这些才是真正的四旧，应该没收。”

忙碌了大半天，没有找到枪支影子。好在这次破“四旧”得到了意外收获：一杆戥秤、两个相框和一顶红缨帽。红卫兵乘胜散归。

惠向回家偷视观音佛，原来不是观音佛，是一尊铜铸地藏王像，大概有五斤重，惠向满心喜悦暗暗藏匿。

“你们去祥善家搜到了什么？”惠山见红卫兵们出来，洋洋自得地问，“徐露那边搜过没有？”

第二天，部分红卫兵及锋而试乘胜前进，去徐露处重抄。同样是翻箱倒柜倾筐清箧。贼眉鼠眼的惠向凡看到一件他家没有的，就想占为己有，“这东

西像是我家的”，怨怼人多碍眼，不敢随心所欲。还是这位识货的文人徐共，拉开抽屉看到《钢铁是怎样炼成的》《太阳照在桑干河上》等几本名著，心醉神迷手痒难当，只得故伎重演。

一伙红卫兵搜罗不到珍奇四旧，进到卧室床头摆便桶处，正欲搜查便桶中有无秘密，发现一只旧木箱，恰如哥伦布发现新大陆，赶紧双手揣出。大家围拢打开一瞧，大吃一惊。箱内和衣夹藏着不知其数的“珍珠美玉”。再定睛一看，这些“珠宝”都在爬动。原来箱子里外和揣的人身上爬着成千上万的白蚁。在场的红卫兵个个毛骨悚然，房内顷刻鸦雀无声。一场闹剧，如六月炎夏遇上一阵冰雹，大杀风光。

好心的红卫兵，让被隔离的徐露速回家，看看是怎么回事。

去年公社通知徐露去黄碧街开会，徐露刚走出村外想起忘记带东西，又回转。开门上楼猛吃一惊，隔壁和禾老婆施味奉正提着箩筐在自家米缸偷米。徐露心想难怪平时一出门，家里米缸的米都少了一截。徐露请叔公祥昊来面议，祥昊说：“看在自家人分上饶恕她吧，但不可有第二次。”徐露要她从哪路过来就从哪路过去。偷惯有术的施味奉，脸无羞耻心不慌不忙地爬上柴火掰开屋顶子孙椽木，一纵即过去了。

常言道：“好兔不吃窝边草。”和禾两夫妻到底不是归行大贼，只是偷鸡摸狗眼孔浅，鼠目獐头喜窃邻居东西。和他家隔壁的另一方祥旻，楼顶放的二十多根建房用的杉木，因无人在家暂时未用上。和禾夫妻俩一根一根地全都抽过去，背到市场卖钱落己，做无本生意。

有这样的邻居宜防三分，徐露将一时不穿的衣服藏木箱里放置床头，房间地面潮湿用一松木段垫底。唯不料日久无闲暇看顾，一箱子衣服全被白蚁蛀得稀烂。见此景象，徐露苦痛样子比看红卫兵抄其家更有甚矣。

位于大陆村里外点之间过坑山嘴边有座先锋殿，建造年代已无据可考。正殿供奉“徐先锋”，左殿供奉“唐国周”，右殿供奉“土地佛”。厅堂两侧各立一个龇牙的阴司鬼差。在破“四旧”浪潮中，新任支书立言没有什么能挡住红卫兵的声势，同红卫兵一起去庙宇敲毁泥菩萨。来到庙中，只见一个个菩萨愤容怒目肃坐严立。一伙红卫兵人人退步躲后，没有一个敢冲锋陷阵第一个动手。弄得支书骑虎难下，只得显示一回带头破除迷信的威望，闭上眼睛用手向后一推，把一个站立的泥菩萨推倒碰碎。然后睁眼挥喊：“你们动手啊！”

在场的红卫兵看已倒碎一个，也只得出手推其余的涂红贴金的泥堆。村中唯一的一所古代遗迹，不用半小时即被捣毁绝迹。

二十世纪五十年代，好溪谷曾在好溪源头白竹乡造了个东方红水库。原属好溪谷管辖的库后村镇，划归磐安县。水库造成，好溪谷用水万世不竭，电动照明千古荫恩。但由于质量把关不严，库岸未完工，洪水一天就冲毁了工程建筑。白费民工，只留下满溪滩岩石，供后人纪念。后来在其下方左库村，用水泥拦截了个矮坝蓄水养鱼。鱼群结队游动，有人谣传这是"左库大鳖"，引来远近村民跑来观看。耗费左库村民客饭招待，怨声载道。

好溪谷是山区，水电资源比较丰富，但以前创建一个棉纺厂，还得从新安江电站进电，县委县政府决心自己开发水电资源。经测算大洋前村镇外坝基工程小，蓄水立方多，拾雨面积大，出水落差高，还可一水多用建多级电站，能解决好溪谷水电问题。于是决心施工建大洋水库。

"'文化大革命'破除了'四旧'，破坏了许多珍贵的文物。但好溪谷'文革'倒革出了个大洋水库。虽然辛苦了当时社员，倒为改革开放实业办厂奠定了动力资源基础。是当年县委县政府做出的成果。"这是下一个年代好溪人民对那时领导的评价。

水库淹村要移民，来过干校的大官们都熟知舍职干部那块劳动基地。假若撤去广大干部都讨厌的五七干校，撤散原垦殖场工人，那垦殖场这块土地，可以开发成一个安置移民的村子。

在校干部慢慢得到抽调，回原来单位任职。干校领导逐渐离散，只留个挂名烂摊。律从会计做的一份扭亏为盈的年初生产计划报表，换来的是一份撤散垦殖场文件。

工人只得在恐慌中寻找开心事。

郑申是个早丧配偶的穷先生，曾与匪妻结婚，这也是其罪之一，后又离婚。郑申与其儿子无人缝洗，在场收工时换整齐服装，野地劳动穿的是一身破烂不堪泥污遍布的衣服。除有短裤蔽体外，如古猿穿草叶衣。

"郑申你敢不敢穿这身衣服上壶镇街头走？"

"只要有钱，有何不敢。"

"那我给你十元。"

"我也给你十元。"

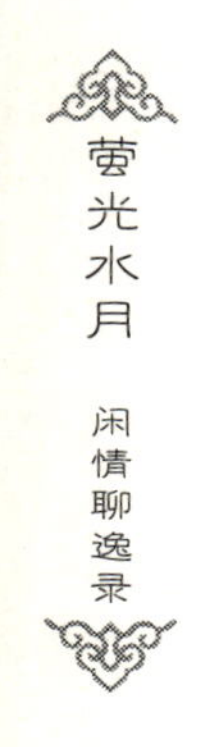

“郑申讲话要算数啊！我也十元。”

“我也十元。不走要倒罚。”

从不甘拜下风，讲出话似泼出水的郑申有些为难。一看就知是陈水带来那帮人在耍弄，将他们的钱拿来，也是对他们的惩罚，你要戏耍我，我今就把你的钱拿走。

中午郑申真的去了壶镇街，从贤母桥过双眼井直至上街尽头。那天正当壶镇集市，有出钱人暗随其后。郑申还怕他们后悔赖皮，走到尽头尚请人签字做证。

不想场里的一场闹剧，轰动全县。县革委会、财政局、民政局人下场来问责闹事人。批评双方后，没收郑申从激起人手中拿到的六十元钱。

律从刚到场时谈起家乡村名，麻菊就惊喜地说：“你村有个裁缝来我村，曾给我做媒。让我嫁他村里一个怎么样的人，他说的人肯定就是你了。真是前生有缘，如今又一起，可是我今已结婚。”

现在一个当会计，一个当出纳，实在是知心相逢。她趁卖完农场产品时机，说了几句贪心的话：“律从，如果我们俩合谋，贪没最多，别人也无法知觉。”

“麻菊，你这种话只可你知我知，以后千万别再提了。”律从随口回绝麻菊。

“你我都还年轻，你还是党员，不可犯这种错误。”律从感觉她有些为难，又靠近身边安慰了一句。

律从这种穷当益坚，洁身自好的为人心态，多年共事的麻菊对此是可以理解的。

垦殖场的撤销到底是遣散还是撤散？农场财产怎么处理？在场职工如何安置？安置经费何处兑现？虽然上级专门派干部负责撤场工作，但因为关系到职工后半生问题，也感觉头痛，最后一系列问题都要会计律从解决落实。律从去问县革委会，革委会推说：“该问直接经管单位。”跑去人事局，人事局推说：“农场本属农业局管。”来到农业局，农业局推说：“农场现属人事局管。”以前的场领导将农场特产，拿去送上级领导有人接收，如今有事务临头需解决，连个所辖上级单位也没有了，律从等只得去请求丽水地委。

“建大洋水库安置移民需要，农场应该是撤散，职工不是称遣散。”丽水地委答应会通知县革委慎重处理。

按革委会的意思，原来由民政局安置到垦殖场的城镇居民，成家的一家重新安置一员，同时兼顾办场前身在场的老工人。

县革委会派遣人事局陈百思，负责经办垦殖场的撤散工作。可是陈百思去后，察觉到事情没想象中那么简单。那么一班人，摆出那么一大堆问题。如何做撤散工作，确实伤透脑筋。只有远避为上策，大事难推，小事莫闻，水到河渠自然成。

百思今天特意来场落实安置人选，决定走群众路线，让群众自己推选受恩赐人员，召开职工推荐会，让场内职工自己定夺。将此难办的刁难事情，变成职工间自身矛盾，把问题推回场内。

“律从工作能干，无论什么都做好。”

“律从自从来场工作负责，没人比得上。”

“现在场里内外全靠律从，该入首位。”

……

推荐会一开始，全场职工纷纷高度评价了律从。坐在律从边上的百思听人发言，兴致中只字未录记。

说着群众慢慢转开话题。

“安排人事应男女平等，女人也一样，该安置的应平等安置。”夫妻双双在场的职工，为维护自身利益，提出意见。

“新老职工当一样，摆老资格，我们不同意，要一视同仁。”由陈水安插进来的南乡帮，提出长久压抑的心里话。

“农业户与居民该同等，我们多年来为场里贡献已不少。”经历多次农场变动的老职工，谈到困难，心绪难平。

妇女的发言，除成对的夫妇职工外，其他职工不作声。陈水携帮发言，老职工、安置职工闷嘴不响。原老职工发言，在座职工张口结舌。扯来扯去又回到律从身上，多位职工哽咽着说话：“律从处处好，只是成分差。”百思见势不妙，起立宣布暂时休会，职工们涕泪起身散场。

晚饭后百思去律从宿舍与他同出散步。在明朗的月光下，沿路只有人和影四个。

“小陈，真不好意思，你的为人我都知道，你的处境我也有所了解。今天的会议，大伙的心情我理解。可是，你出生在这样的家庭，这样的家庭成分，我如果按大家的荐举意思，录名安排了你，请理解我。”百思发自肺腑地对律从说，又伸双手护头，“我的脑袋捧不住，帽子没地方戴。”

“没关系。”不清楚是律从让百思的掏心话感动了，还是心里气愤，“人吗，不管到什么地方，不过是苦点爽点而已，也仅为过生活。别人能过，我律从也能过。你今天对我说出了这句话，我完全理解你的心情和你的处境中的难处。我的事你可推到边上，不用负担。你只管放手处理其余人员的有关疙瘩就是。”

“要大家都像你一样明事理就好了。能取得你的支持，我实在感谢。”百思举右手往眼角一抹，伸向律从。

两人握手中往回走。

“你就打算留场吧，这地方不错，你也习惯些。”

“留不留场，我得慢慢考虑，不必急于决定。不过有许多人对我说了：如果得不到上面安排，叫我也留在这里。大洋人来一时不识水土，不会种这里的田地，我不留场指导，他们也说不愿留居。为了安定人心，我便顺应他们的要求留场，现在我看还得如此。这样也有利于你的工作。”

百思再次紧拉律从的手。

贰拾伍

空忙琐事收烂摊，守职尽责安雀散。
清风拂袖归故里，啄泥垒窝再兴家。

最后能分配安置的职工自然高兴，遣归故里的职工，临时空手回家，如何让人安排生活？旧社会打长工，年终回去，主人也会给几个钱过年。有的职工在场多年了，以场为家，在低工资下家业没有操置，生产工具、生活用品一无所有，让人如何投入新环境生产劳动？留场职工也不上不下，在场住公房，如今农场变农村，住房如何归属？一旦公房被拆毁，总不能露天食宿吧？房内现用床铺、桌凳等器具，要不要私人再买？

负责经办垦殖场撤散工作的陈百思，向来很认真地坐在办公室"办公"，不敢踏进泥泞的垦殖场。

为了维护与自己共同生活多年的职工的利益，为了完成自己的烂摊子"会计"的最后职责，律从只得带着职工们提出的一连串问题，在垦殖场和县人事局、财政局间上联下串。律从在来回奔跑中，费尽口舌只得到两局"垦殖场土地及作物到时归移民村，推荐安插外单位名额十员"的空口承诺外，两局还同意："农场职工回家或留场(村)的按工龄发放安置费，安排外单位的带工龄就职。固定财产平房以一百元每间的价格卖于留场职工每人一间用以定居。"

此外，两局委托律从协助陈百思处理场务工作。律从经办必要的具体事务，以卖房款支付安置费。不是大数额的其他支付，不必请示，零星费用可自行报销，两局均以认可。

处理事务中律从想到一事，垦殖场历年粮食自给有余，虽然谷物满仓，但终不便让回家或外插职工挑米担上路。

"你是谁，有事吗？"壶镇粮管所所长问。

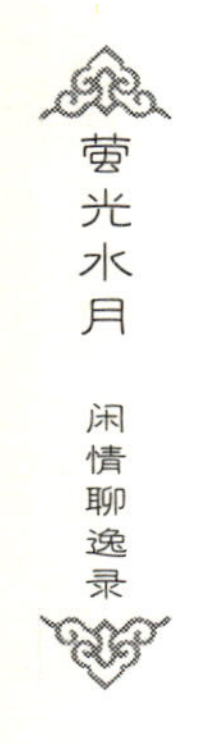

律从报过姓名，说明情由和自己的意思。

“啊，你就是律从，我早听说过这个名字。你要多少，把这表格填写一下。”

律从照心意算好的写了个数字，所长未有讨价还价就批了。律从回场按计划造册入账，分发给职工粮票、油票。领到票据的职工满心欢喜。

百思和律从谈话后，律从已越出界外。其他职工经过“争战”，最终战出了十名安插外单位的职工，分别去药物场、括苍山林场、珍珠岩矿区、五云镇供销社、皮革厂、印刷厂等单位。

被安置的人兴高采烈春风满面，各自收拾行装昂首阔步登岗入位去了。

“律从，你回家，我相信你什么事都干得了。可记牢，千万别去当老师教书啊！”有同情律从没得同步展翅的飞燕，回头“叽喳”嘱咐。

遭棒击离散群鸟的嘱咐是有依据的，远观，本场近旁的郑申，对领导提了意见，落得让人钻新孔翻老底，被开除出教师队伍；近看，新建中学教导主任傅祖德，那么关切师生，严肃校纪，富集教学经验的老师，也因出身关系不好，冠上思想落后的帽子，夫妻俩被红卫兵造反派赶下马，下放乡村中学洒水扫地。

轮不到提挈外单位做工但自己家乡还有个破烂家的职工，见获取外调的走了，在此又无人计议干活，也都回家各做打算。

壶镇白六一村名叫“黄迎祥”。可“迎祥”却迎来不祥，真是“枉”迎而不是“旺”。

有一家上代似乎不错，生二子，建起青砖楼房七间。却也迎来不祥，夫妻早逝还带走幼子，只遗下个忠厚老实的长子赵积福，大集体时去万果园打工。万果园变成垦殖场，他还当上实物保管员。有位邻村的黄花姑娘，看上他家庭富有屋宅宽敞，婚嫁于他。不料进门是所空荡荡的屋壳，一无所有。好在壶镇周围乡下分村有专业，坑沿做草鞋，西山种菜卖，牛岗织蒲席，溪宇打斗笠。她的娘家姓汪，有男子打小铁，妇女做豆腐的传统。姑娘操起从母亲手头学来的技术，一个人单干，天天做豆腐，常年养猪。积福每月交给她手上的零点工资，姑娘一点不放眼里，根本看不起傻呆丑臭的丈夫。

积福如今回家，整日遭受白眼相看，彻夜怨声灌耳。从此将要面临同桌共食同床共寝，岁月漫长，这样的夫妻生活，让人如何过得了？积福想不开，连上医院三天，声称“长夜睡而不眠”，私藏药物一起吞服。

还好药量有限，律从闻信赶到时人已复苏。

“全怪你们农场惹的祸，不叫他回家就不会有这种事。”

“在场干这么多年，仅有这么点钱，你们也不会向上多要一点。谁想得开。”

刚进门，积福老婆就滔滔不绝。律从无心对解，仅向积福劝慰多时，观察其宽心无事，即时告退。临走附耳说：“世上做人什么憾事都要想得开，任何环境都要能适应。如果你家里缺少什么，我们场里有的话，你可以去拿来，有事我担负。”

从黄迎祥回来的当天下午，律从就跑去县民政局反映情况。愤责他们：“官僚作风，工作粗鲁。思想工作不做，职工情况不摸，便随意驱人。如果今日出了人命关天丑闻，在位谁来承担负责？”

四五个官员坐在办公室，个个张口哈气鱼嘴无声。

“积福的家庭我了解了，这次过后，以后难保不再出事，局里必须得给他解决。一个县那么大，企业这么多，难道没法多安置一人。将积福安置落实，我做工作，保证场里其他职工不会眼红。虽然那天职工都荐举我，我也不会与他攀比。”

“好，好，好！有你在那场里处理事情，我们放心。你说的意见非常符合情理，我们接下来就会考虑。”局长舒成恩开口说，一本正经的办公室气氛，此时才谈笑风生起来。

“律从，你是否留场确定没有？”成恩抽任当局长之前，在干校同律从也很合意。近来律从经常来民政局，今天便关心起律从来了。

“我要回去，我家有房屋，何必在那里买间猪屋住啊？再者家里还有祖母、外婆都是老年独身生活，还有娘，我住那么远照顾不便。”

律从说了，成恩只是点头。作为一个干部，在人多时不好表态。因为负责具体处理垦殖场撤散事务的百思正在动员律从留场。

其实虽然告辞的朋友临行嘱咐“千万别去当老师”，律从也想过，兄弟即日要定老婆，若将撤离补贴买屋留场，便不能替家母付出聘金。平时看到附近学校的老师，他也有所羡慕，还时常去壶镇中学观赏，中学老师叫他欲看书尽管去借阅。更引律从兴趣的是壶镇村村有特产，这段时间律从抽空常去雅

胡、牛岗、溪圩、华车路转悠。爱动手的律从一心想学门手艺，带回家乡启发村人如同壶镇村民一样，男女老少无空闲，家家户户搞副业。可是如果被安置去学校，那么目前这点安置费就不能到手垫本。

“如果晚上在场无聊，你可去壶镇旅馆住宿。”律从起身回场，舒局长又交代一句。

过了几天，上面同意给安置回家的职工，增补两百元生活费。路近的已回家职工，律从一个个地送上门，顺便访问安慰。

积福身体恢复了正常，接到通知也来场领了钱。起身回去时，肩背一令直伸边篾露出边绳，修补了多次又破碎了的地簟，经过屋前时对律从说：“这令地簟给我背回家用啊。”

如此老实巴交的人，“偷窃”也要向主人请示，让律从在众人面前不好意思。

“平时我在办公室拿张报纸，看后都放回原处。地簟凭他背回家吗？”留场人员觉得他们少了件财产。

“情况不同，积福家特殊性，大家不要模仿。”

留村自然优惠，农场留下的生产工具，药物场料定不会全部搬空。大洋移民，迁家自有财产随身搬来，归根到底是这些留场人家在享受。

自从布插外单位的人士志得意满，趾高气扬地走后，会计、出纳的工作都落到律从一人手上，政府派遣的负责干部很少过问。上头联系请示，下方解忧抚慰，一个人忙得倒也乐活。给选择确定了房间的留场家庭，议写契约；外调人员迫切需求的家具，议价赠卖。一方收款入账，转手就是花销付款。留场家庭房内上一任住户的常用家具等杂物，全都有施舍给下一任。

有一位家住磐安边界的维根，后来补助的两百元钱，寄信通知他后一直没有来领。律从不得已只得送去，了却此事。他们上东角的习俗是，今年杀猪的火腿腊肉腌晒挂置，一直吃到明年。律从送去钱，维根老婆实在客气热情，搁留用餐。因为她眼睛不好使，烧了大半天，端上一大碗面条，面条里面腊肉不精不肥对半。律从吃了两口，实在是吃不下那么大一碗，推托肚子饱，急忙回转。

后来县革委会总算额外多了一个安置名额，将赵积福安插到五云小农场。赵积福荣幸地当上了牛倌儿。

垦殖场的撤散工作基本办完。去留人员，从初得信息的恍然若失局促不安，经过苦口婆心地劝勉，开始低眉顺眼各行其道地安定下来。律从做完这些烦琐工作，只等移交了结。每天帮助留场人家修缮合意住房，或拿根钓竿塘边钓鱼。还有个原县银行行长家属，美茹妈，本来早该跟女婿走了，却不走："您还在这一天，还好给我打银针一天。"

奈何等了多日，还得自己去药物场找来该场会计，给律从一个同乡面子，总算给律从的账款核对了一遍，符合。拿了律从心爱的算盘，去了。

其他东西没人接管，律从只得收入了账本和办公室的一切资料，集放柜内、抽屉里加锁。出于留场人的意外，锁门带钥匙，同携手十年的农垦场"拜拜"。

贰拾陆

返乡初归招斜眼，蝗魄解忌蚁量显。

竭帮同胞戚成家，乌鲤吵塘静水溅。

“嘻嘻，我们队里又要回来一个四五分工分的半劳力了。”大陆村革命领导小组长笑逐颜开地给社员传达好消息。

“那总不可这样对待啊。一个当龄青年，不至于如此无能，只值半个劳力吧。”十八间一个律从的邻居说。

律从回村，大都“欢迎”，个别惋惜。刚回村，事事生疏，一切都应从头开始。律从只好随乡顺流，早上随群出工刨草耘田，太阳下山跟随同伴扛锄回家。

“律从只知取巧做轻事，重活一点不会。”新还家的半劳力，总让人斜眼相看。数个月来流言蜚语迭出。

大陆村干农活，好些重活、农技活，都成了年老农民社员的专业。年轻社员以张嘴巴“闹革命”为主，白天提把破旧锄头跟随出工，指手画脚摆布别人的就有领导能力。种田靠天吃饭，集体化按工分配，你尽所能，我尽需分。

农事干活刨、铲、锄、耘，随伙出工都会。耕、耖、耙、耥是独干活，未有操作经验就驾驭不了犁耙。若遇上气力大的蛮牛，看你生人驾驭它，甚至会暴跳奔跑，不听使唤。于是大陆村青年全偷懒不学。

一天社员排长队出工，一个进舍在吴家的老农天军，不守纪律早出工耕完了一片田。

“让我来学学看。”被村人视为半劳动力的律从有意借人多时，显示一下技能。律从扫视一眼革命领导组长，从老农手上接过犁牛驾耕。在众目睽睽下，一犁右，一犁左，中犁深翻土。两边翻屿背，屿港两面坡。从下犁、提犁、转犁到起屿、刹犁，来回演耕给人看。平稳程度像老耕手，同老农不分上下，让人惊奇。

“不好意思，献丑了。”律从还犁给天军，随众出工去了。

在碧川水库边上，原吴源村后一丘田，水库水满时，水稻经常被淹没无收。老农会主任，今生产队队长惠兴，发动社员“农业学大寨”。掘两端旱地泥土，挑担过去将其填高。分两班劳动，开展比赛激发干劲，大秤放田头现场称。没力气的律从只宜锄土挖装，在热火朝天争勇夺魁中，让人催促得越扒越满，担土的还嫌怨不足。不得已，律从用脚踩实垒叠起两簸箕，这下可难住了不认输的好汉。

自己扒的泥担要人家挑，同样的记工，人家嫌重不挑，难道就倒掉不成。

“你们帮我托点力上肩，你不挑我来。”律从争气地说。

律从费力地挑过近百米坎坷，管秤的吴圭急切过来。第一筐，两百斤秤的秤锤推到头，还得用力压秤杆。第二筐，一百九十八斤。这一会儿律从创下了肩挑三百九十八斤的全大队纪录。

惠兴的长女出嫁黄碧山头，惠兴常到女儿家，对女儿的邻居说：“你女儿德扇嫁到我村来吧，我村有户好人家。”

“是吗？”

“我还会骗人吗？兄弟两个，大的叫律从，小的叫律中。上代实是户好人家，村里唯一一家富农，剩产余银富饶。哥在壶镇已娶老婆，还请我帮他迎娶进门呢。近来他哥又重修了那间破旧房间，房屋宽敞。爷在台湾现已有信，很有钱。娘一贯心疼律中，尽管小的不对还是帮衬小的讲话。我看你女儿有手段，去了就能管家。”

“那若说成，真的谢谢你大媒人了。”

家处如此处境的徐露，千辛万苦养育儿子长大，只怕儿媳妇没着落。自然对女家的家况教导从宽着眼，有媳妇进门就少了一桩大心事。添愁的是娶媳彩礼缺钱置办，好在娶长媳时壶镇亲家好讲话。律从有所计算，同时购买两份衣料，预备一份娶弟媳。目前仅缺聘金无处来。

刚巧律从农场解散，听说自家弟媳即将讲好，为哥的自然为母解忧为弟道喜。垫本搞副业的计划马上烟消云散，以娶弟媳为首任。将领到仅有的几百元钱，除自己剩点零碎钱以防急用外全数交于家母，为其添买几块衣料，好在之前有点预备，准备行聘办喜事。

能干的律中早已买来木材，有了钱就请来木匠做成新床铺。律从同自己的床铺一样，买来原料，自己动手为之油漆涂金。搬自己床铺到修理好的房内，让出自己媳妇进屋的插角房间，用以迎娶弟媳。律中为讨好丈母娘，示意要住娘入嫁时长住的上房。徐露为媳妇顺利入门只得迁就。不动自己的家具，移睡插角间。

新官上任三把火，三日新妇谋当家。德扇进得徐露家没几天，看清这个家与媒人介绍与自己想象中的美好家庭天差地别，所以一点不满意，无分文钱财给她当家。

“这样破旧的凳叫人怎么坐啊?!”一张祖遗多代的灶前凳，凳面树纹凹凸不平，坐上陷花了她的屁股。德扇一把提起就将凳子摔得面破腿折头脚分离。

早年律从利用油漆床铺时剩余的油漆，把太祖母遗下的框、板均蛀空，满框蛀粉还舍不得拆弃烧火的大橱，表面进行了装饰，在柜门涂画了“同春鸟花”。

“你看，你妈自己房间梳妆台、六仙桌、鲜红银柜、大镜衣橱整齐放着，哪一点东西是你的？大哥房内有大橱，我们没有。将来这些东西他都有份，还不如现在搞掉。”德扇对丈夫说。律中责备了她几句，德扇愤恨中抓起锤头一锤砸破银柜。律中一拉，她又连砸衣橱，终于将徐露娘家陪嫁之宝破坏殆尽。引起律中破口大骂，新婚夫妇吵成一团。

“你老婆是我出钱行聘给你娶的，我不让你随便骂。”吵闹声惊动了律从，律从拉开自己的兄弟，愤愤地说。徐露拉开律从倒就无声无息了。

原来德扇的吵闹都是由律从引起的，不到十日赶来三趟娘家。有邻居出面相劝：“他家老爷不在家，一个妇女守得一户人家，抚养两子不容易。”

“老爷不在家。大子公在外，家里还有个‘小子公’。他们家都是那个小子公谋算。拿来几块旧布给我囡，如此恶毒恶心肠。”

黄碧村外婆生怕律从受气不过，每次德扇来娘家，就叫律从不必与其接触，采取消极避让，以免祸害。

治国容易治家难。树大分枝，子大分家。在迫不得已的情况下，律从只有走上如此道路。

一九七六年，叶剑英等老同志执行党和人民意志，于十月六日对江青、张春桥、王洪文、姚文元隔离审查。“四人帮”反革命集团最终粉碎。有诗赞曰：轰然“文革”史无例，阴谋篡政乌云霏。悬国青年蒙受骗，林江集团终粉碎。

听到粉碎“四人帮”消息后众人一片欢腾，大队支书吴立言急忙丢下碗筷，跑到各队组织欢庆。社员纷纷涌向祠堂集中，结成游行队伍。各大队游行队伍经过公社门口，锣鼓喧天礼炮齐鸣，社员个个心里充满胜利喜悦。

粉碎“四人帮”后结束了长达十年的“文化大革命”，社会呈现光明前景。但是十年的动乱影响深远，经济崩溃、生产瘫痪、道德败坏，欲恢复正常秩序得有一段摸索过程。

年过半百的徐露，仍须强制劳动，随班出勤跟班收工。律从看自己的母亲走路已有所不稳，叫她回家休息。

“你娘规定要干。”社员吴钻阻拦着说。

“年长老人有儿子供养，没规定必须要劳动。”

“你娘是富农分子，不准旷工。”

“这把锄头是我的，谁要你干，人家会给工具让你干，”律从无理地去夺了他娘手中的锄头，“由你在此干吧。”

众社员观看律从，徐露还站着不敢走，过了好久才想起回家。

贰拾柒

小村走资贪碗酒，匪性无改尽策偷。

接二连三耍花样，集体创业戏弄手。

一九七三年政府为扭转局面，体现按劳分配的原则，经过整顿核算将单位缩小到生产队。大陆村按居民点，内点一个生产队，外点一个生产队。

整体组织是扭转了，可是大陆村邪风未消。

这一年春夏之交，地里小麦等春花作物生长良好，单等水稻秧苗长好必行收获。

外点生产队队长惠兴，晚上打扑克喝酒不用睡，白天休息时横坐锄头就打瞌睡。平时低头走路吊儿郎当，但集体利益处处关心。只恐怕农田作物有失，经常注意外界动静。

有天夜静更深，惠兴偶然想到秧田看水，以便明天安排农活。走在路上发现远处洋芋田里有人活动，临近一看原来是惠山在偷队里洋芋，已装好一布袋。惠山是个"风光"人物，惠兴无多责难言语，劝其自行送归分配点。

惠兴跟随惠山之后，路过菱角塘边。冷不防惠山一耸肩膀，把一袋洋芋甩到塘中，提着锄头逃脱回家了。

第二天早饭后，惠兴安排生产。惠山对众人说："昨夜惠兴在面前畈偷洋芋被我抓获，他将洋芋丢到菱角塘里。洋芋袋还在菱角塘，大家去看看。"

猪八戒倒打一耙，令人哭笑不得。惠兴看着惠山，嘴角嘻嘻一笑，不与辩解。而大陆村社员个个心里明白，谁老实清白，谁刁钻无赖。

经过一年的辛勤劳动，这年的秋收获得了好收成。每年秋收，外点生产队多以自愿结合，分稻桶小组到田片抢收。祥章、惠山一班，当然不会跟与他们有隔阂的社员搭伙干活。

有一天，此班人在后畈土祥昊家割稻，与往常一样，比别班人为集体干活收工都早。那天下午，两人预先从稻桶中心扒好两袋饱满的谷子，贼头贼脑地塞入田边荆棘篱笆中，余下和杂秕谷另装两担，两人各挑一担到队分配点。

要使人不知，除非己莫为；有做亏心事，隔山防有鬼。正当孙叔俩鬼鬼祟祟往篱笆荆棘内塞东西时，隔坑在自留地刨草的和法看到他们的鬼头鬼脑行动。待其回家，过去看个明白，是两袋谷子，顺便用锄头柄挑去自家。

天黑了祥章去收赃物，发现两袋谷子不见了，吃惊不小。

吃惊归吃惊，做贼自有贼计，这点小事司空见惯不足为虑。他手拿扁担回到分配点，言正理顺地说："我们人少还有一担谷没挑回，第二趟转去挑，被人偷走了。怎么办?"来了个贼喊捉贼，真不愧为当过连长、司令的祥章。

失窃大事，大队革命领导小组无力查勘，上报公社。经公社驻点干部查问，和法不隐瞒，承认"拾到一担谷"，并将拾谷经过述说一遍。鉴于有关当事人是祥章，和法也割二头[①]一半，交公一半，盗窃案不了了之。

祠堂是分配点，保管分配员是吴山土。他和支书同住吴氏宗祠，离陈氏宗祠远，人老实，社员放心。

他的父亲原住山早，两个儿子均已成年，决心"一手抓造屋子，一手抓娶亲，两手一齐抓"。在库岸脚下筑起一围七间屋基。少子交际活络，先娶得一位勤俭持家的老婆。父亲去世兄弟分家，屋基横开断，前半所透光好让兄。夫妻俩每天起早摸黑养猪做豆腐，埋头挣钱造房子。

祥章眼看祠堂粮堆如山，奸诈澎湃但梧鼠技穷，恨找不到敲门砖，无计多拿到手。"文革"中青年男女常住一起，祥章即有意顺水推舟，将自己的女儿作钓饵。授意其女妖眉戏眼，唆使山土及早拜倒其石榴裙下，谋算常年在大陆村村民身上敲骨吸髓。

然而乔太守乱点鸳鸯谱，结婚仅只一年，外点分小队撤掉分配点免除保管官，祥章偷鸡不着蚀把米。吴家两"鸳鸯"，一个出生在明哲磊落门户，一个熏养于奸诈贪婪之家，性情各异，薰莸不同器。祥章纵容己女，丢弃不足三周岁的孩子，展眼舒眉甩手改嫁去了。

大陆村的田本不属碧川水库灌溉区，旱涝靠天。在村大队统一管理时期，社员认识到建库如修仓，奋起在大陆坑尽头勠力同心筑了个股青水库。

---

① 割二头：贪污赃物。

从此大陆全坳稻田均得受益，虽做不到旱涝保收，却可短晴不愁。

掰队后内点队彻底控制了股青水库。自然坑水断流时，内点节节截流，甚至不让库水灌溉到与外点交界的田，宁可抛弃几丘田遭旱，也不让滴水外流。

外点队每逢旱情，即眼睁睁受晒。辛苦两年建起的水库无以得益，有人提出自己造个水库。坑西田梯度陡无源流，坑东田梯级小可作库基，但库水灌溉不过坑西。一九七〇年熟悉山早坳的吴源移居户提议做山早水库。山早坳水源长，两旁水田也不少。一畈田稻能保收，外点口粮就有保证。

可是惠山一班人，在集体化以前，他们的田都在大陆坑东。他们认为山早坳田是建碧川水库吴源移居户带来的田，造山早水库将来终究是吴源移居户得益，费尽心机千方阻遏，散布言论拖拉后腿。尽管少数人于中力展螳臂当车，山早水库还是日趋建成。

“山早这么些水田，如此大的水库，水已足够。再大水用不完，社员空费力。”惠山对刚回乡的律从说，“乃坡坳库基好，只因碧川水库灌水渠通过不能造。你有办法吗，去看看设计个方案吧。”

律从对这里山势熟悉，不看即胸有成竹。指着做山早水库岸比画着说：“加宽库岸基部达灌水渠高，修新水潆。水库底潆按规划，上潆与渠道同高相通。库水低于上潆，渠有水流时灌水，库水高时潆堵蓄水。”一番讲演让在场听众赞不绝口。

第二天惠山和律从去乃坡坳看水库基。

律从拿把锄头照腹稿，就于两侧山嘴依势放图，分别刨划了个库岸横截面。库岸如果按图筑成，库水可以通过架空水渠或连通管到坑西。大陆坑东西两片田均可无旱保收。

未料到次日惠山联合村革命领导小组组长惠方，指挥外点两个生产队社员，部分到山早水库拆扛压土滚筒、石夯，其他全到乃坡坳做水库去了。

山早水库即将完成，但按规划还未达预高。忽然撤离另外启工，弄得大队支书立言急不可耐。到乃坡坳抓住前天出主意的律从的锄头柄，发连珠炮似的说开：“你是有知识的人，也听他们的话，不看看他们是什么人。知道吗，你回家他们早就幸灾乐祸。”暗盯那拿把三调弯锄头的革命领导组组长，“你还帮这种诡计多端的人出主意，山早水库没有做好，又来这里弃旧图新了。”

乃坡坳水库刚过半高就陷于两难，不说是继续做也不说不做，就这样怠工搁置着。一九七四年冬，社员提议续建水库，到库岸一看，滚筒轴心也被拆除偷走了，只剩下个水泥空筒。

小村土法造水库，滚筒是以水泥圆筒穿铁芯为轴，内夯土，加盖装框做成的。阴谋者故意偷走那五十多斤重的钢滚轴，既能防止再造水库，又能卖钱。村众猜疑干这种事的，无非是同出师门的徒子徒孙。

水库还没有停工的一个收工晚上，祥章收带回家一只钢丝络。第二天出工时惠方安排："章叔，你昨晚不是带回家一只钢丝络吗？今天抬石块还要用，你带回水库好了。"

祥章不能否认众目睽睽下拿了钢丝络这事，回答说："是，我带回一只钢丝络。可我昨晚就送到你家，你亲手接过去放了，你忘了？"

忘不忘，社员心里明白，什么样的人，做什么样的事，还不是故伎重演啊。

在早期，外点本来有两个生产队，现在随形势又重新掰两队。

乃坡坳水库在原二队田片，水不放过坑，种该畈田的明白这是坐得利益。自开始集体化，从互助组到高级社再到公社，慈设门下一家人总是自成一体。祥余家认其为姐夫接纳。惠松常年外出制衣，有副业费交入，孩子还小。祥昌新招婿肯干，重活不敢推却。祥富子木良的儿子也年轻，行事似有同志感。祥杲两子，只会苦干，不会有谋求。这几户可抓手中听令唆使，故吸收为一队。

多年来该队一切都由祥章这班人安排，生产由他们指挥，分配让他们控制。社员一年劳动成果生产收入，按人口、按出勤、按工分、按口粮，这一季度对自家如何能多得，就按什么分配。可是即使这样谋划取利，但因自家门户大，位位都是本专业的理财高手，个个心高气傲满足不了自己的欲望，谋来划去免不了萁豆相煎，自家人自相鱼肉。

而且当初吸收为一队的几户人家，对这班狐群狗党自大集体以来偷窃生产队东西目睹得多，他们的耀武扬威、凌弱暴寡、贪得无厌早已看够。

如今有的人家，孩子逐年长大成人，底气硬起来，看到他们的私利谋划，会与其评理相争，劳动中再不心甘情愿任人摆布了。

"既然两队已拼，这次掰队户头必须混合重新分队。"外点二队的谋略家对革命领导小组组长和生产队长提出了这样的宝贵意见。

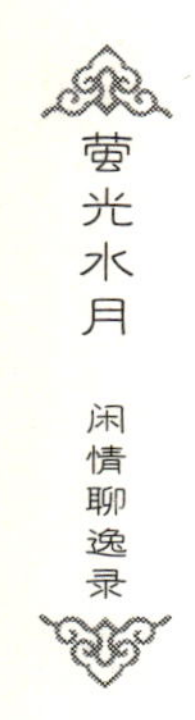

革命领导小组组长惠方是原一队社员，生产队长惠兴也是原一队队长。当然知道他们的为人，了解他们的如意算盘，这建议关系到整个外点社员的利益。拒绝，怕其暗使花招，自己无力招架。接受，有损自己利益和原一队社员利益。权衡利弊不便一口回绝。

“待我与社员商量商量再说吧。”

原一队社员分明没有一个人情愿去二队。因造碧川水库从吴弄迁来的移民，经过十四五年的观察，也深有体会，与这班人搭伙，危若朝露。因此，家家户户都要加入一队。

掰队只得以原来老生产队为基础，吴弄移来的农户带来的水库后田片宽，看在这么多的田地面子上，硬拉了两户姓吴的进二队。吴弄坳、山早坳、家余畈、京使畈、雅村畈所有建库周边增多的每处田地两两掰，原有田片不变。

至此才明白祥章等人的如意算盘，乃坡坳水库坐落二队田片。这畈田现有高度蓄水水库就足够抗旱，水库再升高扩容，水送坑西一队田，誓死办不到。拆去压土滚筒自然造不成水库，一举两得。让一队建电灌去吧，电灌得买机器付电费，我们自流水不用钱。

贰拾捌

引技更新利集体，农闲副业解困危。
歪势政风畅杀商，平让建造诽基地。

红卫兵闹革命没钱支付，大陆村革命领导小组组长惠方想出来了生财之道。将五百年前先祖栽培的水口嶙古樟出卖，让人砍伐煎樟脑油。一方面村里有钱喝得千山转，另一方面门口毁林自家谋扩建。

天公迎合，掀起台风吹折嶙头梓树枝杈，打碎队长惠兴楼房瓦片。生产队长、革领组长联合扫除仅存的一株百年古树。恰合惠方权谋拆毁祖宗辛苦筑成的水口嶙，围建两间低矮瓦舍占基。村貌重入“灵龙反出”闲谚。

多年来的“抓革命，促生产”的宣传，落实在大陆大队，就是不知道种田科学的红卫兵，用“革命”的威名督促有经验的老农“出工”。出工不出力，管干不管算。水稻病虫不懂“防治”，只勉强“医治”。等到稻叶虫花了才“促”个人治虫。人人拿锄头出工，锄头柄当棒拄着高谈“革命”。肩负喷雾器治虫，整天水田走路不得休息，还弄成遍身毒水，谁也不愿干这种活。病虫一代代繁衍，到双季晚稻自然“虫收”。

律从看社员的水稻遭殃，多次提醒队长。队长惠兴不好意思地安排：“你明天负责治虫吧。”于是律从离群单干，专业背喷雾器。

专负喷雾器的人无形中成为植保员，在公社更被视作村“农技员”。视听病虫情报成为律从的己任，治虫喷药，发展农村经济变为专责。

公社召开队长会，传达好溪谷计划发展黄花菜基地的意见。队长回来与律从商量，哪片土地计划栽种，需订购多少秧苗。

为了双季晚稻早插保收，就需提前早稻育秧迁插。公社科技会交流了温室育秧技术，在室内中心地下筑火坑，像养蚕蚕房一样四边放木架，木架层层叠放均匀撒播谷子。火坑搭配火锅盛水起火，利用水蒸气温度使经过催芽的

谷子抽叶长根，克服大田播种“小秧带泥插”早播遭冻的问题。

会后队长支持这一蒸汽育秧或叫无泥育秧新技术。谷子温水渗透堆放，自然发热催芽的操作律从早会。问题是虽然经过栽植，遍山尚无成材树木，没木料做育秧架。队长惠兴决定安排社员砍田边仅有的数株柏树，解决材料、燃料难题。

温室保暖墙用稻草编织成虚空的草篷，两面夹以塑料膜。温室就搭在过坑桥头。整整半个月，律从日夜得到居住温室的“享受”。烧火、退火，控制室温在二十摄氏度左右。

秧苗长势如愿，最后几天取出炼苗，大田插秧比以往提早了一个多节气。

县农业局在新碧公社召开农技员会议，这次大会意欲在本县开发柑橘生产基地。大陆村也派律从参加了。

大陆村是个山区，旱地多水田少。为开发大陆村山地，增加农业收入，会议专题正合律从意愿。律从自作主张订了千株橘苗，但在这落后的大陆村却受人指责：“这么多橘秧栽哪里？让他自己一个人去栽吧。”

律从向队长提议，在种黄花菜的地里按橘距稀疏间植。理由是黄花菜盛期短，万一到时销路断，橘树正值旺季，可将农产收益连接。

既引进建成了橘园，从此律从大多时间在上百亩的橘园，一个人给橘秧浇水保苗、治病、整枝。

公社化的大陆生产队，年终分红就一两毛钱。一个家庭，虽然队里种的粮食按口粮分配，然后常年买油盐、灯油、布料钱都只有伸白掌打手批[①]。为支撑家庭艰难生活，农闲季节，律从千方百计找门道搞副业。

在农场时律从从横塘岸人那里学来做簸箕的技术，考虑近地毛竹贵成本高而排除。他看溪圩人做斗笠，男女无空闲，开会、走路还劈篾。最终选中了牛岗编织蒲席，买来一根黄檀木，请木匠相间穿凿起一根草席扣。回家定心了就自做木匠，仿制编席架、纺经车，买来席草动手编织。编织床席需一人压扣搭绕左席边，一人持篾叉添加席草搭绕右席边，单人不能干。律从只恐小孩伴随干活，影响学习，编织了两张只得休业，另找生计。

村里吴姓有人曾去江西烧炭拉车，律从亦欲一试。书记吴立言见了，带

---

① 伸白掌打手批：打白条。

以警告性的话提示律从:“我真没料想,你会同这个人如此亲近。他是什么样的人,你要清楚。”

之后,律从出阳弄进阴界卖缸窑货,挑东方担城北爆玉米花,奔大筠转小溪收旧书纸,做了各种副业。农忙季节不好外出,律从便买本《服装裁剪》研究,同时向懂得裁剪的人求教。掌握长短身围尺寸,领袖深浅凹凸要领。晚上就照书操作,从小孩到大人,从裤子到上衣,动手缝纫自家的衣服。

队长惠兴多日不在家,一天自说近日砍柴劳累。原来他同底坳一伙人去双川砍柴。律从要求分搭一程,得到同意。

柴山在双川石臼坑,老革命根据地葛竹山头附近,距离大陆村三十多里。律从赶紧置办一辆两轮手拉车,与惠兴一起上山。正好底坳一班后生,都是小学时的同学。相聚不陌生,不懂肯教,有困难会帮助。律从砍柴不比他们慢,拉车也不比他们轻。全靠他们助力,一个冬闲就在这里度过。

第二年冬,他们又约律从去丹址砍柴,还推举律从记账。

柴火砍了一半多,客户约定交齐分担柴钱。是夜惠兴及时去丹址大队,按协约付清山款。回住宿处,向众人摊视付款凭证。大家过目后,惠兴说:“大家都看明了,钱款数与收款凭证相符无误。每人交款同我经手的,与律从账款一致全清。这张发票面保存麻烦,现在当众烧毁。”惠兴从灯火上点燃,发票烧尽。

年后新建镇负责丹址村的干部上门找律从,原来是在五七干校就熟悉。

“你们去年向丹址村砍柴,听说你记账,是吗?”

“是我记账。”

“丹址村账本没有这笔款。社员弄不清是你们未付,还是他干部未入账。”

“我记账,但钱不是我经手的。”律从还找到去年砍柴记账的笔记本翻给他看。且将那晚炙烧收据的事说了一遍:“没有听说惠兴与丹址干部有联亲关系,别的不清楚。”

“你讲的我信,这一定是丹址村干部做了手脚,我再追究。”说完就告别。

一九七三年冬,贩卖木头无形成潮,车载肩背沿途逢遇。永康地平急需木材,而好溪谷高山区止不住砍伐。所需者寻求卖主,有余者找访买主。一些刁钻的“永康萝卜”,在两县边缘私设多处木材交易场所,日夜成市。但这是“投机”生意,受国家限制。

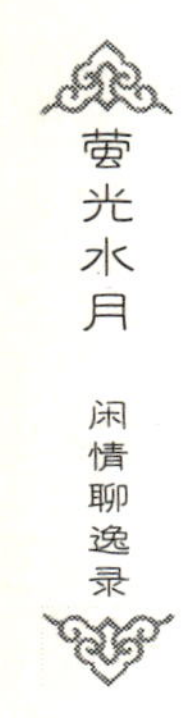

雾中衣服难免不受潮，律从随伴去了。

这天市场上特别热闹，人来人往买客似乎特多。突然号哨齐响，原来是“打击投机倒把”办公室组织人员假扮客商招引背树卖家。哨声中你跑我拦，你躲我抓。

看到这种现象，律从想到《政治经济学》中买卖是物资余缺交流的原理，商品经济发达促成货币流通，货币流通促进经济发展。所以，他认为经商是促进经济发展的渠道。中国若不实行市场开放，经济建设一定上不了台阶，人民生活决难改况，国力必难振兴。于是冒昧写信给周恩来总理，谈了自己对开放市场的想法。

“家欲富，养猪猡”是历来潮流，养猪是储蓄。妇女置家需勤俭，古时妇女的“勤”离不开养猪。在农家，养大一头猪是件赢利大事，屠宰时流行散“猪场案”。一碗肉汤，两片肉，两段猪肠，四块猪血，给邻居挨户送礼，或邻里会聚一餐就为睦邻了。

原来先辈计划建房的基地，集体化后成了多家的自留地。律从回队在补划自留地时，几户人都转让了近地给律从。

律从成家后就一间楼房，妻子领小孩睡楼下，自己爬梯上楼睡板凳搁床，更没猪舍养猪，自然追求在屋旁自留地建所宽敞住房。平时律从提起如此想法，村干部也全同情支持，只愁没钱。

屋旁基地可建一所大五间，包括娘和律中自留地，最好是兄弟拼建。可是自家人中现有一位惯于扇风的“阴扇”，将来屋内扇得更加兄弟不和，更无策维护檐下平静。上代共建房屋，下代世间筑墙，这种事见得多了。律从同娘商量：拆除原来批舍，向南向东各建一所小五间，东南留出空地做成花坛，两家出入天天见面，有利和睦交流。娘不敢与律中传话，说：“这个计划好，等你父亲回来，叫父亲对他说吧。”

排列定位了两所屋基，律从请会泥水的内点春新，在自己屋后围砌墙脚。只恐余给弟的一所不足，将自己后墙尽量前置。砌了一天墙壁脚，八角钱的师傅工资，拖欠付不出。因为没钱建房，只得在后门口搭个草寮猪棚养猪，待有钱再请批建。

堂堂正正的基地不建，引起换给律从自留地人的惊奇。建房在后面“便者为己业”的惠木，本来三间屋“便”成四间，四间“便”成六间了。还对律从说:“你这块地不用了,我屋前那小块高墩,‘便’与我建厨房好。”

“这块地我量定给律中建屋,少这一块,基地不够。”律从给予解说。

为使其死心,律从又砍伐地里的棕榈树,挑平高墩。可是这块地紧邻律从自留地,不关律中事。律从流汗旬日,也无人助铲一草。

正在基地前钎基建房的祥旻,调换得慈嘉门下连块的自留地,动工建房。

“你在那边有基础了,这里再让我一垄好吧,我后退宽点。”

“这块地我让律中还得建一间,少这一垄,基地太窄了。”律从给予解说。

不想第二天律从在街沿碰到祥旻,祥旻破口大骂:“我以自留地向你换自留地,不是白要你的地。好好同你协商,你不肯,真不识相!”

律从自觉“无理”默默无言走开。

接连得罪了两家,即有人上诉律从“未批屋基私自建房”。

公社驻点干部寻抓做样。队长说:“你那猪舍未批就盖上,要你做检讨。”

大队检讨大会在祠堂天井召开。

“社员建屋必须经政府审批,律从盖房不按照国家规定,需要批评。律从上来检讨!”公社干部说了开场白。

“对不起,我因刚回家,屋狭没处养猪。围了块基地又没钱建屋,只好盖个猪棚暂混。”律从上场检讨说,“不过大陆村穷,建不起屋没办法,建屋也是为改变村貌出份力。如果政策不变,目前即使私建屋,将来也未知财产你我。”

律从的检讨引起公社干部顺生的感慨,末了也随众垂头叹息。律从下了台,顺生拉住他手轻声说:“你的屋基,马上上报去批吧。”

顺生再次去大陆村,送审批填写表上门,当时填完即带走报批。

痛打落水狗,冒功抹面子,两者都是大陆村的风尚。不过数月,律从收到百多平方米的建房地基证,就有人说:“你这屋基证,全靠我在县里女婿,他看见你的报表,便忙着帮你拿去批下来!”“你这屋基证,是我在社姑夫看见你的报表,及时转呈报到县批回的。”

贰拾玖

幼领上房后台戏，闭阖剖堂妙神机。
磨针弗负有心人，剔田拨路功业基。

一九七六年国家领导人周恩来、朱德、毛泽东相继逝世。

一九七六年十月粉碎“四人帮”后，副总理邓小平鸿鹄志展，狠抓国民经济，纠正“左”倾错误。一九七八年中央召开十一届三中全会，确定“建设有中国特色的社会主义”基本路线，指出我国目前正处于“社会主义初级阶段”，要冲破重重阻碍，对国民经济进行调整、改革、整顿、提高。起步实施改革开放政策，重新强调坚持按劳分配的原则。进一步缩小集体化规模，土地承包到户，从本来的一年、两年，发展到五年、七年，以至三十年不变。

生养子女长大后，女儿出嫁，儿子分家。父母财产除留取自身应用外，理所均配。父母手里没新建房屋，上代遗下的老屋父母弟妹要住，“长子出家”似有风尚。

兄弟多历来均照昭穆排房，长子居上房，次子居下房。在大陆村唯有慈设三子祥章格外蛮横，革除了昭穆序次。自己居上房，祥丰居下房，其二哥祥德却住在他的下首。

祥德一子惠牛为贪污五十元学习费不敢回村，在外进舍帮别家养育子女。这方子女长大成人懂事后，便将惠牛赶出。惠牛很快又去一方进舍，继后女属是有天理良心之妇，早防己子长大性格不合，会将非生身父驱逐出门。预先给惠牛家破房修理了一番，准备日后住男方家，终身携手过老。

毒心谋算的祥章，抢盗一生，却不能为三个儿子造好屋子。二儿子已借进婿名谋取祥庆半栋屋了，还希望祥庆二子讨不起老婆便可谋取整栋。今惠牛进舍妇帮修屋，对其修好的屋馋涎欲滴的祥章，生怕惠牛屋被人家所属。一而再，再而三在惠牛面前摇唇鼓舌搬弄是非：“让她给你修屋，当心连屋也被争走。”“没了私己房产，谁瞧得起你。”没生耳骨的惠牛哪里经得起如此煽风点火，以为祥章有理，遂将这位好心的妇女退还回原家，再次成了鳏人。

改革开放后人民政府对鳏寡孤独给予特别照顾，镇政府在下小溪村办起敬老院。惠牛由村里交付费用，也进入了敬老院。去那里倒是享受了几年养老清福，吃得胖乎乎，养得白白净净。

不用干活人却闲出病来，几年后惠牛连饭都要专人送吃。敬老院无资金专奉，二○○七年七月七日，派人联系送回村。

祥章是要屋不要人，要他调理单身病人，马上推卸不干。“屋我们不要，归村里好了。村里请人料理吧。”司马昭之心谁都清楚，村里按敬老院标准每月四十元给祥章，他们嫌少，摆生意经要村里多增补贴费。

惠牛回村刚巧一周年，就在祥章、惠山轮流供食中呜呼哀哉。丧葬队伍：一人敲锣开路，一人放火炮分路纸，一人撑伞提香篮，一人捧殡仪车卸下的骨灰，四个妇女着白戴孝哭着随后，这在大陆成为史无前例的丧仪。提香篮的当然是惠牛房产的继承者祥章的幼子。

祥丰以当村长、军属招牌建成的上圳头五间新房分于长、次二子惠艮和惠山，原有两间旧屋留给幼子惠向，自己则与惠向同住。后来祖居就遗幼子了。

屋檐头水向下流，有此上辈就有此下辈。惠艮和惠山分居新屋，惠山仿学叔叔样板，自己居上房，让其哥居下房。惠艮是劳教回家的，惠山是志愿军回家的，惠艮自然不敢有意见。

次子居上房，非限于表面家庭争风，其深入意图旁人无以明白，尚待剧终揭晓。

祥丰计谋建七间新屋时，本欲将后面村大路往屋前移改，然后谋取屋前一丘田，再建一对合房，将大路再改过坑水。当时村民识破其阴谋，让他诡计没有得逞。如今集体化越来越健全，屋前这丘田属于外点第一生产队，不是惠山所在第二生产队，谋划之意只得放弃。

一九八四年八月的一天下午，惠艮挑粪去乃坡坳水库后扩大地浇菜。或许是洗粪桶，或许是洗手，翻进水库再也上不来了。直到夜晚家人四处寻人，以竹竿打捞拌动水流，才偶然浮现，尸体就在浅水滩边。惠艮平时水性是不错的，就这么淹死了，让人难以置信。可能是天气闷热中暑严重，头一晕翻进

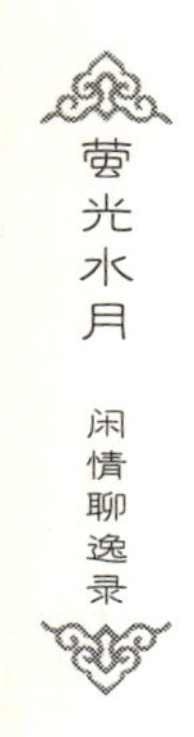

水里就起不来了。

“屋前对面田岸像一把‘弓箭’正对朝着房屋，开大门不利，大门不能开。”惠山终于找到了移路借口。

大门封闭半年后，世间直至大门一分为二。筑墙堵断惠艮家的人由他那方横门出入，更可免除村人进其左右门过往他家街沿走廊。这样惠山住房一方，不足三米的空地全成了己业。

勤劳致富是中国人的本色，更是祖祖辈辈立足大陆村的人民勤苦创业的优良传统。惠山的“勤恳”劳动，感动了天地。

心勤的惠山闭大门隔世间后不过三年，名正言顺地更改了父建土房，在原有的屋基上，扩建起两间条石砼楼瓦房。

一九八二年一月，中共中央批转《全国农村工作会议纪要》，家庭联产承包责任制得到肯定，各生产队土地承包责任制进一步落实。一九九二年，承包期起延长到三十年。惠山屋旁两丘田，由吴源山早移居大陆村编入第一队的吴牛挣承包。大陆村因处山边田多，田丘小，外点两队没耕牛。牛挣原居山早坳，还留养着一头母黄牛。时逢市场开放，自由营销，牛挣四子均外出做买卖挣钱。农忙季节牛挣自己帮人耕责任田，打工挣钱也忙不过来。

惠山见这是煞费苦心求之不得，千载难逢，百年不遇的天赐良机，积虑多年的他豁然贯通，趁机伸出“解难”之手，声言“帮牛挣忙”，也免得自家鸡“吵口屋旁田”，主动帮牛挣承揽租种了他的那丘屋边田。

为免夜长梦多，煞费苦心弄到手的基地，不行以顺风吹火，将会忧患抱恨终身，理当莫可延误，马上租种。

在承租两年内，惠山依势扩展了两间屋基，与早建的两间条石砼楼连接，不畏众议又新建了两间。

牛挣的儿子回家，发现自己还将承包三十年的田，出租不到两年面积缩小了一大片。找佃户掀底算账，惠山卸磨杀驴，下犁宰牛，威风凛凛理直气壮不予承认。甚至到外地雇用一帮打手，冲到牛挣家敲门大打出手争吵一场，便还田不再租种了。

二〇〇九年，六十周年国庆大典后第三天，即己丑年八月十五中秋日，过节后牛挣食农药“乐果”送医，第二天拔了输氧管回家便断了气。

叁　拾

守职屏志应召唤，尽责俯脑建家园。

抚恤同胞赛能干，未满所欲萌生怨。

一九七七年教育部扭转“四清”后期以来空占室位的推荐招生，恢复高考制度。大陆村一位读完初中，参加中考回来的优秀学生，在田头大失所望怨天尤人。

“这么深的题目，叫人怎么做呀！”

“遇到什么样的难题呀？”律从问。

“啊，很难，难得很。完全超出书本所教。”

“你解不了，记得的讲道题目我听行吧。”

“一根一米长的棒，在五厘米处放支点，短端尽头悬挂二十千克重物，另一端要用多少力能够保持平衡？二十千克就是有四十斤重了，那么重的重物你说怎么支持得住呢？”

“这简单的杠杆问题，用杠杆公式一代不就成了。”

“题目没提到动力臂、阻力臂，怎么代？”

这样难的问题，律从也让他说愣住了。

推荐招生没资格上大学，走出校门不甘务农，又不得不混口饭吃的民办教师，到了恢复高考，除非靠投机取巧充职，不伦不类的槁木死灰无有生气外，纷纷离职报名进修。社会上各学校均缺教员，自感有识之士均顾盼自雄望风响应。

黄碧村有位有威望的徐长短，两个儿子都欲参考。听说大陆村律从过去读书好，必有特别复习好书，便特意让碧川中学代课老师朱原丹向他求借。心诚则成，凑合一子考得法医，一子考得师范。

由于学校教师缺额，县教委需得补招教师，分乡镇从民间招考聘用。碧

川中学代课老师原丹，与律从初高中都是同学，学习受其帮助不浅，了解他的知识水平，同情他无用武之地，自作主张为律从报了名，好心劝告他为教育事业做贡献。律从以为将近二十年没有接触功课，落榜无颜。碍于原丹情盛，不好推辞，便改报考中教为小教民师。原丹发现了，瞒着律从仍自主改回中教。

一九七八年六月，小溪中学正副校长伊香乃和徐适良，去大陆村会访律从。

“我小溪中学两个满意点的老师，都去读书了。学期排不开课。你这次考出的成绩列本公社第一名，我们欲邀聘你到本校任教。”伊校长取出两支香烟递去。律从不知所以，填报小教却来了中学校长。出于尊重对方以视谦让，律从接取递烟者一支烟。

“学校原有文鼎教物理，他走了叫你接替任教初三班物理课。”适良说。

得同学的热心，律从本身有所心向业仰。适良和文鼎都是律从外婆老家的同学。机遇难得，自然先意承旨，但仍是有所顾虑。

“那不行，毕业班好坏影响学校声誉，我不敢承担。”

“你是六二届毕业的吧？过了十五年还考出高分，量知肚识不浅。”

“这排课时再说，你愿来就好。”伊校长忙着欲走。

“一个落实了，我们再去后坑看一下。”出了大陆村，伊校长提议。两人便去了导快家。

“学校还缺一位老师，想聘你到本校任教。”伊校长说。

“差个数学老师，你该能去吧？”适良补充问导快。

导快取出香烟，包括自己的嘴每人一支。点上自己口唇的烟，随后分个送火苗。

“我去。我是老三届毕业生，木材市场两方一问价，这面买来那方卖，计算挣钱我倒快，从未输损过，初中那点数学还教不了呀。”

“老三届就是‘文化大革命’刚开始时毕业的三届高中生。那时秩序混乱正起始，教学质量遭受损失尚不大，所以挑选到你，今天伊校长亲自来请你啊！”适良手指香乃嬉笑赞赏附和。

“是呀，‘文化大革命’红卫兵大串联，我也去……”

“开学你来吧，我们该回去了。”

两个中学校长降临，大陆村村众就猜中九分。大陆村村习，但愿人人“同甘共苦”。孙悟空翻起筋斗云，如来佛就覆其五指山。

“听说律从要去当民办教师，廿四元一月，只会欠生产队更多粮。”

“律从不在队里干，缺粮谷队里不分给他。”

“让律从他家大小去吃廿四元。”

五指山上张贴了“嗡嘛呢叭咪吽”。

当面讥讽的尚好意：“这么点工资，只不过避免戴箬帽吧。”

仅麻岙村有一人拍手称善：“啊！大陆村又有一个步出村门了。”

批下屋基，逾年不建按理将作废，身上还未蓄百元钱的律从只得动工，请祥富来筑泥墙。

好溪谷特产凝灰岩，条石叠墙建房成风尚。好事者想冒用南京古名“石城”，改五云镇为石城，以壮大影响，扩大销售，走出国门。律从计划土洋结合建新房，屋内以条石隔壁水泥搁板。经共校同事介绍，到凝灰岩产地白岩订货。律从向采石工匠友谊摊摆家况窘迫，幸遇相知，得到同情。

“你的精打细算我理解，我提议十五厘米的隔墙搁置水泥板，似乎搭位偏少。是否顶层加用二十隔墙充当砼梁。”

“好，那更安稳。你的采石工钱，我到有钱时再付啊。”

律从夫妻俩星期天推双轮车去岩场拉石头。友谊指着那些有欠缺的条石说：“这几块东西不合格，你不要拿去，你拉那边方正的。”接着帮忙装车。扶车下坡到白岩村上路，友谊夫妻却阻拦不让走。上午让去他家吃中饭，下午则去他家用点心。“装车费力饿了，不吃饱没力气拉车。”

有了条石，又到姓姚的溪滩拉来沙子，买了袋水泥。律从请本队有力气的吴土干力气活。自己动手砌屋内三间隔壁墙脚，垒叠隔墙。

徐露在台湾的丈夫寄来了钱，天下做娘的一心都为儿女打算。两子都准备造屋子，有了钱财撑腰，马上让长子定制水泥板。是娘出钱买的必须等分，律从搁上一层还差一块水泥板，向律中援通不成，索性连厢房一起定制，同别人家商量，其预制场定制的水泥板先搬作急用。

祥富给律从筑了下层外墙，因拖延时间长，再请求筑墙，藏头缩尾推却忙碌。

律从早年空闲时，曾从祥富冒师徒，四角钱一天混泥筑墙。不得已，用祥

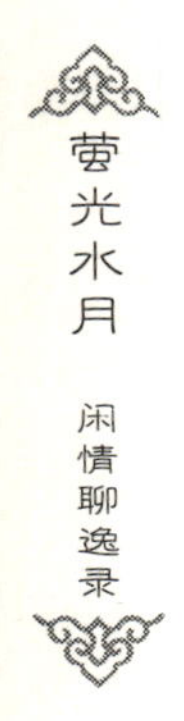

富闲置在家的墙板。星期天同不足十岁的女儿起挑泥土，动手自干筑墙，仍叫吴土做助手。后来祥富却说："你只是用到我的筑墙板，用不到我人啊。"

祥富泥水匠是个在劳教中的冒牌货。大陆乃坡坳造水库时，问他"水泥配比"都不懂，答复是"看浆加料"。他自家的水泥楼梯板，逐级凸面向上反放。

有祥富"用不到我人"这话，律从只得又请他干，免得"只是用到筑墙板"。

祥富立柱时用一片初月状石头腹垫柱脚，律从告诫他不可用。他还说"石头硬，没关系"。结果刚搁置上钢梁，石片压裂，震得已搁水泥板的整所房子晃动，还好未出安全事故。

经修理的律从家的方批舍有两根柱子，上代产业拆除当平分，律中趁机占一根己有。

适良校长家里也正盖新房，学生用脸盆运沙，律从帮他预制钢梁。趁学生热情满满，律从买来钢筋、水泥，用现成模框给自己混制一对，同时给兄弟也预制了两根备用。

按新屋埠头墙向前直伸，照律从本意该全拆的批舍，叫律中暂拆几根椽木就受阻了。律从再三求情，表态来日将娘原住房归其所有，律中才勉强同意去瓦拆椽不锯梁，以防建新屋拆用时不够长。

律从横厢房平台水向屋内流，只恐还有余水分流外墙，便在边上浇制条五厘米水槽，德扇坐视看顾，实在忍不住了，只得开口："这样将来我这边怎造房子呢？"

哥盖了新屋，弟也急着要盖，示威"弟不比哥无能"。

律从计地缩墙让步基地与他，得利后反说是"你壶镇回家本无自留地，这本是我的屋基"。律中与四邻未作商议，不捋服狗毛，上报批得九厘地，就招兵买马女婿妻舅蜂拥上阵动手。已有人现成计量好的基础，似抓个泡沫塑料屋一放就是。不管它后空前挤左荡右隙，摆下就可。水泥板现成，哥的屋盖好照样画葫芦就成。

未料北边有"便者为己业"闻名的惠木，在律从手上没有"便"到手的那只角，立志要"便"到。因为自家有两个天将般儿子，仗势欺人，要求务必在他屋前多留空位，逼迫律中将已建完一层的三间屋南移。整所房屋移不动，律中只得毁去北墙壁内缩。让哥哥同时给预制定长度的水泥板，出头墙外，以便留念。

律从在东北角开辟了一条从自留地达大道的路，让弟建房后便于出入。律中不敢吱声，就被惠木就势“便”归，砌筑门口路边茅厕。

黄花菜本是好溪谷特产，盛名“盘龙种”，经推广布及全县。一年种植连年有收。春天拔箭开花，含蕊采摘，蒸熟晒干，土名“金针干”。煮菜香气扑鼻，入口甘鲜可口。是为“山珍海味”中的山珍之一，大有进入国际市场前景。

金针干以橙黄透亮，柔软不湿为上等品。可是部分产地家户为了提高产量，改革采用“先进”加工技术，用尼龙薄膜包着，置太阳下晒蒸。投机商贩为加重数量，将金针干加水润潮，对发黑烂金针干，喷雾硫黄改色。降低了黄花菜的本来信誉，自绝门路切断了销售市场。

好溪谷农业局察觉市场变化，更新导向，发展本县蚕桑业。新建镇因势利导，于寺甘创办好溪谷丝厂。为筹集办厂资金，采取押金招工。当年两岸关系稳定，有不少“台湾人”回家探亲祭祖。刚步出困难时期的大陆，视台湾人挥金如土。为稳定两岸关系，招工有台属优先的政策。

二十世纪八十年代，民间找工作不易。传闻婺剧团招收演员，律从之长女感兴趣，毅然报名，却招其父反对。律从长女那年正好读完初中，不参加中考就送去当工人了。

律从自己已踏出门槛，未忘兄弟。听说丝厂招工台属优先，也想用上台属这个牌子。急切回家与娘商议，让律中也摆脱农田，有个常年领工资单位。徐露听了高兴，但身上仅有二百元钱。律从在校兼职会计，回校从出纳手里借钱给律中付押金。几十元的月工资，还账扣除了一年多。

律中进厂当锅炉工，心高不安定，年后退押金弃职欲回家。律从批评了他，厂方也以为，让一个台属弃职，将给社会造成不良影响，动员他回厂。律中第二次进厂就晋升为什么“科长”。

中国丝绸自古以来闻名世界，办好丝厂前途无量。办企业有钱挣，谁办丝厂谁挣钱，厂中部分领导干部趁机贪污工人劳动血汗钱，层层分享以使人闭嘴不去揭发。律中科长得到顶头一点零碎财物，还以为领导对其器重。得到来历不明之横财，额外高兴领情。岂知堂皇一个丝厂给他们削肉抽筋，只剩个面临倒闭的骨架。没过几年，丝厂倒闭，上千工人全部失业。好溪谷发展的蚕桑业，蚕农只得送外地屈售蚕茧。

“你父亲过两个月要回来看望了，怎么准备一下？”徐露收到台湾来信，对律从说。

“有什么能准备呀？有点钱全投到这新建的房子了，我只能想法粉刷一下。父亲回来，你也不要住黄碧村了，让他住宿也好舒适些。”

律从想粉刷墙壁一事，没有钱财换劳工，多夜睡不安。雅玉想到自己的弟：“我去壶镇叫兄弟来，起码工钱总能省，或可慢慢给他。你只打算石灰水泥就是了，黄沙我早日挑担备着还有。”

壶镇来了四位泥水匠。不足十天，整所房屋粉刷装扮得洁白无尘，全貌变更，俨然像所砼屋，只是东大门无法开门。

“东楼房间门口平台利于夏夜。娘，让你住这房间喜欢吗？”律从问母亲。

“好好，我那房间东西都搬上来，今后就能少听到那个吵家了。你将我那房间让给他，我总觉得你不该答应，为何要给他。”

“不让于他，这几根椽瓦他不肯拆除，你怎么办？”

“门路的事我也懒得与讲不清楚的人讲话。爷既回来了，让爷给他说。”

同台属划清界限的时代过去了。历来不认识的人，闻讯又有个台湾有钱公公回家了，认亲访友称兄道弟，宾客纷至沓来。雅玉欣喜公公首次回家见面，公公婆婆合浦珠还破镜重圆有脸面，喜从天降，一心用在热情招待盈门宾客上。

“大子公回来了，小子公必定叫大子公要你拆屋开路，你将如何？”于是律中也忙乱着访求“正理”。

大陆祥福遗两子乐周、乐贤。火烧祖屋后，兄弟协力辛苦复盖回去后分家。长子居上房，次子居下房，理所当然。长子老实，搭配房前仅有十平方米的空基。次子刁猾，独占了祖辈整个竹园。在困难中长子的空基反正扩建不得楼房，出卖于祥丰幼子。次子改革开放后招婿，独建起了四间五层砼屋。

“天下哪有拆屋做路的道理？不信你去问问乐贤看。”

祥瑞接受律中堂堂正正的“谏言”，认为律从损人利己的策划，明显错误。

叁拾壹

一行自有一行难，忠心行职处事仰。
传经意在广取经，交友歉意憩晷谈。

“把学校办到家门口”时期，办学摊子全面铺开。

新碧公社有四所初中，小溪是公社所在地，小溪中学为中心中学，社教育干部老马常驻该校。校长伊香乃，副校长徐适良。三个年级九个班，不设教研组也无教导处。学生做广播体操没有扩音机和广播室。

学校安排律从任教初二物理。初中物理学第一册开本是测量，律从到处找不着一根演示长度测量用的直尺。代替上课钟的一块铁板敲响了，律从只好就拿着教本，进了别离十六年的陌生教室。在“全体起立！”“老师好！”的学生吆喝声中，律从感觉惭愧，担心自己教不好这些可爱的学生。

“同学们……”律从面对学生陌生好奇的眼神，做了个自我介绍，略言物理学范畴，然后言归正传。

“要学好物理就从学习测量开始，请同学们翻开课本。”

律从三言两语讲完第一节课内容，以为这些简单的知识，学生一听就懂。接着就讲到第二节东西，也感觉想不出东西可多讲，可是还未到下课时间，连续又讲完第三节内容。讲得有几位学生惊诧莫名。

不唯独学生莫名，任课老师自己也感慨莫名。

课后律从急忙回家翻找自己做学生时用过的书，好在这些科学知识性书籍，对于目不识丁的大陆村红卫兵大将毫无用处，“文化大革命”时未被统统窃取烧尽。律从参阅不同版本，借助对共同知识的不同理解，增多了从不同角度透解知识点的门道。查获与知识点相关的习题，给学生讲述解题方法与窍门，指导学生多做课外练习题。如此一来，课堂内容丰富了，学生练习增多了。晚自修也有事没事走进课室，多与学生接触，师生关系更融洽了。

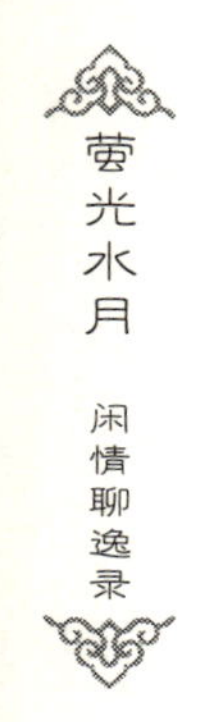

初三物理由原初二任课老师随教。这位老师叫继育，为人大方，聪明才智过人，教学尽职尽责，师生关系密切，对新来的初二物理老师热心携手引导。律从闲时听他讲课，受益匪浅。闲时知继育一位叔叔在县老教委工作，有说法“民办教师即将择优转正”，让其事先从“代课”转为“民办”教师；又早得消息“代课教师即将择优转正”，让其又事先从“民办”转为“代课”教师。如此三番四次地“转”，转得昏头昏脑，结果未转成。真是投机取巧，机遇不畅，遗憾终身。

“陈老师，”小溪中学除老师对校长称“伊老师”外，相互之间都是以名字叫唤。今天伊校长对新来的称呼起“陈老师”来，“什么时候，我来听听你的课好吧？”

“好啊，我上课，你有空时就来，不必预约，任何时候都欢迎。不过我是上不好课，需要校长多多指教。”其实伊香乃虽然未进课堂听课，早日就在课室外多次听律从上课了。

“你空时可去听听其他老师的课，取长补短，本校何老师的数学课上得不错，你去听听。”

“我已经讲了，任何老师上课，都不得拒绝本校其他老师听课。”

第二天物理课，律从一进课堂，只见教室后面坐着整齐的一排。律从只是视而不见，照常向学生们讲解该讲的内容。不过对板书略微注意了一点，除正文整齐排版外，其他提示性字符也有规则写画，不擦除不复写。为的是让学生有引起回顾的思维。

“律从他虽然来校不久，但从开始到现在，变化很大。我从学生中了解到，‘陈老师讲课好懂’‘有陈老师那么认真教学的老师难得’，能得到学生这样的评价，值得各位老师学习。”在教师会议上伊校长赞扬起律从来。

做早操、课间操没有广播，需体育老师在台上喊“一、二、三、四”。校长同意律从的建议，买了套扩音机，放律从临时房间，让其操作。精打细算的伊校长交代：“夜晚不要开听咪，花费了电可惜，不要白浪费。”

在初三年段楼下，教师走廊端，筑成三平方米的广播室，这就是学校的播音室。

小溪中学旁边，有很古老的小溪市，逢旬一、五日集市。传说壶镇开始开市不成，夜来小溪市场有人偷土分市，被小溪民众追逐，慌乱间，沿途散落碧川、靖岳。故两处分别得了个二、七，三、八日的露水市。壶镇偷到个四、九行市日。

小溪市场边施佰横的一所房屋，学校租来用作学生宿舍，不够，又租用邻居望华空房。

新招来的两位老师，开始住在过路间隔开的半间房，后又调动他俩住望华屋，附带管理所在学生。不到一年，望华母亲对律从诉说："我橱柜里的猪油浅了许多。"

这年律从无异议跟班上初三的课。

不巧的是，丽水师范学院为提高在职教师教学水平，在好溪谷创办函授班。拥有高等学识是律从历年引颈企踵梦寐以求之欲望。为提高自身职业水平，律从想报物理函授，但好溪谷函授部只有语、数两科。回到学校与年长的老教师诉苦，得到两种截然不同的导向。

怕函授读书影响教学的说："函什么授，初中这点课你还教不了吗？空找辛苦。"

为提高学历能稳定职业的说："你要吃这碗饭，知识该提高，不可无长进。"

最终，数学的分析思维同物理学相关性大，律从投入了数学函授中。从此教学、函授、家事，三件事一齐压身。在仰观自信中焚膏继晷奋发向上，倒也乐此不疲津津有味。律从始终以函授所学指导教学，使得他任教的第一届毕业生，在各科老师的共同努力下，被好溪谷中学高中部录取数量创历史新高，树立了小溪中学在邻近中学和民众心目中的威望。本学区学生无外流，远至丽水、青田的学生也纷纷涌入小溪中学。自此，律从担任毕业班物理授课再也不得推脱。"毕业班把关门户，换他人任教不能胜任。"校长说。

恢复高考后的正规化教师出炉了，不合格的民办老师必须淘汰。合适的逐年给予转正，使教育队伍正规化。

"律从，学校干上教学几年，又能复员啦！"县教研室主任项贻匡拉着律从说。

项老师原是律从初、高中物理老师，与律从相处整六年，对律从的印象深刻，怜惜他当初落榜失学。如今律从又在他管理下任教，几年来的教学成绩有目共睹，听说所在学校对律从的工作评价很高。在他经办的事务中，凡有律从列名上

报的均提拔首取。直到他离任还乡，还向下任孙主任介绍律从的为人才智。

“这次的民办转正，我们真正公事公办，择优取长，不貌以人情。即使是县委宣传部部长要求照顾其亲戚，我们也回答他‘你有权，下文件来吧’。”教育局局长在一九八四年，即“文化大革命”后的好溪谷第一届民办转正新教师会议上说。

物理学是门自然科学，自然科学离不开实验。学校有部分零星仪器，老师用后没有集中保管，私丢己房。律从申请求得一间放置仪器的专用房间，作为仪器室，上完课就兼负起实验员的责任。许多实验没有仪器，那只好利用现有器件予以重新组合，或自制土仪器。所以有人说律从聪明，实际上就是他能利用别人以为没用的废弃物，整修重新组合成有用的新东西。他还采集制作了初中植物学中用到的百余幅标本。

实验教学越来越显得重要，县教育局设立仪器站，接着区级设置实验中心。学校教学水平的评价既看成绩，也要看实验教学开展的效果。小溪中学物理教师每次参加实验教学研讨会，有仪器配购时一心为学校逐渐添置必需仪器。小溪中学凭近几年威望，不知不觉已成为新碧镇中小学实验中心。律从成了真正的实验员，实验室由一个小房间，扩展到四间，物理、化学可分类入账。乐于事业的他，仍然未推舍三个毕业班的教学，有时还去其他各校指导实验。

伊校长调离了，徐副校长升职。

“适良，这样大的一所学校，靠一个人管理，还要兼课，是否责任太重了。你也该培养几个助手，让他们协助你，以减轻工作量呀。”律从提示校长。

“校长兼课是规定不可少。至于提干问题，我也正考虑中。依你观察，校内老师哪个可胜任?”徐校长探听律从的建议。

“我认为去年来的这个徐学唱老师，工作积极性大，内外交际能力强。一年来你安排的工作，讲的话都百依百顺，有依附你上进的姿态，我想可利用他来帮助开展工作。”

“学唱是个人才，不过他的手段似乎有拍马屁的感受。我的打算是尚联，他原在花果园中学当过副校长，你认为怎么样。”

“当过校长那更有工作经验，帮他树个威望是好事。”

花果园中学在黄龙寺。传说古有上仙，赶一群猪过好溪谷，欲在附近建立神道圣地。路过黄龙时群猪四散，问当地居民有没有看见。答曰："何来的猪啊，我刚才只见许多黑色的石头滚过去。"上仙听言，以为好溪谷的民居太聪明，愚弄不了。继续赶起剩余的猪前进至永康，是为"方岩"。留在黄龙的"猪"成为一线天、飞船、飞来石等仙都风景区黄龙寺中的景点。尚联在任校长时结合形势，将古传景物重新命名。如上列景象尚联指导学生分别叫分派岩、火箭石、印把子。可惜"文化大革命"中随波逐流站错队，未随校址迁移而升迁。

"适良，夜自修课室点白炽灯照明，对学生的视力有影响，我想应该换装日光灯。既免学生视力损害，又为学校省得电费。"律从对学生讲解了日光灯原理后，学有所用提出建议。

"我希望改进，但装日光灯成本很大呀。"

"这样好吗，买来白铁皮自己做灯盖，那只要买两三种配件就省钱了。"

"叫谁做灯罩？"

"我来，不计时间逐班换灯，总能成功。"

"你不怕辛苦，就干吧。"

律从干完教务，课余无休，剪了一学期的铁片。终于把全校暗红的白炽灯更换为明亮的日光灯。

学校是培育祖国社会主义建设接班人的地方，国家对教育事业趋年重视。校舍狼藉家长不顺意，优生溜脱学校势遭淘汰。

"适良，我听说这所教学楼奠基时有盖三层楼打算，因资金缺乏暂盖一层，现在是否给予升建。校舍面貌焕然一新，事成也显示你当校长成就。"多事的律从再次向徐校长提议。

"建校舍需添劳累，伤脑筋损力气，不如平坦度日安稳，我不想找寻麻烦。"适良对其坦陈心里话。

两年后教委指示撤销碧街、外孙两所中学，拨款扩建小溪初中。徐校长采纳在校教师意见，老师积极性高涨。自己动手众志成城，不用两天拆除了一所民房式祠堂型的低矮平房，清空了建新教学楼的基地。

碧川中学是新碧最后撤并到小溪中学的中学。除校舍外可动产均搬家，在混乱的搬迁中公物落已难免。多年配置的仪器拿到小溪中学，仅一箩筐破烂废物。

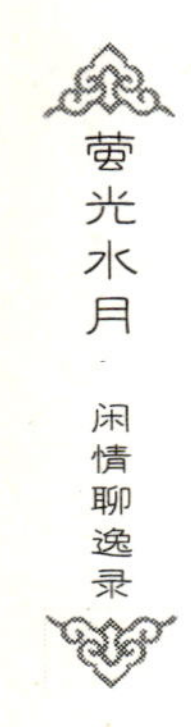

一位大学毕业生，分配到乡下中学。大材小用任教初中物理，几年后得“病”了。

“我实在吃不消上课了，希望学校能照顾我，叫我当实验员，或许能坚持在校。”具备爬山能力的和英杰向校长请求。

适良让律从将实验员工作让他干。

从碧川中学并来有夫妻俩，丈夫施文兼任教导主任，妻子陈采，教数学当班主任。陈采为小溪本地人，是父母的独生女，招施文入婿。夫妇仍生育一女，两代缺男丁。这年陈采“病”了，让律从代理其班主任，兼任教初一历史。多年担当的毕业班负荷忽然舍载，让律从怡然自得心情轻松了一阵。

历史在初中常规被视作副科，教学不外乎让学生记住历史上大事件。如二〇九年陈胜起义。然而年份是个数字的拼凑，很难记住。为让学生记清“二〇九”，他借义军指责秦始皇“你领久”了。为让学生对史事更有印象，律从仿学说大书者体态，让学生设身处地似身临其境，做捕鱼动作，惊奇发现鱼腹字条，模仿狐仙嚷“大楚兴，陈胜王”。

经一年任教历史，律从体验到年轻学生喜欢听故事。故事能吸引学生听课的注意力，加强学生记忆。于是，他将讲故事的教学法，使用在物理教学上。四处查找资料，摘录成《物理发现史》。

县教委新任物理教研室主任孙正敖了解到小溪中学历届教学成功，要求律从进行总结，写《初中物理总复习》，在全县中学物理教师大会上做经验交流。

只知埋头干不去总结经验，对自身的提升有限，给社会做贡献不够。从此，律从决心抛砖引玉，自觉总结自己的实践经历写成论文，力争发表在公开刊物上交流经验，同时汲取别人的教学经验。

他不知道怎么样写这类论文，幸亏本校一位老师的丈夫，在金华师范《中学物理》编辑部任编辑。律从尝试着写了首篇稿纸，寄往请教，不久对方删改寄回重抄。第一次投稿出版了，给予律从莫大鼓励。自此，律从每年自我专项改革，尝试各种教学法，论文投稿从省内刊物奋进全国性刊物。

一九八九年六月律从收到《中学物理》编辑部发来的通知书，请他去南京参加全国中学物理教学研讨会。律从激动得一时无所适从，只得找学校领导磋商。

“得去，这全国性大会机会不可错过，指名道姓通知你去是光荣之事，学校支持，一定要去。”副校长徐尚联说。

“南京这么远，开支不起。”

“老师能参加全国性研讨会，也是学校的荣誉。学校同意你去，当然给予补贴。”

“那么车旅费、会务费能报销我就满意了，其他什么出差费之类就我自负吧。”

从金华买火车票到南京，途经上海站需转车。自出生以来从没有出过远门的律从，不知道怎样转车。到了上海下得车来，问站台边的一个摊商。

“老伯伯，我去南京该怎么乘车？”

“我不知道。”摊商见客人不买货，向他白问讯，不满地回绝。

律从又问戴警察胸章的同志。

“同志，我去南京该怎么转车？”

“去南京的车马上要走了。快跟我来，我带你去。”热心的警察转身前行。律从跟随他上楼又下楼，转弯抹角终于到了站台。

“你没办转车手续，站开。”

“他就是这班车，让他上去吧。”

“你不买车票，能上车吗？”

警察再三恳求，列车员忙于招呼旅客上车，不理这边。火车开动了，原来中途转车要去售票窗口签注。

一班车错过，得等下午了。闻说上海大世界好玩，他登上公交车，欲去欣赏一下。不料大世界的门面不大，没有显眼的大招牌。律从乘公交车兜了一圈，下车还是火车站。

火车到南京站已黄昏。大陆村吴钻让律从带中草药给住近站某街道某门牌的舅舅。律从找了一下，人生地不熟没见这门号，叫个黄包车让拉到那门户。黄包车转了个大圈没找着，要了十五元钱走了。天黑路灯暗，夜色中更无从找寻。律从想着先去会议地点报到，明天再来找寻又麻烦。好在夏夜不冷，律从以皮包当枕，躺在站旁花坛边休息待天明，不觉睡着了。突然皮包让人拉去，律从猛醒，原来是两位值勤警察。

“这是什么处所，鱼龙混杂，你包裹枕头下就安全了吗？你看不是在我手里啦！”

律从无言以对只有称“是”。

“找个旅馆住下,如此不安全。”

“谢谢你们,谢谢。”

第二天,原来这个门牌就在眼前。

律从报到后同室居住的是分别来自湖南、安徽的两位老师。晚上有一位老师找上门来。

“你是浙江好溪谷的律从吧。我是《中学物理》副主编,姓钱。”

钱教授问律从,然后做了自我介绍。

“你到过好溪谷电影院看过没有?”

“去了去了,去了三次。”

“你觉得好溪谷电影院建得怎么样?”

“你怎么问起这个?”这个从未见过面的陌生人询问好溪谷电影院,律从有些奇怪。

“好溪谷电影院是我儿子设计建造的,你觉得如何?”

“啊,原来这样。很好,很新颖。它打破了古老的对称建筑格调,的确创新。你儿子是建筑专家吧。”

“称不上,他专搞建筑设计。”

“什么时候到我们好溪谷游玩吧,去看看你儿子的新构思。我们好溪谷青山绿水,风光还可以。”

“这得看时机。”

会议安排几位教授讲话后,让参会老师自由发言。律从也壮胆尝试,上台谈了自己所撰论题的观点。江南口音与江北口音不同,律从在干校农场同山东人接触多了,也学着卷舌发音,半土半洋不知说了些什么。

“你们南方人讲话,我们一点都听不懂,今天只有你的发言我倒大多数听懂了,所说内容意思我也合意。”

会程最后一天大家游览了雨花台、中华门、明孝陵、中山陵、灵谷塔、无梁殿等南京名胜古迹。

雨花台现在是革命烈士纪念馆,在前人建筑的古塔碑前,雕塑了当年日寇南京大屠杀时牺牲的革命烈士像。为纪念来雨花台,律从特买了一块雨花石。回家借《红楼梦》意名,刻字“补天遗石”。

居住山区仅看到山坑水的律从,幸逢研讨会安排参观南京长江大桥。这么宽的长江江水滚滚，被一座大桥南北相连，设计师确实令人敬仰。大桥两头左右桥墩，顶上还雕塑三面红旗。律从来了兴致，决心步行过桥，立意去江北踏个脚印，留作永久记忆。

转到玄武湖大家都租脚踏游船下水玩耍，律从坐在岸上东张西望。

“您，不，去，坐，游，船？”一个人温和地问，但像小孩学说话，一字一顿地发音。

“在这看，比下湖视野广宽。”

“您，老，乡，是，什，么，地，方？来，南，京，贵，干？”

“浙江，来南京开会。”律从也学他的腔调慢慢地说，“您老家在哪里？”

“我，来，自，西，藏，外，贸，局。啊！浙，江，是，好，地，方，在，大，海，边。开，会，完，了，我，跟，您，一，起，去，浙，江。看，看，大，海，好，吗？我，名，叫，查，西，多，吉。”

律从睁眼看一下这位藏族同胞，相貌与我们汉族几乎无差，穿一套合身的中山服装，或许是出来时间长了，一身污垢。一位西藏外贸局的官员，如似一个种田农夫。

“我家不在海边。我这么大，我还没见过大海呢！”律从想走开去观赏别的新鲜事物，但难得遇上一位海边伙伴的查西多吉一直跟随。

“您，这，样，远，来，这，里，开，会。带，了，多，少，钱？”他突然问起钱，但表露的真诚表情不像是个骗子。人在外地不可对陌生人表露真情，律从未及回答，他伸出两个指头，接着问：“两，百，元，有，吧？”

“是的，带有两百元。这样近路来此，两百元足够花了。”

“这，么，远，来，这，里。你，们，的，钱，真，是，稀稀拉拉。我，们，的，钱，是，茫喽喽多。我，到，这，里，带，来，盘，缠，两，三，千，呢。你，们，的，钱，真，是，稀稀拉拉。我，们，的，钱，是，茫喽喽。”查西多吉摇头晃脑对律从同情起来。

“去，到，那，边，看，看。”他手指律从意欲去的方向，“什，么，时，光，我，到，您，家，乡，浙，江，看，看，大，海，啊！”

手心有多少钱自己有数，无能与人比较，当然这出自外贸局的跟来浙江观海自会掏使，无须担忧，不过陪同外游纯花生人之钱显得没面子。更何况会后他就要去补习班上课，根本没时间旅游。这时律从看到湖边山背，有个刚扎成钢筋的大象雕塑雏形，只能没有礼貌地借故脱身，往山坡走去。

叁拾贰

随愿向往京哈行，可惜尚欠浏长城。
天安广场描新篇，故宫博展君宪政。

一九九〇年好二中卢云华、新中李德福和小溪中学陈律从三人获得了中国教育学会论文奖，被邀请参加哈尔滨教学研讨会。县内有三人参加这种规模的大会，教研室主任孙正敖兴奋难耐，热心支持他们赴哈参会。

“乡下中学能参加全国教研活动，我们堂堂好溪县中，怎能不给名额?”好中有位老师名正言顺地提出抗议。

“参加全国研讨会是他们几位教学认真，投写论文积极争取来的。你们不投写，这种名额不是我定的。”

哈尔滨路远，路过名胜古迹多处，三人协定趁机沿途欣赏几天。

北京天安门是人们敬仰向往之地，三人决定游观两天。为省钱大旅馆不敢享受，依其落叶顺流，到时望门投止，找个便宜小店住宿。下了车就观赏起雕梁画栋镂金错彩的北京站大街，无尽头的街路游客云集，熙来攘往，他们随着人潮流动。一处“文化大革命”时令人印象深刻的地名——崇文门入目。历史事件已经过去，这里的街道、铁路、公路、河道，五层立交建筑，却让未见世面的乡村中学物理教师，指画个没完。

“北京烤鸭扬名好吃，我们来尝尝味道。”卢云华提议说。

“来北京非为吃，观赏古迹都来不及了，这等建筑你见过没?”李德福指向前方反问。

“等宿下晚餐再尝京味吧。”律从调和着说。

“我都买来一只了。”馋嘴的云华无意欣赏风貌，不知什么时候买来一只烤鸭放在包袱里了。

当天三人漫游观光，无意中来到了颐和园。看到昆明湖就感到新鲜如若站在海岸看着大海。湖中有艘石雕船，听说是慈禧太后不相信洋人能用比水重的钢铁造出浮于海面的轮船，下面官员谄媚，特地模拟轮船，为她雕造石轮“清晏舫”供其欣赏。三人沿湖边长达十里的长廊走得身疲脚软，闻说颐和园是清朝皇家居所，宫轩多处，长廊北边万寿山山顶有座书屋，存储古典书籍，奈何只得望洋兴叹。

“拿出你买的烤鸭品尝吧。”坐在长廊靠椅休息，才感觉忘记吃中饭的饥饿，德福对云华说。云华取出油亮蜡黄幽香的烤鸭，撕开了一只腿就往嘴巴送，又掰开两块于人。德福接过先欣赏一番，结果发现内中尚有血红鸭肉，只好留晚饭食用。

颐和园出园门口有几匹让游客骑戏的马。律从一时高兴欲练习北方人骑马威武，花了一元钱前去踏镫攀鞍，与人等高的大马怎么也爬不上，在驾马主人的帮忙下勉强跨上马背。可此马欺人太甚，看不起南方小个子，律从连叫了几声“驾”，它都只是翘头站立怔怔不动。

到了晚上，天合人意，刚巧问上一个好溪老乡，餐宿优惠，还免费加工北京烤鸭。

“明天去参观天安门。”

“天安门广场很大，那里有人民大会堂、人民英雄纪念碑、毛主席纪念堂，故宫也在那里。”

“这么多景点我们早点去。”

“是得早些去，去看看升旗仪式。”

三颗激动的心，谈了一夜不想睡觉。第二天醒来天已好亮，连忙上路。街头上行人稀少，不知怎么走。好不容易遇到一个上年纪的老人。

“同志，借问一下，去天安门怎么走？”

“你们去天安门呀，这里往前走，向右转，向左弯就是长安街，再往前就可到天安门。”老人比画着说，“你们是外地人吧，随我来。”

“大爷，请问欲去长城又得坐哪班公交车？”李德福以为北京有长城，而长城就在北京边上，禁不住问。

“长城？”

“嗯，长城。此去长城还有多少路？”李德福以为自己的“好溪普通话”北京人听不懂，慢慢重述了一句。

"此去长城至少百里，坐车得几小时，天安门广场转一会，还打算去长城，也太晚了，今晚回不来。"听了老大爷的答复，三人面面相觑。

"你们这些山村人，难得来北京，来了北京就想上长城。长城至今不过沿坡断墙，到处断砖碎石成堆，实没什么好看，只是一个破败的古物建筑，成为来北京的乡下人的向往之地。你们难得来，还是在天安门广场多转转，进故宫看看更好。"

好心的老人带领三位边走边说，转了两个弯停住脚说："往前走就到天安门了。"他却转身走回。热心的北京人，原来是专程好心领路到此。

"同志，谢谢了！"三人异口同声。

三人远远看到广场上国旗正迎风招展。四周肃静无人，旗杆下两个人在摔跤，见有行人来了，即刻持枪对面肃立于旗杆两侧。慢慢地，街上行人多了起来，很快就同昨日一样热闹。

三人参观了人民大会堂，在人民英雄纪念碑周围转了几圈，人民解放军在解放战争中的英勇表现令人肃然起敬。毛主席纪念堂门口已围满等待参观的人群，开放后人们就自觉地排成长队，寄放了随身携带的包裹物件，一个接一个进入。仰躺在水晶棺中的毛主席，脸色红润。两个持枪卫兵，肃立在水晶棺旁，注视他们的游人向他们眨了多次眼，他们的眼皮却未动一下，一动不动似木雕泥塑。面对领导中国人民获得解放、建立了新中国的人民领袖，游览者自然敬仰、肃穆。

从天安门进去入午门是故宫博物院。

游览者议说故宫广宽，一行只得随众浏览，门口雕塑镀金铜狮的庭堂沿路触目皆是，三人来不及一一进厅欣赏。

来到太和殿区，却似个大天井，天井里铺着古老地砖，不过去时天井除南、西围拢建有殿舍外，北、东筑有百余级砖砌阶梯，三人踏步到顶，却发现原来东边还有一个同样的大天井。两边筑以踏步的还是一个宽敞的长廊，长廊北端殿堂庄肃，门楣横匾"太和殿"。殿内摆案桌，案后置帝王朝见大臣之龙椅。门口挡有拦索，两位保安看守，谢绝进入，不然旅客们都上座做"皇帝"了，封建王朝时代，文武大臣们上朝乃在左右天井下朝拜，真正能参见高高在上，威武的皇帝真容，实是不易。

到故宫博物院首先看到的是梁上雕刻的一条彩龙，顺龙身观无觅有尾。

导游介绍说:“这是‘露头藏尾’之意。”到了后宫,又见墙连画九条龙,俗称九龙壁,显示龙生九子,形态各别。

随后三人观赏了珍妃井、御花园等古迹,又进到慈禧太后后宫,游客止步在其前后门口,导游和讲解员拿来慈禧太后生前用过的部分用具让大家观赏。所有洗脸的脸盆、照明的烛台、洗澡的浴盆等,都是由纯真黄金制造。慈禧太后生前是如此的扰民奢侈,死时更要刮地炫豪了。听说慈禧陵墓中的陪葬珍品,金丝锦褥、宝珠衣冠、翡翠玉佛、珊瑚树果各种奇珍异宝价值五千多万两白银。

第二天,三人上车去哈尔滨,谈到吴三桂引清兵入关中的山海关。过山海关时时间尚早,三人决定不如下车见识一眼大海。

车站旁有一所貌似南方建筑风格的大会堂,前面车辆来往频频,移视观看屋内海贝堆累如山。估计此堂屋是发往各地食用贝母的集散点。街道两侧卖玉器首饰、珠串贝联、珊瑚蚌蛹之类的小摊商连接无隙。

“嗳,这位叔叔,这小珊瑚树卖多少钱?”律从见满街珍宝,眼花缭乱,心想此来难得,不买件作纪念,枉来一趟。

“这棵?两元钱。”律从听了不信如此便宜,以为听错正在发愣。

“这玉镯呢?”

“玉的真假放牙齿一咬就有数,此非好玉,二元一只给你好了。你们是南方人吧?”商人说价后,笑容满面客气地问,“听你口音,知你们是我同乡。”

“我们是浙江好溪人。”

“啊,我也是浙江的,义乌人。你看,这条街上摆摊的都是同乡,浙江人。”

“再买吧,先去看大海。”李德福拉着律从的手急欲走。

律从以为商人有意对同乡便宜卖给,不好意思不买。掏出十元钞票一起给买五只。回去给家里每个女孩一只纪念。

街市尽头“天下第一关”屹立在前方。城楼底层免费观赏刀、枪、剑、弓、箭、斧等古代冷兵器,还有铠甲、头盔、盾牌等军用物品。在这里看到了真实古军器,如钢丝连环的铠甲内衬,铁尖竹杆鹅羽的箭矢,与戏台上的形似实非,委实新鲜满足。城门二楼不知展览什么贵重古董,要买票观看。因带钞有限,三人都免去参观了。

出得城门不上百米即临一望无际的渤海,俗语说无风不起浪,而海水却

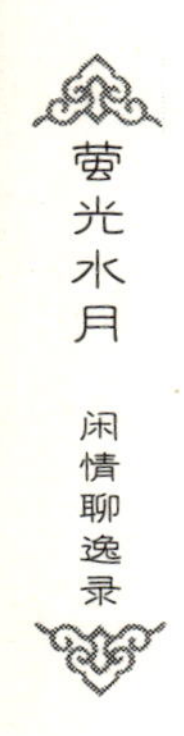

不然，山高浪头每隔四五分钟便涌来，海滩浴场上数百男女随海浪起伏游乐戏水。德福、云华要律从也洗个海水澡，律从担心带来的换洗衣服不够，只得在海滩边赏滩沙中奇异贝壳和远处海平线上航轮出没。不料一个浪潮过来，因沙滩深来不及奔跑，浪头追渗到脚踝，此刻是真切地站在了海陆边界。海水退潮瞬息脚掌涂现一层潮白盐霜。山海关浴场洗澡是免费的，但洗完澡就要买票淋浴更衣。

世界闻名的中国万里长城，东起山海关，西至嘉峪关。渤海湾就是万里长城东头“老龙头”所在，未攀登长城去看得长城头首也是值得。

“老乡，”前方走来一位土里土气的人，料是本地人，德福速进一步问，“去老龙头该怎么走？”

“你们要去老龙头？”

“嗯，去老龙头看看，该向哪走？”

“还远呢，还得乘车。你们远路来的外地人到这里，老龙头没见过总想看。老龙头早已坍塌在水中了，海滩边还有一堆残砖可看，你们要看乘某路车去吧。”手指方向说完摇头而去。

得到的指点与昨天老大爷的讲述类似，三人欲观望老龙头的想法也只得作罢。

“来海边不尝个海鲜，太失机了。”云华闻到街道两旁飘出的菜香，又垂涎欲滴了。

三人进了一处简易饭店，请店家现烧了四个海贝，品食了餐海味。

傍晚赶上去哈尔滨的末班车，中途下车再上车没有座位只有站着，好容易有人到站下车才得坐下。两个没座位的后生过来威硬地说：“此位非你，站起来给我们坐。”

律从刚站立，德福、云华问：“你第几座？示车票给我们看。”

“我的车票为何给你看。”后生说时握起拳头弯起肘。德福、云华气愤不服，前进了一步。

“算了吧，别与其一般，”律从急制止，“到底我们是外地人，莫同他们生事。”

两个后生争到座位，只坐了一小站，立起拍一下律从倒客气地说：“对不起，你坐吧，我下车了。”

沈阳下车的人多，三人站了一个多小时，欣喜均得到坐下机会，再也不敢下车观光了。

研讨会会址在哈尔滨师范大学。报到后三人随引导到前厅二楼，原来师大校友，为表示对各地赴会来宾的欢迎，专设舞会热情接待。从南方初去的乡下中学教师，与舞蹈从无渊源，只能站在周围人群中欣赏。几个舞女见了强拉人入中心共舞，牵手转圈，三转两转逗得围观的人飞眉喜笑。陪舞的还要继续，三人不好意思地拒绝了，出了舞场去街市走。

哈尔滨街道上行人稀少，三人拉开一家塑料门帘进去，玻璃大门关着，推开门又是一重玻璃大门。二门相隔一米多距离，疑是一垛墙的里外两个面。厚墙重门当是寒冷气候的哈尔滨建筑风格吧，厚墙内壁都装有暖气设备。进入门内，厅堂中却百货触目买客哗闹，一切都给三位大开了眼界。

哈尔滨街头显眼处，或一些单位门前屡见苏维埃政府纪念碑，示意某某曾“到此”、某某原“创办”。这些纪念碑有的是关于日本侵略中国，发动法西斯战争，美国人在长崎投了原子弹，苏联红军出兵东北的记录。

座谈会在哈尔滨师范大学大会堂举行，许多著名专家发言交流经验后，大会特意另外设宴招待各地著名学者。宴会上会聚了北大、清华、复旦等名校教授、专家，欢聚一桌畅情交谈工作、生活、娱乐。有的说“要想教好书，必须多读书，还应已写书，‘三书同乐’”。此语启示了律从，他咀味“三书同乐”不若“三书互助”佳，自定每学期试用新教学方式改进，方式尝试后期末必做教学法总结，力求每学年发表论文一篇，与各方交流吸取各方经验。

会议休息时听会厅前喧哗声，旁窗看是一群人围住一卖鞋人议价，开会者下楼凑热闹。“皮鞋二十元钱一双！”“来哈尔滨难得，这样便宜机会更难遇！”众人欣喜，纷纷购买，卖鞋人带来的热门货即时买空卖空。律从买来一双回家，细看厂家商标是温州出品。

休会前一天哈师大组织专车到太阳岛游玩。三人原以为称岛的是海洋中之陆地，又能观光大海了。不料太阳岛是个公园，只有一个狭长的太阳湖，周围是培育着几棵高冠树木的草地，几伙人在树荫下野餐。一座石桥横跨湖面，湖角用几块大石块垒叠成一个小坡叫太阳山。

“这几块石头莫非还是从我们好溪谷搬来的。”律从与同伴取笑着说。

“这里是沿海平原地，岩石当然新奇鲜见啊！”

回路云华和德福提议过旅顺后享受坐一次轮船回家。律从欲回校要紧，说:“过旅顺坐船，达上海下船，上海回家又需转乘火车数次，山海关转车已受教训，太麻烦了。我虽也未坐过船，但担心轮船航速没火车快。”

叁拾叁

远出莫理碍眼事，聚逢阔缅述家史。

昌探教学改革法，叹惜览景晚面世。

中学生读书成绩的好坏，是否完全取决于自身智商之优劣？基础科学知识的学习，智力好的能入门，蒙昧者就绝缘吗？带着如此疑义，作为物理教师的律从经过一个学年的思索，针对学习后进学生采取因材施教办法，进行激励兴趣、引发思维、开发智力实验，其结果否定了常规偏见，律从即以实践经历撰写了《非智力因素与物理教学》一文，投送中学物理教学改革交流会研讨。

交流会于一九九一年六月在湖南省大庸市召开。律从坐车西行到怀化转乘向北，第二天才能到达。

律从心盼早点到达，眼看车厢外旷野景色，一幕幕疾速后退。火车近怀化站口，有幅红绸黑字“李白故乡”广告横跨铁路上空。蒙眬欲睡的律从顿时清醒欣喜起来，庆幸此行程中途可附加参观李白故乡，遂意参览一回李白故乡之文物风采，于是下了车买好车票，即询路参观。

庆幸车站售票处只有三五个人，不必拥挤排队就买来去大庸的车票。律从出站到对面餐店充饥，放下随身挂肩小背包，却发现背包外皮当中已被划破开口了。

“咳，你们这个地方，怎么这样没规矩呀！”律从打开检查了一下说：“你看票房无多人，买张票，包给划成这样子。”

好在里边几件衣服没被刀伤，夹置在其中的钱钞当该安全脱险。

“你是外地来的吧？”一个当地人看了一下，热心地说，“你们外地人过往这里，到候车室去等车，不要在外面游走。”

观赏李白故乡之心冷却了，律从老老实实遵守教诲，进候车室等车。

候车室四壁都是靠背长椅，中间两排同样是长椅，面椅通道不过二米。律从坐在墙壁旁环看全场，过了两个多小时不觉天黑，除了几个后生眼珠乱转来回走动外，候车旅客一个个打起瞌睡来，睡不着的后生就趁机靠近他们，摸其口袋、包裹。

“旅客们别睡着！当心身边小偷小摸！”偶尔有个治安警察巡道叫呼几声，吆喝完了，就又回办公室值班去了。

一个后生的手伸进坐过道对面的瞌睡者衣袋，律从碰示身边一青年人，青年人摇摇头示意莫管闲事。

到了大庸，在报到登记处见到了四川江油市新安中学的王克，他今年只有廿九岁，但已是中学特级教师。与会人感慨缘分奇妙，一伙男女聚会房室中，兴之所至畅谈教学、职称、工资之世事。

“看你还那么年轻，已是特级教师，教学方法必定新异巧妙，教学成绩一定令人羡慕佩服。”钦仰的人自然要说到王克身上去。

“来此的都是先进工作者，我远比不上大家呢，得向各位学习，”王克谦虚地说，“去年我的教学班，名列全县最低。”

“那是偶然的呀，以前一定累年优越吧？”

“那你的‘特级’怎来？”

“你的靠山很大吧，有兄弟坐后台吗？”

一句话引得大家接连提问。王克摇摇头又点点头，介绍起自己的身世。

“你们对于我廿九岁评得特级教师，不必奇怪，我父亲也是廿九岁时就当上司令呢。”

众人听得目瞪口呆。

“你为何不去当企业老板？”

“人人有自己的职业爱好。父亲去世后，哥哥接替了父亲事业。弟弟从实行改革开放起，一直做生意跑贸易。我的哥哥弟弟都很能干，挣了很多很多钱，单我是个穷鬼。”

“你何不向他们要点。”

“不，在世做人要有志气。他们有钱，都看不起我这个穷教师。我哥介绍我工作，我弟曾给我钱，都被我拒绝了。我不依靠任何人，所以我没有靠山。我已立定决心，干亮自己教书职业，不依赖鄙视教书的人施舍。”

“你爱人现在干什么职务?”

“一个穷教书先生,出身又不好,哪讨得起好老婆?在阶级斗争中始终受人歧视,谁愿意下嫁于你?对几位爱女求亲,得到的就是其家人白眼。到廿四五岁了,只好‘同流合污’,向村里一四类分子求亲。我老婆是大地主女儿,自小因出身不好没有接受教育的权利,不得入学。用人单位招收的是学历文凭,没学问没人要,也嫁不出去。她的父辈对我同病相怜,白送女过门于我拼对。我老婆认不得几个字,仅能守家中做家务。”

“你爱人长得很漂亮吧?”

“是个文盲,哪来漂亮。”

话题转到相貌上去了。一位桂林来的年纪稍大的女老师,课余浏览过面相、手相之类书籍,刚好闲谈上她的喜好。大家一个个遵循“男支女顺”,伸出手去让她看了手相玩,引起许多笑话。

参加大庸研讨会的有四川、湖南、湖北、浙江、江苏、江西、安徽、河南、广西、云南等十多省区市的教学先进教师、教研员近百人。会议专家报告后,大家花了一天时间考察大庸中学,然后围绕问题讨论交流,认为对中学生学习物理情感、信心、习惯、兴趣、理想、思维各方面培养,要调动非智力因素开发智商。教师要以热情和谐、美育艺术、体情至交、启发感染、信息反馈等变式教学,师生寓教、学于乐,穿插巩固、分层达标。参会后得到的认识是:物理教学如同自然现象,错综复杂,主次混合,本质淹没在非本质海洋中。其中以教师为主导,学生为主体,启发为前提,实验为基础,力破学生思维定式,避免以表面现象覆盖本质规律。

会议的激情在晚宴中蔓延,餐桌上还是议论激昂。会务主持人李克伯感谢各位盛情,以盛饭碗装酒巡桌与人干杯,会友乘兴每桌与其倒满。只见老李一桌一碗,一口喝完举碗示底,再来下桌。二十多桌,桌桌闹得“不留情”。

最后会务安排考察游览国家森林保护区张家界。律从虽然出于山区,进入公园却好似来到另一个天地。这里山陡路窄,两山夹谷中仅一条狭小道路,路旁一条随弯坑水长年不断流。举首望群峰林立,山坡岩石凸出。高矗的山脊上遍立石笋、秃木。四周风光无法取舍拍摄,相机镜头任意角度都是显耀佳景。让人印象深刻的景点是两座山岩:一座如身着长衫、头索发结的古代老叟,一座如身穿短衿、头扎披巾的现代妇女,对面站立意欲携手。景名

"千里相会",而不称"古今礼见"。

这样美丽的自然景观,可惜开发得太晚。生活在山坳的村民尚且住竹楼,竹墙、竹柱、竹瓦、竹楼板、竹门窗处处可见。底层养牛羊,上层当作住房。沿海开放地区鸡蛋两毛一只,这边沿路叫卖的孩童开价五分,说明地域经济尚不发达。

天不遂意突然下了一阵雨,律从在泥泞的山坡上滑了一跤,弄得一身黄泥巴。好在雨过日出天晴,爬到山顶好似登临天堂,眼前脚下全在云雾之上,云雾中一个个山峰冒出云层,山峰下彩霞缭绕,好像一个个大大小小三菱体漂浮在云海之上。

叁拾肆

仰慕西处古都城，顺路蚌闻茫知景。

历史长河踪迹默，沉梦久待盛世醒。

一九九二年五月，好溪谷小溪中学和马渡中学接到中国教育学会的邀请函，邀请教育论文得奖的物理教师陈律从和马元仁参加第五届中学物理教学研究会。本届研究会会址有两处，秦皇岛和成都。律从看地图两处路途差不多远，秦皇岛路线北上，在渤海边又一次可观看大海，又邻近党的北戴河会议会址，或许会议会安排参观，还可路过北京顺绕承德，浏览故宫和避暑山庄。成都路线西行，是历史京城古迹聚集，便宜考古观赏，真是猷虑难决。

马元仁接到通知书兴奋万分，急忙专程来小溪与律从磋商："我的娘舅是四川军区司令，住成都。我从来没去拜望过，此机会难得，我们俩去成都吧。我已经联系好，舅舅、舅母都热烈欢迎。我俩到那里都住他家，食宿费用可省。我们早几天起程，沿途观光。"

从金华上火车过安徽省域，路上卖烧鸡的本地人，前站上车叫卖，下站卖完下车，直无缺员。他们卖的烧鸡很便宜，几斤重的烧鸡只卖十来元钱。两人各买来一只合吃，元仁烧鸡配开水，律从白酒配烧鸡，直食用到西安还剩余半只。

陇海线是中国东西走向的大动脉。两人借机乘坐前往，从金华上火车绕道郑州，登上陇海线西行。坐在车上过了安徽，不知不觉地爬上了黄土高原，视野中全是辽阔的黄色土壤，车窗外不断掠过集聚村庄和翠绿树林，同时也有如馒头样山背闪过，山脊都不高，连成山坳。

"这里就是穆家寨，"有人指点路边一所山庄，"就是穆桂英挂帅中穆桂英的家乡。"

一指点引起两个江南来客注意。黄土高原上的房屋除很多新建的砖瓦

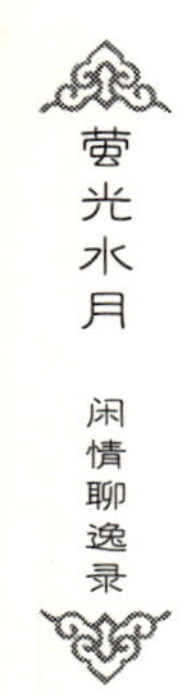

屋和钢筋结构高楼外，沿路还保留许多窑洞居所。自小看过《薛平贵回窑》戏剧，俗以为薛平贵老婆贫困到居住的是烧制陶瓷、砖瓦用的瓦窑洞。

原来窑洞是黄土高原人们的住房。劈开黄土山背的一侧，填平整后成门前场院，在山面水平深入挖掘，面对场院装修门面窗户。另外在场院的右端，盖建一两间平房为伙房。听说窑洞屋宇深而宽，住在里边冬暖夏凉挺舒畅。

火车过三门峡在潼关停车时间稍长，车尾此时挂上一火车头。乘坐的这列火车前头有火车头拉，后尾加挂火车头推，用双重动力去爬五岳之一的西岳华山和秦岭，直到江油市才卸下后车头。华山峻岭上的车路没有一步平坦，放在车桌上的水杯中水面总是前方长后边短。从窗口往外看，左侧是华山挺拔凌云的高峰，右侧是稳固踩立黄河魁岸的山腿；左侧高峰陡岩峭壁，右侧山腿健肌壮肉。列车爬坡中，跨过悬桥即进入山洞，过了山洞即跨越悬桥。坡道上一路不见平地，让旅客上下车的小站，有设在洞中或桥上的。

火车驶过泾河、渭河汇合之处，从高山俯视，渭河北地流来的水发黄混浊，沿华山下泾河流去的水澄清洁净，两股水于入口处形成一条长长的黄、清界线。“泾渭分明”成语就出于此。

祥余的女儿嫁于村里的支宁青年，后来住家西安，在解放路某供销社当营业员。西行者难得，要律从顺便拜访，慰探问安。西安是中国第一个大一统王朝秦朝的都城，汉、唐也将此地作为都城，两人本就有心游览。

到达西安出了车站，走了不远就看见了西安城墙。两人进了西安老城，近城墙下住下，就带信按地址门牌去找慰问人，结果未找着。虽然两人不想买货物，但也顺路游荡了一回西安东西大街。经常熟视的店铺货物不足以起眼，仅于东西、南北大街十字交叉中央，高高耸立的钟楼下顺逆转了两圈。直径一米多的铜钟，悬挂在二层楼高的钟楼上，看不到它的建造年代。

“我还没有见过城墙，我们上城墙观看一下。”元仁建议，拉律从走。

站立城墙上观望，城墙高十来米、宽五六米，方方正正地将古老西安城围筑起来，内外战垛均匀排列，形如地图上的长城“弓”字形图例。傍晚，本地人夹杂游客，游玩的人很多，元仁、律从沿城墙走了一圈，可惜城墙东北倒塌了一只角，路断了回不到就在眼前的起点，只得原路返回观看城墙内外晚景，议论断城修复。

“如此老城墙修理成本花费不大，理应修复作为文物遗产。”

“政府一定有计划修的。”

第二天早晨刚巧一辆旅游车开过旅店招揽游客，二人喜幸上车，游览车正好满座。

“旅客们，早上好，感谢各位辛苦来西安游览。”导游开始介绍西安风采民俗：“西安是历史著名都市，远近有无数名胜古迹，欢迎四方游客参观。西安也有许多地域特产，其中毛皮产品很多，欢迎游客选买。今天我是大家的导游，我得站在游客方面为游客利益着想，为各位指点一下，西安市场有讨价还价习气，卖东西有高开价贱给卖行俗。欲买货物，还价到对半再对半，大致差不多。不可买贵了，回家不愉快。”

游车过蓝田，蓝田玉世界著名，玉器店面接连不断。有人指着一只戒指问价，答价二千余。问两颗耳饰卖多少，答价一千多，大家只用视线给店铺惊赏一扫。

车到骊山脚下。这里是唐朝名妃杨贵妃常沐浴的温泉浴室。说是浴室倒不如说是浴厅，一幢宽敞的大厅堂内，从长挖掘筑成近一人深的巨大水池，池宽近半厅。池塘浴水来自这里的山上骊山温泉，专名“贵妃温泉”。温泉长年吐水不断流，五月节气，伸手入泉口尚觉温热暖和。

杨贵妃浴室旁侧，就是西安事变原发地。孙中山的办公室和蒋介石的办公室就在隔壁，灰紫色办公桌案靠窗摆放，旁置座椅，桌上茶杯原故摆设。窗门上有两块西安事变时被子弹穿孔的玻璃，一块只有小圆孔，一块圆孔边裂痕四射。事变中蒋介石只身逃避到骊山半山腰不很深的岩洞中，躲藏在一块岩石后，全得周恩来顾全大局处理西安事变，骊山岩洞也由此成名。

历史上说秦始皇在骊山脚下修墓，旅游车从骊山下开往秦陵却花了好长时间，去到一广宽的平阳，到秦陵兵马俑展馆下车。

兵马俑被当地一位农民发现后陆续出土，国家为保护稀世文物，在一、二号大坑上盖了大厅。进了大厅就是一条条纵横交错两米多深的黄土坑道，坑中排列着比常人高大的灰黑色陶俑。上千个陶俑整齐肃立，五官脸形、发髻衣纹、行为手势、表情形象各异，雕塑细腻生动，牵马逼真。兵马俑的出土，证明了我国古代劳动人民已掌握高度艺术技巧。保存了几千年的兵马俑至今面世，不免有个别损坏，等待专家给予修复。

兵马俑二号坑，除逼真的陶俑陶马外，还出土了秦始皇巡游乘坐的仿真

黄铜车马,真正的黄金棺材等贵重文物,放置于展览馆让游客观赏。不过所谓金棺只不过十几厘米长,几厘米高宽,并非社会上传说的同丧葬棺材那么大的金棺材。因为是真金,展览馆以水晶盒封置,免得游人触摸。

从兵马俑坑去秦始皇墓乘车需十多分钟,可见其陵墓规模之大。墓旁已成一个相当大的村庄,墓下有花岗岩石碑“秦始皇陵墓”。可能是方便游客登越,从山脚到山顶沿坡用条石砌叠了上百级台阶,略呈长方形的坟顶也用石板铺平,周围树叠两裄条石栏杆,栏杆外坟坡已开挖成环坟梯地,植上石榴幼苗。坟墓就像一座小山立在原野上,近墓不见什么“山环水绕”好风水。律从爬上坟顶远看,视野中华山余脉从各方向延伸而来,似乎汇聚宝地。

秦始皇陵墓陪葬的遗物,或者是目前技术未过关,或者是为保护古迹古董,现在尚无意挖掘出土。

律从早上听导游说西安特产毛皮,欲带点作留念,大件买不起思来可以买条围巾。进墓阶旁小店指货物一问,说三千五百元一条,吓得律从哑口退出。回程时以十元钱买了两套小巧的工艺品,四将一马的兵马俑,回校时赠给喜欢的老师。

参观了骊山、兵马俑坑、秦陵,又驶过灞上到鸿门宴遗址。今人在一所不大的平房中,用雕像生动地再见了鸿门宴现场情景。项羽案桌举杯饮酒,坐立不安奉陪,项庄在刘邦面前舞剑,项伯舞剑隔护,樊哙怒目切肉,张良席位施计。鸿门宴上刀光剑影险情环生,当年刘、项争夺统治权势不两立,“项庄舞剑,意在沛公”史传至今。

到成都找到元仁舅舅家,元仁舅母早站在门前候望,急忙招待进屋吃中饭,咨询旅途辛苦。原来元仁舅母是成都市第二医院医师,今天特意不去上班,预先在家安排好房间床铺,烧好丰盛午餐等待外甥及其同伴。

报到日期是第二天,两人利用下午空闲游嬉成都街头。从地图看,圆形的成都市,比起三角形的西安市,地域似乎宽广得多。街路大道纵横辐射绕圈围转,犹如结就的蛛网四通八达,街道宽敞平整。

生人入生地总得直行大道,少变折以免回去走错路,两人沿一环路大街直走。同在西安一样非为购买物品,什么货物有否买卖不去关心,不进店门不转货铺,心在欣赏街景。从一环路东段走到一环路西段,街路对面的武侯祠门额吸引了两人的目光。

进了武侯祠，实在是三国蜀汉纪念堂。左边厅堂中坐诸葛亮塑像，左右分立文武将相。右边厅堂中塑关公坐像，左右奉立关平周仓。两厅堂又似文武将相守卫刘备坟墓。左右厅堂中间通道尽头，一间简陋的四瓦屋，当中立一石碑“惠陵”，碑后一土丘。

游览者颂扬桃园结义三兄弟刘、关、张忠义仁和，治理蜀汉有方。也有非议者评刘备不学好饰、无赖交际。借汉中山王后代冠冕“皇叔”，开初看不起诸葛亮，骗取刘璋、刘表封地荆州、益州，分裂汉朝江山。

出了武侯祠没多远，树林中一正方台基上，用四圆木支撑着像大斗笠的草棚。圆木直径二十多厘米，似近年刚油漆过，呈红棕色。棚顶茅草，从下向上旧新序变近米厚，似年年复盖新草。草棚檐口书匾“杜甫草堂”。

杜甫草堂附近建造有杜甫草堂展览馆。听说展览馆规模很大，现已征地亿顷，计划扩建。两人听得心惊，一个晚年贫病交加的诗圣杜甫，住处仅是不足二十平方米的杜甫草堂，借名纪念却占地亿顷造展馆，确实今古悬殊。

堂舍过大转不过来参观，有一群人围观几位年轻女子现场编织工艺品，引起了律从二人的注意。

编织材料用的是染成黑白两色的细麦秆。按照顾客喜好的字句、图样编织成白底黑字、黑白图画，制作凉扇，不用十分钟就可完工。如果你愿意，让你站在她前面，她可以模仿你的相貌编织半身头像，不到半小时，游客就可取得凉扇，以永久留念。

第二天去会议厅所报到，会议地址在成都三环航天观测指挥中心附近。按去时元仁舅母再三说明会议期间在她家食宿，两人报了名，只交会务费。从全国各省区市来的新老会员，碰在一起互相问讯交谈，了解对方籍地新鲜事物。

一个来自湖南的老师，说近日他家乡台风突袭，一老农冒雨野外排洪，被一阵龙卷风吹得昏天黑地，待清醒过来，不明白怎么回事，自己背锄头坐在五六米宽的水坑对岸田埂，幸而没有掉坑里冲走，安然无恙身无损伤。

“那若有人看到，如鸟飞过水了。”

“那昏迷人起在空中，肯定不知转了几圈。”

大家心知自然现象千奇百怪，听闻此事，也觉得这是千载难逢现象。连主持这次会议的多见广闻的老李，也以此为奇闻。

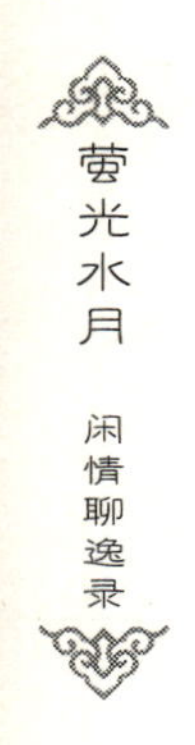

“刚才说话的那个，就是《中学物理》主编。”律从给元仁介绍。

“啊，他给我的论文评审入刊，我得认识他一下，”元仁感动地说，“可我该送点什么礼物感谢他呢？”

“刊载一篇文章是平常事，我几年来从无着意送礼，交际在情不在物，谢意在心不在礼。”

晚上回家，舅舅、舅母等一家人同桌吃饭，元仁又说出他的心事。

“帮我入刊论文的《中学物理》主编，今天碰到了，我想谢谢他，但又不知买什么礼物好。轻了不起眼，过重支付……”

“这有何难处，”舅舅接口说，“拿瓶酒给他就是了。我那里有好多，不用买，等会你任意选几瓶，明早带去。”

饭后舅母提出若干名酒，有人参酒、二锅头、五粮液、泸州老窖……这些酒不说饮尝，酒名之前听都尚未听到过，看得元仁不知所措，放下这瓶拿起那瓶。心想农家种田粮米不计较，就拿瓶五粮液表意了。

第二天出席会议，趁会议未开始，元仁找到主编的住房。

“老王，你好，”元仁取出一瓶酒放在桌上，“不好意思，谢谢您对我的照顾。”

“这是何必，拿酒来做什么？来开会，会会伴就是了。”老王相当客气地推却，“开会还早，房间坐坐吧。”

老王一边洗脸一边笑谈，交谈中多次要元仁拿回酒去。元仁不好意思多话，辞别欲走。老王赶紧停下洗脸，往桌子上拿酒瓶，看清是一瓶五粮液，脚步一滞。

“那点是小意思，你留用吧。”元仁看对方似欲退货，赶快出门。律从后步未见王主编有拿酒给还意态。

未交会务餐费，回舅母家吃又太远，两人就近去用午餐。面店招牌写的饺子四元一大碗，如此便宜赶快定煮。老板煮好饺子，双手平正地一碗一碗端上桌，确实是满满两大碗。两人吹凉喝了几口汤，用筷子一捞，一大碗饺子只有四个。

下午休会沿街走。

“我们顺便看看，娘舅家拿来的那瓶酒要多少钱，我得还钱给他。”元仁前面走进店铺，一看标价要两百五十六元一瓶。走了几家烟酒商店都一样。

“我以为只需几十元，怎么有这样贵的酒。白拿不给钱，对不起舅舅，要给这许多钱，得几个月工资填补，且回程路费紧张。”

“反正是自己亲娘舅，不要紧。昨晚是他自愿给的呀。”

“他这样说是他客气，可我不好意思了。”

来成都四天了，天天都有是阴暗天气，连太阳影子都看不到。晚上回来律从感觉有些不舒服，没胃口吃饭，就直接躺床上。

“叫你俩吃饱饭吃饱饭，讲过好几次，你们偏不听。餐餐剩饭剩菜，还想给我节约。怎么样，饿出病来了吧。”

舅母是个医师，她知道外地人来成都，不适应这里气候，染病了。夜间，律从的确感到发烧头痛。第二天舅母带律从去她工作的医院治疗，买药回来服用，卧床休养，耽误了研讨会最后的交流。

依据惯例，研讨会休会前天安排考察参观。本次参观有四个景点：杜甫草堂、武侯祠、都江堰、青城山，每两处均近路相邻。由于一星期未见太阳的四川气候，且武侯祠和杜甫草堂会前已观光，律从的体力有限，不想多走动，等在门口车场看外景，只有元仁随众重游一次。

到都江堰下车，路口迎面一高大镀金李冰铜像，笑脸欢迎。像后即二王庙，庙宇不大，主题雕塑是修建都江堰的功臣李冰父子彩像，不少游人感激，在像前拱手恭拜。

秦始皇因加强国防，修筑万里长城，被世人唾骂为暴君。而都江堰，还有郑国渠、灵渠等水利工程都是秦朝功业，利于农田灌溉、物资漕运。秦始皇均记功于属下经办者，给予命名传扬。未归功自己，民间无闻颂扬，可见世事传播也有不合史实之处。

与庙宇相通的大堂是购物厅，厅内销售员身着特别服装，头脚服饰都是道士打扮。原来都江堰就在青城山下，这里的售票、守门、导游，甚至附近下地干活的，都貌似道士打扮。

庙宇前方就是举世闻名的都江堰。初临都江堰，从蛮人看既没高大建筑，也无长宽垒石让他奇异。可细虑建筑原理，实在令人叹为观止。

分水鱼嘴虽无高大堰坝建筑，仅是用鹅卵石堆砌的石坝将岷江分流内、外江。以外江为主流，调节内江所需流水。用鹅卵石堆垒成飞沙堰，利用水的冲击，正面取水侧面排沙，避免内江河道淤积。在岷江岸的岩石山下开凿

宝瓶口，限于当时的科技水平，以火烧水泼热胀冷缩法，挖掘山岩引水灌溉，使成都平原变成水旱从人的天府之国，古代劳动人民的辛勤智慧确实让人惊叹，李冰父子的功勋实在让人敬佩。

传说青城山是三教九流中道教的发源地，道教是我国特有的宗教流派，可惜民间对国内创立的哲理倡导，并不如从外传入的佛教。如此道教发源地，只在半山幽处保留着几间简陋的道观，塑了老子这位道教鼻祖的泥像。

路过地边小道时，有一小道士手伸向游客，却未开口。让游人称赞的是在崎岖坡道上，就地取材，用树根、柴桩扎编成一座立体龙凤彩门，同料缚扎门匾“青城山”三字。

研讨会结束，难得来一趟风光秀丽史迹诸多的古城，各地的会员都打算参观峨眉山、三星堆、乐山等胜迹。来自广西桂林中学的两位会友，说去广西路近，到他们学校后食宿由他们招待，屡次邀请律从俩绕路广西，顺便观览甲天下的桂林山水。只因律从事前已同学校约定回校开课辅导的日期，不可延误，只能悉心辞谢他们之情意。

晚餐时间，元仁、律从谢了舅舅、舅母，感谢他们全家人的热切照顾，表达远离难舍心情。

火车坐到重庆时，天刚破晓，重庆市的景象尚且迷蒙不清。两人下车匆匆通过某广场，登越某木建天桥，赶到长江渡口码头买票上船。

单层客轮并不大，只有一个供贵客旅宿的小舱房，其他旅客都坐在通间大舱厅里，有喜欢看沿江山水的站在两侧船舷上，手扶护栏观光。

律从因第一次坐船有点新奇，对轮船前后左右机室、舵房都观察了一遍，时时利用物理原理挂钩联想各个功能。

律从游转到左侧开着门的小舱房前，正与住客对视，相互礼节性问好，住客邀律从进室坐喝茶闲谈。

这位贵客参与了长江三峡水库建设，当时是技术员，现在为工程师。律从想起自己一个表姑娘也参与了三峡水库的筹建，但不好意思询问贵客的尊姓大名，漫谈中得知了大名鼎鼎的三峡水库的建库史。

早在民国年间，美国就有人欲投资建长江三峡水库电站，遭孙中山拒绝，想待国人有能力有资金时自行开发。新中国建设中，又有美国人向毛主席请求，让他投资建长江三峡水库发电，毛主席也一口回绝。说我们现时没能力，将来必有能人出现，留国人力气大时自己再开发，再发挥三峡电站的防洪、发电、航运综合功能。

首次三峡施工没经验，选址、材料、技术不过关，未截流大坝出现渗水裂痕，别无他法中，只得调用飞机投弹爆破。

“原址改建葛洲坝，现今计划定址在比原址略上游，滩面平水流稳，此宽谷地处。”他手横指江面，指点于律从看。

轮船经过三峡中谷口最狭、水流最急的瞿塘峡时，乘船旅客纷纷挤立船前头，争相观看两岸石灰岩构成的奇特、瑰丽、壮美的悬崖峭壁三峡风光，以及岸上石宝塔、张飞庙、白鹤梁等文物。人都涌到了船头，压得船身前头吃水深，船尾后翘。急得船长连连大叫：“目前看得高兴，船翻就来不及哭了。大家快后退，散开归位！”

轮船平安过了三峡，葛洲坝又是一处壮丽的科学建筑。船到坝口等待开闸过境，等了十多分钟，铁门仍是紧关，门边缝隙滴水不渗。开门后船进坝心又关门，外闸门放水。船在坝心，左右水泥坝壁，前后铁板封闭，又静等多时无物可赏。只见眼前水泥壁渐渐上升，口字形天空逐步缩小。船身下降了二十多米，轮船才开始继续向前航行。

船开到枝江县城码头停靠，让旅客下船休息片刻。元仁、律从也上街走了几步，只见街道比好溪谷县城中心十字街宽阔，街路两旁高楼林立，街道上行人繁多，商店买客进出频旺。可枝江县城街路陡坡斜道，地形坎坷还不如好溪谷县城平坦。

“好溪谷条件比这里好，可是历届头脑无能开辟，不然周边开发可以大发展。”律从触景生情，对元仁评说起家乡事。

“那当然得慢慢来，以后总有人做此远景规划，会这样干的。”

叁拾伍

一味变革旧村貌，瘁心沥血竟然枉。

前任秉公奠基础，接权适中己家当。

一九八三年祥旻退休还家，只希望风清气爽安度晚年。历长旅，宽终生，任教他乡的祥旻，经一年的乡村生活，冷眼旁观到里村让少数人胡搅蛮缠已离经叛道千里，与其教书的地方相比落后得无可言状，由此他深感痛苦。祥旻反复思虑本村情况，征求两子意见决心牛刀小试挺身而出。以自己一片热心发挥余热，尽管从来未曾干过行政工作，但也立意铅刀一割。

祥旻退休第二年正改选村委，祥旻立马站出来竞选。犹如鹤立鸡群，祥旻一举成功，当选大陆村村民委员会主任。

大陆村从建宗祠演戏死演员之后，半个多世纪没有请戏班演戏。社会上评论说："坑底个个好，白戏貌到老，还嫌别人戏班好否好。"大陆村何尝不是如此。

新官上任三把火。一为自我当选庆幸，二为一探村民能否差动，三为大陆村常年没戏，祥旻一任主任第一件事就是请戏班演戏。

由于大陆村做戏历来鲜见，戏金一次就凑足够。农户已不愁粮米，多户愿供餐于演员。临时戏台搭置在坑沿晒场，青年人七拼八凑一天完事。只有不懂情理的律从，祥旻去其家收助款时反说："做戏，噔咚呱，噔咚呱，三天锣鼓热闹，过了三天就冷清清了。演戏还不如筹点钱盖间村学，免得孩童坐祠堂。"大陆村这样穷，这话亏他说得出口。

做戏要每人出钱，律从家就成了有钱人家，戏金当以其为主干。剧团来了，演员们又喜欢宿律从处，楼上楼下打地铺无隙，实在安排不下，只好安排别家睡。约定几家轮流给演员供餐。许多演员到其家用餐说："进别人家看到肚子就饱起，多看还恶心。宁可吃少点，我也在这吃。"弄得律从老婆过意不去，只得添米加水，一天烧十多人吃的饭，戏看不成。好在那些姑娘勤快，下台来就像到自家。哈哈作乐比台前更热闹，七手八脚协助擀面包饺，以备消夜。

演戏也不是省力行业，一天到晚甩袖诵唱扭腰蹬跳。演员一下台都想躺床伸腰休息一会。几个不识礼的无赖，聚吵铺前不得安静。“要闹到戏台前去闹，此是我家……”律从以为有维护住自家姑娘安全责任，看不顺眼这班人，壮胆将其喝退。

剧终，因为大家玩牌忙，半个月未拆掉临时戏台。

大陆村山高水长，田夹水，水界田。若是村民人心慈齐，该当英雄用武之地绰绰有余。祥旻深知广游，智道践，践结智。假如助众稳恒，应可展挥宏图。可是这个村总有部分人习惯成自然，生怕所行项目对自己不利，以冠履倒置手段显示自己能干。自己从不为公益行事，偶然有人做点好事，还指手画脚批判：“这里不是这样做，这里那样做更好。”对平整道路洼地的人也仅会指责：“这块石头太低，那边土堆太泥。”自己不动手协助不说，最好人人都别动手，这样才妥帖平安。

祥旻一心励精图治，连续召集村委会议，商究建村改貌招数，讨论本村眼下急需做的事。在一派书生气权横下，小事不想做，大业滚珠出。建村小学、通大路、建会堂……一会一决。

大陆村小学二办二停，自宗祠建成后总算稳定办妥。由于社会不断向前发展，科学技术不断进步，一块黑板一本书，一根教鞭一支笔的上课年代早已过时。为提高教学质量，教育系统指示各村小应备独立校舍，不能再借祠堂当课室。没有校舍办不起学校条件差的村，撤除村学并入条件稍好的大学校。大陆村不建校舍，儿童就得走三里路去碧川小学就读。家人不放心，小孩辛苦。村委决定在桥头堡道班房旁建校舍。

大陆村口外田地经公社化调整均属川一，要做条直通大道得求外村。像惠松私人行事还有面子商通，集体事业无人卖面，不给足利也别图成事。当年律中曾提案修老路到鬼神坛，从鬼神坛直伸到孤魂坛，好设计却无人响应实施。

一九八九年政府规划做平黄公路，村人划得两线路方案未定的消息。一批村干部只会坐祠堂“议啊咳”一阵。

大陆村宗祠四侧与祠堂基同一丘田的一段，土改没被分，留作学堂操场。大公社时筑起围墙，搭起雨棚作碾米碾压坊。食堂散伙后，碾坊石槽等物件不翼而飞。遗下个空晒场，供村人摊晒谷物。

新中国成立五十年来，早的早，晚的晚，邻近各村都先后建起了大会堂。大会堂的建立，似显示着村干部的能力，也和这个村兴盛程度密切相关。祥旻当上村主任，正欲显示新碧还有个大陆村，力图将大陆村推向一个新阶段。他设计在祠堂外操场建座大会堂，挂上“大陆大会堂”的牌子。基址既现成，过路人看着又显眼。

为了使大会堂建得像模像样，祥旻费尽心机求川一村的村干部，川一村同意送大陆村操场边一口小水塘，以扩充会堂基地。

可惜祥旻事业未竟，心力交瘁，阎王招安，任期未满就谢世而去。宏图中的大陆村建设，枉费了心机终没有实现。

砌好墙脚的大陆村小，被下届村委主任谋为自己屋基了。

川一村送的建大会堂的水塘位置及原来的操场，也被下届村委主任及其亲戚建成了高楼。一家人占了祥旻规划中的村大会堂基地。想象中的大会堂，变成立在村口的三座砼楼，真是一代胜过一代。

祥旻长子惠大在县政府工作，对村里帮助很大，除前面提及外，还赢得县拨款项，帮大陆村建起电灌站，使本队大片晴旱雨涝的田片得以旱涝保收。

祥旻次子惠由在外镇工作，改革开放后羡慕经商挣钱，一边上班同时雇工养羊。惠由把公事请客餐菜带回招待雇员，几个雇员不辞离去。惠大看不过，多次阻止后才收场不养。

惠由不养羊闲散无聊，四处交友习赌。赌技倒是不差，有一次赢得了三万多元钱，尚不收摊。后来一帮赌棍串通一气，相互传牌坑他一人，结果倒输上万，他却不吸取教训，还洋洋得意曾赢过几万，招惹同伙赌徒耻笑。

叁拾陆

精戮仅恐便宜让，稀罕阴谋坑人家。

人际谨慎出嘴祸，解例惶惑为人难。

大陆村的祥兰子惠松，家境贫寒为人忠厚。祖上没有房屋居住，新中国成立时分配给他始祖大世间。新中国成立后惠松在家务农兼营裁缝，到黄碧村与人缝衣结识了个也是陈姓的女人巧梅。这个女人因嫁前怀孕没人招认，急欲嫁人。惠松以己家贫，讨老婆有困难，与其终身单身不如随缘娶得也好。便同叔叔商量，叔叔满口答应，并让自己的养女惠月作领生姐，及时安排娶亲。女人以为大着个肚子嫁人不便见人，来时偷爬近邻祥章槛窗归屋。是夜就产下一个儿子，日后正巧与山朋之子一样口吃，说话期期艾艾，起名木良。惠松匆匆忙忙办喜酒办满月酒，临时向祥章家借到一斤爆玉米花，当作给客人的回礼，应酬了事。忙完终未回还，祥章老婆对此耿耿于怀。

可惜娶来的女人到家，牝鸡司晨贫嘴薄舌，捏造是非挖苦邻里。受人恩益成粟米，施人芝麻变西瓜，妒贤嫉能，目无下尘，人畏远避。

惠松日后生活徐徐好起，答应给邻居白做衣裳一生，征得愚忠的基地原所有人祥庆长子惠善的同意，在坑沿晒场建造了一所三间土木楼房。他的房基仅划方正，穿身不长。不由老婆做主，接受众人意见多留余地拓宽道路，让行人畅通无阻。不仿样那鬼脑谋算的慈坤三子祥富，建屋占路，多建一扇门位也好，使得坑沿进村大路喉颈难通，过往碍挤，造福于“指孙骂代”。

“好子不传承，恶子传三代”是惠松老婆闲谈中嘴边语，但她再未往下说。

惠松为了老婆和一对儿女从金华铁路段不辞而归，度过了艰难岁月，趁农闲外出搞副业，情态逐年见燊，又养育了一女二男。惠松同川一大队大队长陈宫治关系好，陈宫治给大陆祠堂前屋基田，许配少女于惠松长子为妻。惠松平常节俭，出门中午一碗豆浆一根油条过餐，辛辛苦苦又建造了一栋七间土木楼房。

惠松次子和羊披挂一头长发，“有读书运，无读书命”，成亲后鸾凤双双旅途经商。小子真用功读书，大学毕业安排工作。小女读过卫校，进了县中医院。长子工作犯错误，经大姨推荐在看守所看管犯人。

土地承包后，长子在承包田里搭棚养鸡，挣钱给两个儿子读书。两个儿子高中毕业都考不上大学，在家一齐养鸡。见村中有人经复习投考成功，心生羡慕好似考两次成绩能累加录取，本年即进补习班雄心重试。唯不知这位经复习报考录取的考生，是本系学校高才生，只因上年考前失落准考证，受挫折心情紧张临场发挥不好，才会榜上无名。眼冒金星的木良长子元辛枉情接踵上榜，但是眼高手低最后一场空。

西坑断水东坑流，绝无坑坑断水流。此路不通转彼路，学路不畅入政路，谄媚托靠自有路。恰在此时，各级干部队伍年轻化。上面要求各村年龄六十岁以上会计，一刀切全部去职。早年京山儿子和伟，已入会计培训班学习，领到了会计资格证。只准备原会计祥勋孙惠产，年老自辞后就可接班会计工作。元辛一切了解得清明，通过各方渠道拿到一张会计证书，毫不费力当起了大陆村出纳、会计、村委委员、民兵连长、治保主任……平步青云，气得和佳始终不服。

大陆村有一个人参加过抗美援越战争，在战斗中受伤，回来后常年治疗无效，最终病变为无可医治的癌症。发作时浑身疼痛，医院鉴定准许购买限量麻醉药服食，以减少病人痛苦，不过每次去买都需村委证明。病人家属多次请求村会计帮助，得到的答复是“写不起”。

村山林承包年限已到，继续承包需重新写合同，其实就是老样子重抄一份。元辛请来几位善写的村民帮忙，以林业局发放资金作抄写工资。抄写的人催讨多次，连村主任都来催促，如此经半年才勉强计算了结。

二十一世纪全球旅游业大发展，旅游有考察和观赏双重目的。考察当地的社会、经济、文化，观赏当地的风光、文物、古迹。改革开放后政府对文物古迹的保护十分重视。大陆村地处国家级风景区仙都附近，有姹紫嫣红的春光美，青山碧水的夏汛意，红枫舞落的秋凉情，苍松覆雪的冬装景。古代遗有深山古刹山早寺基，现建有碧川水库可供船艇游。只可惜世人有目无睹，受三番破坏得不到宣传。

二〇〇六年政府重视文物保护，发现大陆村宗祠破损，拨出款项拯救修复。但补助拨款只够一半维修费，在内墙粉刷过程中众人倡议：“政府如此重视，村里该借东风把祠堂一次性按旧貌修理整齐，凡私人占据放置的物料一律移出。祠堂是大陆村仅有的公房，村委办公，村民开会、休闲，得有一处舒适的场所。政府的拨款不够，私人也应资助。”当场声言助两百元的就有七八人。

“既动修了，就得全修好。老年人无处活动，来祠堂走走也好。钞票不够，我愿助两百。”

“整所祠堂粉刷好，老人在这活动也舒畅些，钞票不够，我也助两百。”

“堆占在祠堂的私人东西，让他移走，我也助两百。”

来修礼堂处观赏的群众，评议修好祠堂，一天之内涌出五六个“两百”，“我也助”的不计其数。律从将此群众热情，告知村支书。

村支书吴江以为众议强烈，安排几个到各户收资助款，所到之处也有人尽力乐助：“放心，若祠堂真清理了私物，我保证不比最多的人少助。”却有不少人以“无收益生活困难”“要建屋资金紧张”等借口百般推托。声明“百元”的缩变为“廿元”了。可笑的是一个姓陈子孙说：“反正宗祠是归大队的，那让大队出钱修喃，我不出。”一个应姓进舍子说：“都说祠堂是陈氏宗祠，陈氏宗祠，那应该让姓陈的人自修喃，我不出。”

众人要求彻底修祠堂，同时，发现了惠松长子木良长期大量囤放的不明来历的准备建房的木料。祠堂曾经租给他养过鸡，似乎整所祠堂都属他私有，到处堆放木料和杂物，凡暂时不用或根本没用的器物搁置得几乎不留空间。对村委收回不租，惠松长子心中不满，家有七间楼房还说没地方放东西。说是：“祠堂各人有份，我理当可放。”众人提议修理祠堂应撤移私物，村干部多次做工作，镇领导批评，他非说惠庆为其母放置的一口“寿财”（棺材）要先搬移。人议“他家的屋料也是棺材料”。

老人未过百年，有钱人家预先做好棺木黑墨红朱金字油漆好，有宗祠的村落大都放置在宗祠上厅神柜下。一旦放妥就不宜转移，只等该主人百年时才去抬出盛殓。不然，不死人抬动棺材不吉利。上下人都说这该遵循旧俗不可挪动，而且惠庆在县里工作，许多事对我村都有帮助，应体谅另看。

由于禽畜传染病暴发，养鸡销路不佳。木良爷儿三个改行种菜发财，厌

嫌土木房屋不理想，欲把父亲刚造的楼房拆除新建成钢筋水泥高楼。威逼已建房的邻居和生退让道路。说自己的屋基是花钱买的，房边路基应由没用钱买过的老房屋拆除退出，俨然自己曾有恩于和生。

和生父施寅将进舍妻的前囡外嫁，给自生子娶亲，住进其妻前夫卖壮丁造的房。施寅一生勤劳善干受村民称赞，于原屋旁扩建了四间楼房。后来实行改革开放，施寅儿子媳妇外出上海养鸭。他年过花甲仍辛勤劳动，由于神智有些阻滞，经常跌翻田间，人人劝他不要多干。一次他在家从楼上跌落，碰坏头颅神志不清。家中无人，被邻居木良发现，车送就医仍医治无效去世。

施寅儿媳回家修理房屋，木良明言不退不让她修，暗藏“不识恩点，以怨报恩”之意。和生老婆明白所指，但气不过违心地针锋对骂：“哪个叫你送去医，这东西跌死算了。”经镇政府出面解决，这所旧屋修理才免除损伤大难。

木良父子，老厚面皮无动于衷，他还散布：“祠，祠堂修，修它做，做啥，倒，倒落便，倒塌更好，好了。”

惠松辛辛苦苦建的七间楼房全给木良住。木良当面对父亲辩说：“这栋屋不，不是靠你手，手段造的，是靠我丈，丈人功，功劳。”古传“田要亲耕，儿要亲生”，一丝不错，木良正是惠松老婆到家当夜生出来的不明来历的百客杂种。杂交动植物经优胜劣汰生命力强，莫非此乃一例。惠松为此似刀刺心，从此心情不佳积郁成疾，气出一身病来。

木良父子新屋非但依然挡住陈氏宗祠半所门面，更让人看不顺眼的是特意在后门立一对石狮正对宗祠，用此提高风水，以免被宗祠冲破。常言道“狮子不进屋”，均是立置屋前大门口，以示庄严的。他却比进屋更进一层，狮子背对房屋，獠牙利齿对宗祠。怎奈宗祠圣灵不服，当年让木良父亲起病，老婆也进医输液，同时原本供奉牌位的大世间后披屋倒塌了一半。惠松老婆拍腿号啕：“怎奈怨心啊！这样那样灾祸一起都临到我家呀！”老公病到如此地步，还不清楚都是自家心术不正招致惩罚。

此当闲话，但惠松的病的确是发作得突然，原先身体健康，病临就成癌症。据医疗鉴定属肝癌，正合中医“气愤入肝”之理。惠松次子木羊有孝心，在没知会另外几个姐妹兄弟情况下，就一次拿出两万元，夫妻俩繁忙中从上海回家护理父亲。惠松小子木禾受教育多，为人知理。在丽水科技监督站工作，送父亲去各医院医治，父病突然，心绪不安，经常请假探视父亲。

百病有方，心病难解。尽管其子孙官运亨通，女儿医院就职，也只得早筑坟墓躺床等死。惠松病延一年有余，捡了个与全家八字对冲的壬寅日咽气，两年内不宜入圹。

骨灰供灵在原本供奉大陆村始祖牌位的大世间。惠松子女打扫灵堂时把多年谋积的垃圾、农药倒在路边，邻居和自家养的鸡因此死了不少。惠松老婆还喳喳咒骂："有人恶心毒算，将我前天吃得饱饱的九只鸡毒死八只。我本想养着这些鸡，等到八月半儿囡们回去各人送一只，恶人算得我没鸡送了。"

木羊说："前些日子调理父亲费心，我早想杀只鸡补养体力，不好开口。如今别怨骂了，我们以前田里毒过人家鸡，自家扫出的垃圾内中混有留存的毒鸡药是有可能的。"

"你欲杀鸡进补，谁不同意你杀呢？哪个恶婆把那么多鸡给我毒死，能叫我忍得住不骂吗？"

惠松知子忤逆早私防，暗有五万存款。愤恨谢世，疾病痛苦可怜。为免除来世灾难，也炫耀一回子孙女婿官家风度，请来"师工"为其做佛事，行点阴间功德。

因为与内点人有"深厚感情"，受招帮助的全用陈姓以外之人。巧梅对自己黄碧村亲弟，由于贫贱更看不上眼，送来烧纸香银直接送还谢绝。他家远亲有习"师工"者，有意揽业也不理会，而是请来远地外人施能。

农家烧泥灰，封土少了，点火一个晚上就通天，第二天就火灭清冷，农谚称"夜功德"。

巧梅家的这场佛事，事前与"师工"议好了工资，包括"奉天灯""接灵神""布功榜""搭仙桥""除灵屋"等项功业定时两日一夜。招来帮手起筵扮场一回不易，木羊等子女提议延做一夜，以免正符"夜功德"，一语传扬难听。附加的工资当然少给，"师工"们勉强多叫唱了几句，未到半夜就掩鼓熄灯卷轴收工了。

忙乱了两天两夜，佛事功德圆满。巧梅抱怨："外点邻居一个人也没帮我忙。"神灵受惠灾免，惠松怨魂栖息，保佑家兴道安。

叁拾柒

细弦慢板谋基地，宏管快进抢屋基。
弹奏皆出老艺手，异曲共调唱复辟。

惠艮在水库淹死，遗有一女四子，长子老实勤劳，改革开放后在近地打工，长媳为人抱领小孩。次子在祥章、惠山操纵下当过二队傀儡队长，改革开放后出外打工。三子高中毕业当过三年义务兵，经长媳抱养的小孩爸爸介绍，到碧川中学代课，自以为有过部队生涯经历多，高中毕业水平高，跃跃欲试创作路，夸夸其谈文学才，与一个广西来的有夫有子的妇人结婚。

一九六五年美帝国主义侵犯中越边境，惠艮第四子和亮加入该届义务兵，奉命参加越南战争，在战斗中立了二等功。不知是战火中炮火震惊了头脑，还是战斗后得功振奋了头脑，归国后马不停蹄回家来报捷。部队领导四处寻觅，原来和亮被战火惊吓得魂魄未定，未经请假早逃脱回家。被部队追押回队，军功无分军籍取消。人家参军光荣转业，上过战线的和亮扫兴而归。青年人倒霉罄尽，想不开神经错乱，言语似有理，做事却无聊。把人家的稻草篷点燃烧火，问他："你点稻草篷做什么。"回答说："搞个试验，试试绷稻草篷的这株树是否会烧死。"

和亮虽得县民政局照顾长期就医，却因癌症医治无效，于二〇〇六年四月去世，遗下已无娘家的广西来妻子和一个四岁女孩。

惠艮给第二子第三子在隔松阜建有房屋，第四子神经不正常，便将七间分半的正屋中两间给四子，长子只有一间小转厢。

惠艮长子生两儿均已成人，一家四口都挣钱却同住一小间房，迫切需要建房分居娶亲育孙，资金没问题只是屋基无着落。

一九九二年农村延长土地承包年限，内点也掰成两队，大陆村掰成为四个生产队。各队总结近年来分合不稳，严重影响农业生产的实情，提议从重新分田到户的这年开始，四个队掰死田产永远不变。你生产队今后要怎样经营由你，以免日后影响别的生产队。

这次调整承包，祥章儿子是二队队长，惠山和他串通一气，将过坑桥头“百八十”别有用心地抽出来，拒绝承包给队员。说是“留一丘田下来出租，队里收租增加收益，以供应支付”。村人明了惠山风范，础润必雨，全体队员强烈反对。

惠山其实根本没有打算将田出租。这丘田土改前原是慈设家的私有田，祥丰父子从当村长开始，就蓄谋自家田终归自家。父已谋成上圳五十，子承父志表露开始。正当两相顶牛时，惠山授计长孙和康，送红包给村主任，要求报批建房屋基。

大陆村是个穷村，当上干部工资也不高，对村“权把子”无关器重。在此之前村委公章历来放置在大队会计惠产处。

此届的村委主任是大公社时当过大队长的徐戊人之孙徐惠。徐惠当上村主任，自垫部分资金为村民安装了电话，便利了大陆村同外界的联系。装机垫底资金，本计划砍伐村公山松木变卖坐归。可是电话安装好后，村民不同意。一方面，原来内、外点都有村公山，而内点公山承包落己，单砍外点公山树木，外点有意见；另一方面，电话不是全村家家户户全装上，不愿装电话的人说：“公山树我有份，我没装电话，凭什么砍我树。”徐惠不敢乱动，安装电话垫资一万多元，任职期满，也只能和祥章子惠用一样，掩簿算账。

徐惠受了和康私囊，用村主任权威，借故公用一次，向老大队会计索取公章，押印早填写好的房基证报批。和康抱领的小孩的亲爹是当任县监察局主任，房基证毫无费事地拿到了手。

五间屋占的只是“百八十”的一只角，只因惠山如此谋取屋基手法，全村民众都有不服，原来“留田出租用意在抢屋基”。别家队看在眼里，反正队已掰死，不去干涉。本队田地各人有份，蛇有头则行，“你可抢，我也可抢”。手长的到“百八十”抢占了四栋屋基。

这阵抢基祥章倒没有出手。一则，抢基戏我自也参加导出；二则，三个儿子不争气，没挣到钱；三则，长子惠用懂得“有权不用，过期作废”的原理。趁当村主任期内，谋得原计划建村小学的基地建己房，至今没钱，在外赌博打架，被判处受监督管制于村。

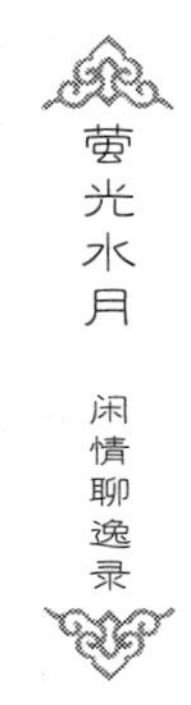

四栋屋基，其中和佳抢基到手比和康还落成得快。

和佳是祥富之孙。祥富本屋在村口樟树边，于一九七五年前后在上堰头后山脚下十把田，为儿子建了三间屋。儿子惠本喜爱看书，受旧侠客风度熏陶不浅，懂得先下手为强，言行朝夕实践。本身一所新建孤立的屋，没多几年就左手携子右手带孙，三间成了小五间。他所种的果树笋竹，是爬山能手游泳健将。屋旁山坡是他的林地，从村口直到内点沿坑都有他果菜领地。道理很简明："便者为已业。"这种人才，可惜囚困在大陆村，如若一朝面南而坐，以"邻者当我辖"必然能大拓疆土。

惠木生两子均为泥水匠，在困难时期业务凋零。

改革开放后全国勠力同心发展外贸，国民经济迅捷增长，外贸出口国际排序进入前二十名。政府为发展农村经济，免去了农业税，还鼓励企业家贷款向农村投资，到农村办厂，招收农民工。城市和农村差别、农民和工人差别很快缩小，农村生活水平急速提高。餐桌上象箸玉杯山珍海味，鸡肉、猪肉已厌荤；衣着穿丝衫腋袄胶履革靴，布鞋、土布早过时。浮甘瓜于清泉，沉朱李于寒水。杨贵妃的荔枝终年享有不歇。我国的传统思想，有钱人家多余资金不是用以扩大再生产，而是用以改善住房。一幢幢富丽堂皇的高楼拔地而起，拆建或新基造房一度蔚然成风。

和佳时运盛开，夫妻俩长年累月挣钱本来未计划建屋，看惠山以诡计占田为基，火冒三丈。自诩有资本有技能，决心与其斗角一试。抢到一方基地比和康报批更快，屋基更正当正脉端坐"百八十"。随即来料挖基砌墙，言正词锋没人敢阻拦。甚至镇政府都派人来过几次，奈何理亏词穷无法阻止。和康仅砌了两层，匠心独具的和佳已建成五层。农村建房政府准建三层半，他说："和康有两个儿子，必定建高屋遮光，我为何要低于他。"

和佳建到五层半才封顶。和康资金早已用完，只得与领养女父亲商榷，鉴于女儿亲娘造屋难得，领女父亲又借给他一笔钱，助他早日建成。

和佳蛮横建的高楼，直接受挡光影响的是惠松早年在坑沿建的三间屋。惠松屋本来冬暖夏凉，如今南面高楼一挡，冬没太阳夏无风。按历来他和他老婆的性情，必然高跳三丈，阻挠抢地建房，况且目下孙子是村会计，权大情威。出人所料，对这场轰轰烈烈的抢基建屋戏，惠松倒似视而不见听而不闻。村民百思不解，有人怀疑其受了贿赂，他模棱两可似真似假地回答："我承认收过他三千元钱，三千元喃?!”

和佳盖好房屋又在屋旁丈余内栽果树、搭工棚。另有乐周抢得屋基，还无资金造屋，暂成扩大地种植蔬菜。和佳为保卫疆域，与乐周大动干戈，弱者只好嘟嘴缩退。

惠松对整个“谋抢地基建屋”事件，归结出一句话：“谋猫偷肉，奸狗得福。”

二队抢屋基，直接影响到同村外点一队的情绪。目前二队抢田建屋，或许将来再来个大集体，那摆明自己吃亏。经公众商定，一队将二队抢建的屋旁田投标卖基。内点老支书潜陈三子跃用，养鸭挣到得了一所。惠本次子和丰，在哥哥和佳的壮胆下标得一所。

一队将部分钱分给社员，其余集体蓄积。

叁拾捌

道文共同暴秦积，道交畅通利民政。
随流修路更村貌，好事多磨途邪蹭。

大陆村有传闻，新中国成立前参加过乡保队伍的祥余，曾骑来一辆自行车。其他村民根本连手也未能触摸，好像自行车是十万八千里行程的灵怪。

一九七二年，大陆村一些人趁农闲时在自留地播番薯。为将有名头的“好溪番薯”卖得好价格，天微泛光，就起早肩挑车推，送到百里外的永康处出售。内点一个社员徐观注一车番薯刚脱手，逢上一个永康人推一辆旧自行车叫卖。观注好奇咨询卖价，经讨价还价，掏尽身上资财十二元钱把自行车买下，放车上拉回。

自此，大陆村出现了第一辆自行车。

大陆村外出道路高低不平，车辆无法行驶。观注买的自行车也只放内点供成人观赏、儿童玩要而已，英雄无用武之地。村口外土地都是外村人的，大陆村村民更不愿齐心协力筑路。一九八九年省交通厅指示县交通局，规划建黄碧街至平坑口的平黄公路。领导干部希望趁机改善大陆村交通条件，一班人在祠堂会议室紧锣密鼓地谋议，终究楔圆隙方无可榫合。律从路过祠堂门口听到争议声，入内问清所议事因。平黄公路两条线基，一过早宅一过大陆。早宅村争要路过其村，川一村支持，但大陆村没有门路可走。律从听后不假思索就说：“此事有什么可争，我去求人帮助便是。不过村里对该补偿川一村的田亩不必可惜呀。”众人闻声惊诧莫名，经摆说有利关系，也感动地说：“如果大陆村通路，一只鸡谢情。”

律从祖辈坟墓在方溪，方溪主人饶洪拜认律从祖父为亲爷。现今这位饶洪升任县交通局干部，其实律从与其仅一面之交，但热情洋溢留有好感，排行称叔。凭借这一点，为了全村利益，律从试求其叔，求其帮衬本村。

来交通局律从还认不得饶洪，饶洪倒是先亲切招呼：“律从，你来有事吗？”律从也不会说一句客套话，直接将大陆村通路愿望来意略述一下。随后要求：“最好这条公路通过大陆，如果说真不合适，希望能帮我村解决，通条机耕路也好。”饶洪二话没说，点点头：“好，这事我知道了，下次不必来第二趟了。”

平黄公路通过大陆村，并且拨款在公路进村分支建了一座拱桥，在大陆村口设停靠站，建起养路道班房。抽祥余子惠贤当养路工，由公路段统一领导。早宅、川一人说：“大陆村有人是交通局长的亲戚呀！”可是快嘴的惠松夫妇倒说：“我家已造好了屋，没东西运输了。筑条公路尘土飞扬，车声响杂，多事人真害人。”

拱桥的建筑由当年第一队队长惠兴承揽。他住房在嶙头下樟树娘外，本来打算将其门口一丘本队田便宜给四个儿子建屋，所以拱桥就建在古老大陆桥下游十米处。桥基和道班房用的都是一队地，理当由二队给予补偿，后因惠兴车祸去世未解决，多年来二队暂时每年承担一队农业税。

惠贤当过养路工，道班撤销后似乎道班房是他己有，锁门不修屋，眼看即将烂塌。

平黄公路车水马龙运输繁忙，后来政府改复线。好溪谷县有朝好溪谷市发展趋向，新碧是好溪谷重点工业园区。自行车已成老年人锻身器，摩托车时尚流行，赶潮流的还买汽车。

大陆村内外点的青年男女上百人，成了碧街园区各个工厂的工人。往来均骑摩托，大陆村因此被人誉为“摩托村”。

省政府下了村村通公路的指示，二〇〇六年十一月，大陆村外点筑成水泥路到村。

大陆村是个山窄坳长的山村，外点与下寮五里多长的路，弯弯扭扭，弯弯扭扭有九十度的转角；高高低低，高高低低存四十度之斜坡。外点通公路后，内点也积极筹划接通。

一九九二年，内点泰早坳人潜天正当选村主任，召集内点两队村民商议做路。村民筹集了资金，为免遭损失或防范反悔，将钱存放公社。天正同外点两队协商做路事宜，计划新筑路从坑沿一直延伸到金塘山嘴五谷神坛，到达雅寮。这条路基过惠山门前，没有涉及二队的田片，所过良田全是一队的。

一队社员为照顾内点村民利益，鼓励，协力支持望其成功。

积极行动的徐木兴费劲两天，将惠山屋前“五十”到“三百”几丘田的田岸、后堪扒耙成坯基，筑路工程奠基上马。但是铢锱必较的内点人，同外点人相比，有过之而无不及。没认识到道路方便，还局限于地方邻里鸡争鹅斗为食忙。多家提出“要做路就要做到我家门口，不然做什么路啊”的意见。村户分居的自然村多处，这样一户一路，支路比干路还长，重新多派集资又不情愿。潜天正左右为难，只得打退堂鼓，从公社取回所筹款，挨门逐户奉还。一波做路高潮就此偃旗息鼓。

二〇〇五年村委换届，内点雅寮人徐丁用当选。

丁用父辈兄弟四个，两个大的新中国成立初恰值青年，当上村民兵骨干参加剿匪平乱，捍卫新中国政权。丁用父和另一个小的当时都是儿童团成员，载歌载舞宣传政策，弄枪舞棍站岗查路。

大陆村山上野兽多，野猪、山兔、穿山甲、鹿、狐经常出没。为保护庄稼免受糟蹋，国家稳定后村中民兵改组成打猎队。电器化之后有人不遵禁令，私拉电网捕杀野生动物。

二十世纪七十年代的一个夜晚，丁用的二伯宫可在堂前坳山脚地边拉了电网，标识不明。第二天天未放明，丁用父亲上山割草路过，脚被高压赤膊线绊倒。伯宫梦中给警报吵醒，去收拾获猎野兽，发现电死了亲弟弟。

非法电网电死人理当判刑，看在双方是亲兄弟，当事人老实认罪服罪，免其刑事责任，责以赔偿损失，并搜禁上交打猎队枪支武器。丁用母乃看在自家伯父，精神受挫经济拮据，双方谅解磋商平事。

丁用当选村主任，热衷于山村建设，重新提出坳内做路议题。上下活动，一边从上级政府农业部门争取到平整土地基金，二十七万之多；一边争取内点大帮人拥护，挨门串户细致做路基定线工作，大胆规划筑路规模。

这次筑路外点沿坑沿住宅扩展到四米五宽，将坑水向东推移，重新挖砌坑水岸道，路面以水泥浇筑磨整。

这次规划对两队田种都有征用，除此之外还有两只私钉难拔：一是涉及以勤劳的惠本父子为主的沿坑果树竹木地；一是坑水东移，需与寸土千金的祥章自留地。

按照上次老规划，沿惠山门前直通的路基做路，正是惠山老狐狸待开的免门。惠山："做路是件好事，我们大家都应积极支持。"逢人宣讲劝理。历经近两年调协，给予惠本父子果竹相应赔偿近五百元。给一毛难拔的祥章暗里塞钱，使祥章终于放弃"换我一所屋基还得补助费"的无理要求，调换给他了合意的良田。

村旁定线无异议，不料一队对此路要过百般谋私的惠山门前一致不满。惠山已谋去一队四间房屋基地。他和他父两代人，对其屋后路房前田垂涎欲滴。这次就以情触景旧恨刺心，不让他如意算盘再得逞，这是一队村民不谋而合的同心意愿。"新路不从惠山屋前过，宁可移迁电灌房，原始路道拉直拓宽。"

一队建议的路线在惠山屋后绕了半圈。一是新路在上堰头转弯上坡后，更加平直宽阔；二是新路位于一队畈田中轴线，便于机耕，将来利于开发；三则泄了惠山屡屡损公谋私之愤。

平时扬威的惠山，没料捏稳的利益将成泡影，眼看费尽父子心机的阴谋终成画饼，失落感倍增。千方百计在钉钉铁板上抽钉拔楔。

惠山兵分两路：和禾的儿子元民上届当过村主任，于村一事无成。其惯偷的父母二〇〇六年元旦过后，再次试图偷盗邻居预备过年的鸡。以桑树干敲鸡房屋门，犬吠惊起淮又家外地来的放羊人。门敲破，鸡未偷到，白白辛苦一早起，还得贴一餐酒给牧羊人，指望免予揭露，"偷鸡不着失碗酒"。然而和禾老婆施氏尚以子曾当官为贵，村事件件插脚，咸嘴淡舌。

这家是大陆村一队人，惠山利用老婆对施氏做一队工作，两人正似稷蜂社鼠同恶相济。施氏因偷鸡无颜面对邻里，罕见归寝露脸。正巧成对手，搬唇递舌。

惠山亲自出马，上蹿下跳到处求助。村主任召集村民会协定做路事，被搅得二队有权威人士都不参加。为此一队佳禾等提出："筑路我队同意，动工破土要从外头开始，以免二队反复。接受前次教训，路做不成一队先损失田种。"

筑路终于从外开始，施工挖机进村停在惠本坑中水边，用半个月时间扩大地基。惠本子媳提出"地上果竹虽有了赔偿，地还没补还"，要以屋基田调换。

惠本的扩大地被给予了补助，沿村坑岸挖脚砌基。承包的人偷工减料，

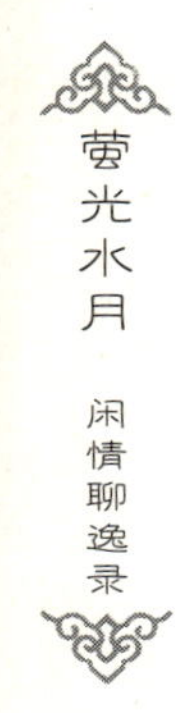

原来应以岩石筑砌的坑基私换用上损坏了的公路水泥块。

依据二队受损田户要求，得补还与外点连接的田地。但内点筑路后算盘自己屋基地，始终不答应。由于部分村民的反对，白天不便施工只能黑夜偷偷来挖田土填方。挖机压断了村口刻有“清光绪十八年，清廿五公”的一百多年古石桥，破坏了大陆村唯一也是全国不多的古石桥遗迹。

筑路本来是全村的公益事业，是件好事。然而丁用因为做路碰到的难题多，想依靠黄碧村大村势力办事，结果反被黄碧村人利用。黄碧村部分有权有钱的人看到新碧工业园区用水紧缺，眼珠子转动看到大陆坑水清澈，几个村干部计谋，向大陆村内点农户买去田地，在大陆村原股清水库外筑坝建库，设办自来水厂，截断大陆村水为私人营卖。他们与丁用等私写合约，只与内点每人月供给两吨水。丁用不知得了什么利益，利用村主任之职在合约上私盖了“大陆村民委员会”公章，私自奉送了常日流水量一千五百多吨的大陆村自然资源。这样一来大陆坑水常年断流，外点村民洗衣食用休说，种田全部靠天雨灌溉，万一住房火起消防用水也无备。用水受他人制约。常言说“靠山吃山，靠水吃水”，作为一个穷山村，如今欲需掏钱向私人买饮用水，何理之有？

丁用为内点施工方便，借助了大陆村筑路名义，对大陆坑截水有损外点，却甩外点于外做水库，引起外点甚至全村村民不满。

原来是川一村五六个干部利用他们村引进水泥厂，白用水泥谋划私营自来水厂，结果碰上钉子。为了压制大陆村村民反对，他们拉起了“共荣圈”的幌子，拉拢川二、川三村干部，发起黄碧村三个村的村民大做舆论，讽刺大陆村人“心奸，路做不起”。

其实，县、镇和驻村指导员也看到，做水库截流给大陆村带来了许多问题。不过作为领导干部不便站在一个小村立场明讲，只能点头“你们‘协商好’，不要随便签名盖章”。

和佳等人借助天发大水，以钢棒撬翻了古桥端刚砌的路基，阻止了筑路工程的施工。村民提出：水利资源应由国家政府开发，以后若有问题政府会帮助解除，不该私营；大陆水资源大陆村该坐分，内外点一视同仁；大陆田畈灌溉需要解决；破坏了古桥梁该赔修。县水利局答复“基层未协商好，做水库报文不批”。为反映群众意见，书记吴江十月廿九日组织村民赴县上访，提出建库报告中根本没有考虑到本村灌溉用水问题。

上访人中有惠山一员。村民拒绝做水库截流私人买水，反对筑路正合惠山意："我有发言权，有话我就要讲。"村民反对筑路是疑通路后便宜了黄碧村人做水库截流。惠山因为路不从其门前过，正好借"维护村水利资源"的梘子，煽动拉派反对筑路。他说："我此屋发丁。""以后即使你们一队人同意筑路，不从我屋前过，我们二队人也不肯。"言下之意"二队人由我门下控制"。

在农业学大寨年代，大陆村社员将吴弄口和山早口的水库边几丘田平整成大块新水田。当时水库管理员徐立焕生怕大陆村人淹埋了水库浅水区，会缩减水库的容量，在砌田岸时不辞辛劳，天天立看基石摆放里外归出，不准改田时伸入水库一分一厘。

由于碧川水库截断了抗日时破坏的碧仙公路，新规划建环城公路自然得破山改道过早宅。筑路破山堆放多废土石，承包方与农业局联系征租大陆村吴弄坳，包括所改新田用以堆方，借利投以平整土地。土地得到平整，堆方有收入，痴呆才不为。让几个谋划做大陆水库有钱人一番戏弄，碧川三个村的干部，眼红堆方有钱收取，前事未了复斗气寻事端。"大陆两丘新田都是水库地改田，田基原属碧川水库所有。"碧川干部约来几位喜欢摇旗呐喊，不明真相的人去大陆村"解决土地所有问题"。经村干部和当年老辈吴培圭、陈惠山等争辩，以及当年负责筑建碧川水库的徐显章证释平事，暂且了之。

为改变农村面貌，企业家向银行贷款，条件之一即投资向农村，到农村办厂，招收农民工人。省政府拨款平整田园土地，修筑机耕道路作为农田基本建设。川一村从上街村口到大陆村后山修了条机耕大路，因为两村为截流建库有矛盾，故意不与川陆古路连接，声言："大陆元民谋占的屋基，是祥旻当村主任时送给大陆村建造大会堂的。如今让私人占有，必须收取代价。"

警语似钟撞，捉弄得牟取的人心急如焚。

叁拾玖

当官容易成事难，误念杂私慎试尝。
村点队人四级怼，因凭先科一念差。

时逢轰轰烈烈的换届选举，不同派别的人拉帮竞选，甚或引发群斗。主谋大陆村坑水的原川一村村长申赃，拉派争斗中，挨对方破门掀桌拳击掌劈多次，不得不放弃争权夺利。

卷风扫地，灰尘飞舞。选举中虽则政府要求参选者写下自荐承诺书共唱一遍：

各位选民：

按照上级党委、政府的要求和选举办法的规定，现在我以候选人的身份参加竞选，如果能赢得广大选民的信任，使我顺利当选，我将严格遵守以下几点承诺：

一、模范遵守和执行宪法、法律、法规和国家的政策，严格遵守《村民自治章程》和村级有关制度。

二、坚决服从上级党委的领导，认真协助上级政府开展工作，以村党支部为领导核心，不折不扣地完成上级党委、政府分配的各项工作任务。

三、带领村委会切实保障村民依法自治，维护全体村民合法权益。工作认真负责，办事公道，廉洁奉公，热心为村民服务。切实支持村(财)务监督小组工作，严格按照规定进行村(财)务公开。

四、全力协助村双委制订并完成《村双委三年创业承诺》和村双委年度工作目标。

五、如果本人有以下情形之一的，我将自动提出辞职，并将今天的竞选演讲书作为本人的辞职请求书，希望全体选民严格进行监督：(一)不执行党的路线、方针、政策和国家的法律法规，拒不完成上级党委、政府交给任务的；(二)工作不负责任或盲目决策，给村集体造成较大损失的；(三)严重违反组织和民主集中制原则，致使班子不团结，影响正常工作的；(四)一年内无故不参加农管处、村召开的会议次数多于一半以上不履行职责的；(五)受党内严重警告以上处分或受治安拘留十日以上处罚以及受刑事处罚的；(六)违反财务管理制度，奢侈浪费和损公肥私，群众反响强烈的。

六、如果我能当选，将全力配合村党支部、村委做好各项工作，搞好工作。

如果说广大村民充分信任我，请投我一票。如果大家需要继续考验我，我也绝不气馁，努力提高自身素质，以争取今后能再次得到大家的支持。

二〇〇八年五月八日

但香烟分发尚可，拉帮卖诺照常例行。有当众张口嚷嚷“我若当选，投票者每人一斤香菇”；有私访暗塞“百币红钞”。

欲壑难填，本来一心想让川一村机耕路接大陆村老路通达自己谋建的新屋门前的元民，如今见路建不如愿，加上川一村人追讨屋基刁难。自明尽管无能，若不当“官”奉情大村，必招私惨。有志者事竟成，元民在竞争中又赢得一任村主任“官职”。

供水和筑路是当时能获得政府村建款的项目。由于大陆村村民的反对，碧川三个村联络麻坳，似以碧川水库为水源建自来水厂，独抛当年大公社时共建的大陆村于外。“一事不成万事休”，经大陆村村委会议决议，大陆村路、水都要做。依外点意见，筑路损地以一亩二补还一亩，还加百分之零点八的日照低产补贴。依内点意见，自来水供水池要筑到马漱岭，以利全村供水。在大陆村古时年老人对吵闹的顽孩有句吓唬话：“再吵一脚踢你出永康县，还闹一手摔你上马漱岭。”外点人闹意见不让内点造路，真的欲摔你上马漱岭了。

协议未达成，急着筑路的一方，就发动村民沿道挖沟砌坳清基，并租来挖掘机施工。

大规模的动工，引起反对筑路的人的抗议。一马当先的是外出养鸭刚回家，对现任支书最反感，凭“文化大革命”时期当过村革命领导组组长的惠芳。接踵而至的是被生母改嫁抛弃，蒙惠山操纵用以重金拉买赢得“村人民代表”头

衔，与元民竞争村主任的尧朗。惠山平心静气地站在旁边看着一帮狐假虎威之徒和一些与本届村干部有矛盾之人冲锋陷阵。

挖掘机开到村口刚过桥，就被阻截停在樟树脚下不得过村。正在清基施工的内点村民，闻讯气势汹汹地带锄赶到，双方势均力敌，一场恶斗一触即发。好在大家历代都是近地人，今天拉脸明日还得见，两方仅动口不动手。双方只对挖机操作员下令，内点人护在机侧督促开机上路，外点人站于机前阻止轮链前进，惠芳更是坐到链条上让它移动不得。

村里的蛮牛斗角依然僵持不下。外点帮不准挖机进，内点群不让挖机退。吃饭睡眠外点帮轮流职守。苦了内点人只好跑去黄碧村买快餐供食，家人送被风餐露宿在挖机旁。直至第三天，生意忙碌的挖机主认为"即使付给他耽搁时日的工资，也延误不起别人的生意合同"，邀集来多位合资者去大陆村扫路开机。月央等几个内点妇女哭诉抗拒，卧地阻挡。被这些身强力壮的年轻人如同雄鸡啄米，一把抓起甩到路边，强硬开走了挖机。

农耕路承包合同近日期满，缥缈小村一事无成塞路后步。村干部赴城去县政府找惠大商量，取得上级"由惠大担保筑路要成，暂留专款"的决定。

"大陆做路，我来承包必然稳当，"惠山孙媳的哥哥说，"我外甥家一门不来反对就成了。"

惠山的孙媳哥哥，就是援越战争惊呆乱神的和亮母舅成尧，自以为同惠山门亲，该有面子，至少自己的三个外甥该鸡犬升天。便约同川一村有后台地位的名人，兄弟在中央干事的元富次子，兄弟在县公安局干法医的早早幼子等人联合承包筑路。

为报惠大对大陆筑路项目费心，村干部计议拉直他门前凹路。原先谋占了大陆村路边空基地的巧梅又是不服，故意将她孙子新买的一辆三轮卡车停放屋前，还放两块大石于车侧，让打工的伐木人推着千斤重车弯往刚填的坎凸不平的道路。拉人便是诉说："上道坛路这么宽还扩建，我门前路如此窄却不加宽。"还有二队一帮人，指着巧梅门前隔坑，争占建屋的那丘田跳着吠："做路伤着我队田岸，需赔偿七千元砌基！"

山林起火扑灭甚难，突发洪水堵塞不易。新班子承包人组织工匠去大陆施工，只见坑边沿路严阵以待，将士杂观众一大群，鹊噪蛙叫声中似有："都没有商议好，哪个答应过动手做路呃？""没有讲好，莫动我大陆坑一块岩石一根草。”……

施工人员拿锤子下岸，就被人推开。先前下去的一个石匠视势不可动勘，顺手无意拔起株草。便有人愤然吠责：“再动我就捡块岩石砸你死！”

承包队长打电话给大陆村书记、村主任，看情况严重，需要停工。

临行承包组对这帮碍事头人警告：“尧朗你不要太威势，你房子基地是碧川水库的，逞威我们先拆除你那房子。”

晚上一帮青年聚集元民家，明言警告曰：“你不讲妥答应做路，你也没得好果子吃。”

第二天晚上惠大来家，想劝说京土两子，不要为元民不给安装有线电视就斗气难为自家人。惠大同镇干部一起主持召集了内、外点代表会议。会议双方唇枪舌剑，内点只来了几位妇女和迟到的土贝，惠大为了成功做路忍耐解劝，忍辱负重听得一个晚上内讧。

吴江暗视新任会计聿韦，似难执笔记录，拒将乱哄哄的意见写成协议宣读。

“连一张合约都写不了，有何能耐当会计？你交出本子吧！”写不了证明结不出账，被原会计嘲弄了一番。还有一个凡事专门找茬的应韦，是当时任镇长的祥旻外孙女婿的表弟，受惠山派利用，自逞锋芒。镇长不宜面训，请另一表兄来其家解释，仍说服不了，拎了记录本就走，集会不欢而散。

整个会议轰鸣不休，其中一个吴江，一个惠山自始至终都未插嘴。

“惠山你等一下，”人散完后吴江叫住惠山，“轰轰隆隆一个晚上，我一点也听不入耳，到底说些什么你知道吗？”

“知道。”惠山对吴江叙说了以下要点：第一，先做自来水池再做路；第二，做路损田以产量计亩补偿，包括黄平公路损田；第三，自来水池定建在根兴屋前；第四，池成自来水管起码要拉到幸福井后再动工做路。

还不是计谋下步，幸福井外大路改做能通他门前。

上午吴江又去惠山家商量：“没有路先做水池，建池砂石料都得人力肩挑，似乎困难，是否可以调个前后？”

“不行，路做成再求其做自来水池，倒置求情外点成被动。内点不让做水池，路也不可能做成。”

“你把昨晚决议向大众宣传宣传吧。”

肆　拾

高心红萍水面漂，无根绿藻随流摇。
没好人家空挣钱，邪道纳朋终挥空。

大陆老农会主任，历任一队队长的惠兴，生三子三女。改革开放后操老行卖小鸭，挣钱育雏，生活尚属宽裕。

陈板的一位朋友将其幼女才月许配给他的长子和进。婚礼举办了丰盛的酒宴，欢天喜地请客。二八佳人沉鱼落雁，食间人人夸贺惠兴娶得一位闭月羞花巧媳妇。原来两年前律从曾到陈板炸米花，此处孤家独户若隔世桃源，看到这个无好教导的女孩。因为惠兴凡有事都与律从商议不瞒，律从于情，有看法对他也直言不讳。离席后闲聊，律从私语惠兴说："你这种人家娶进这个媳妇，恭候得住吗？""该勿牢我连毛都掔她落。"①

强硬的态度似乎有绝对把握，很有权威。可惜惠兴饮食贪杯喝酒，熬夜玩牌不休，晚上来劲不要睡，白天无精打采打瞌眈。走路低着头不顾前后左右。一天去姓尚联系生活，在往来汽车频繁的黄碧山公路，照常慢吞吞行动。以为快速行驶的汽车，也同走小路一样，"大路朝天，你着急，你走一边，你自抢头先"，行人会尊重他年长，避让路边。汽车多次鸣笛，不料他仍然横穿，结果惨遭"车裂"。

家庭无主，女儿出嫁，儿子分居各食。妻子也烦恼成病，郁郁寡欢倍伴夫君而去。

次女嫁原西弄徙居上厂口的徐工土。工土老实勤苦，早出晚归。妻子没照理好两男孩，两儿去近处川三顾山屋玩泥墙土，年久失修的破败山屋被挖空墙脚，突然倒塌，压死了长子。妻子厌恶丈夫过于老实，携小儿改嫁，工土

---

① 该勿牢我连毛都掔她落：不听话我把她毛都给拔下来。

独自单干心身受折磨去世。几年后妻子改嫁携带的儿子长大，打工刷墙时也葬送墙下。

在集体化的年代，靠出门养鸭发财，置起一户好人家的路遇可闻，却不知投资创业并非无风险。改革开放后，附近地区妄想发财的养鸡鸭户，散布广东、上海。身缠万贯扩业行事的不鲜；喝风多年赤手负债，回籍借助的时常有见。惠兴二、三两子均出外养鸭，十几年劳而无功。这年鸭场雷雨大作，洪水澎湃，眼看鸭群就要被冲走，惠兴二子若无其事，躺在床上抽烟，头顶乌云中的雷公斥责他不该贪懒，下大雨不知收集鸭群，一口唾沫吐到他头上，不料因此击毙了他。

从前祥吾靠儿子卖壮丁建得一所五间楼房，惠兴得一半和上道坛古祖宅。依据长子不出房，惠兴长子分居十八间祖居，磷头前大房、转厢，二、三子依次各一。

惠兴在世时借威望之荫，其媳妇才月，尚且和睦俭朴，生下二孙。待惠兴安息，其家就不安息了。才月招蜂引蝶鹰旋航，引起门口奸狗相咬，最终还是抛子弃夫回娘家改嫁去了。

长子和进两孤子拖腿，没本钱外出养鸭，靠与人打零工养子度日。和进分身乏术田地荒芜，住房小漏无所谓，大漏懒得补。干脆寄居外出养鸭的两弟空房，一新洁空阔，二道平路便，三帮弟顾家。住现房睡现床何不享受？眼看自家桁栋受久渥，伙房倒坍楼板霉穿，桁檐烂断视若不见。父亲为其娶亲，辛苦办买起的橱柜床桌，都缺脚断肋。母亲一生勤苦无闲，常年掰麻织缯，编织的一床麻布蚊帐，也触手成灰。

儿子长大了，虽为一对青壮后生，却情性疏劳。看别人生活好过，羡慕而又恃力傲视："要我去种地挣钱，我宁可讨饭。"大后生在家闲散，实不像样。姐妹兄弟姑母表姨，难过意，借款集资，帮助买来钻井机，倒是一买两台，兄弟各一。

由于当时政府环境保护措施跟不上社会生产形势，工业污水和生活污水严重污染了地表水质。没有自来水的地方，或野外棚铺住户，喜欢食用深井水，既方便又卫生。钻深井一时尚有风气，生意兴隆。

机械钻井每米五十元，钻一眼最浅五十米的井，即收获二千五百元。有的地方人家要钻一百多米深，就能挣到五六千元。如此发财的生意，挣的钱

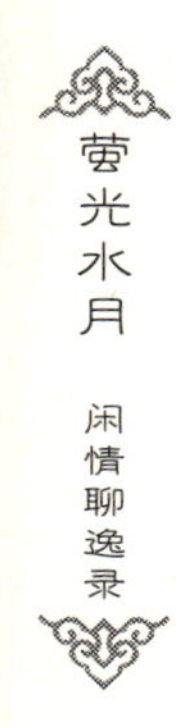

花也花不完了。操作机器需力气，太劳累，但也比常年在外被雇用的长工好，没井钻时还可在家里烧饭。

有钱喝得千山转，两子如此发财，忙得和进整天抽烟无停休，三餐饮酒无计斗。一根三寸长的旱烟筒不离口，身披牛皮嘴吹牛，赶紧申请批屋基建新房。

这样有钱的有为青年，婆娘见了悔早婚，姑娘见了爱无忌。不到两年兄弟俩都跟来了配对。

一位外来打工的甘肃姑娘，经娶不了老婆的祥丰四世孙的重婚妻，以其同乡情面介绍于和进之次子。来往食宿了近一年，离“职”还乡，去之悠悠矣。

和进长子元涌到靖岳钻井碰上一位姑娘，三言两语一谈就成。经对方母亲同意，新婚新风尚，不用媒妁聘礼。前男后女骑摩托过门，就是“娶亲”了。

媳妇进门不费八个月，便产一子。申报户口，“没办结婚登记产子，违反计划生育规定，罚款二千”。

名声幌幌挣大钱，金钱收受即花完。买机借款未还过，维修进件复添债。罚款二千哪来钱，有妻有子管他天。地涌老婆天落子，其中更有密根源。

这靖岳来的女子叫飞丁，娘家父母不睦，父亲早弃世，母亲常年以赌博为业，夫家财产输光，最后只能将房屋变卖输完。如此下场还赌性不移，将十几岁的女儿出嫁，收纳聘金万余，租房寄居继续行赌。

出生在这样无爷娘管教家庭的飞丁，模拟母亲性格，有钱就用，没钱就向人借来用，或“某地有某好物，您要拿钱来我帮你买”，骗上手就自用。受借挨骗的人，再也要不回钱，得不到货。

常言道：“有借有还，再借不难。”飞丁借钱不还，骗人失信，当然失交邻里，邻居眨目看。花钱如流水，丈夫难免不责怪。内责外忌没脸做人，带身孕偷逃回娘家去了。

“那个老公要骂人，就不要回去，再嫁一个。”嫁女一次，收获聘金上万垫赌本，世上还有哪项生意比得上啊？！

心想成事事竟成，恰逢来了个钻井的发财老板，聊及婚事一拍即合，即时完婚。

飞丁离弃丈夫重嫁，前夫对这种货色毫无惋惜，巴不得滚开远些。但是对飞丁娘说：“你卖囡收受的货款，不得少分厘不还。不然的话不给办理离婚手续和户口迁移。你囡肚子里带了我的孩子‘改嫁’，我也不上告你‘重婚’。让那个招受你的人，帮我养育儿子长大去吧！”

飞丁到大陆村，衣服脏了不是换洗，必须买新的穿，小孩三餐粥饭不喂，买零食与小孩同享。要钱向丈夫要，新婚夫妇添粥加饭理所当然，可近来钻井生意萧条，收入无以维持畅流需求，爱妻只得故伎重演。聪明能干，天性明悟的飞丁，招数迭出。

招数之一，即以当家的身份，向夫家亲戚恳言：“我家钻机坏了，急买零件修理。某某还欠我家几千元今未付，暂借五百，到款就还。”拿钱给赌婆做赌本去了。

骗招之二，看到某摊贩处有件自己喜欢的衣裳或新鲜的食品：“某某还欠我家几千元今未付，暂赊我一件，到款就还。”

可住邻近村民嚼嘴嚼舌，一传二，二传四，人人对她都有顾忌。

“养猪不离大麦，人居不离祖宅。”自己房屋花点钱，修起来总是自己的。在一家三口住弟房，同无名食客乐呵呵的时候，和进那十八间旧房日过日破败。道坛邻居以至给惠又养羊人，都为之着急，见到和进父子就劝说：“一间尚好的房子，怎忍心让其倒塌，一房屋瓦倾抹亦可惜呀。”

和进“叭叭”重吸两口烟，往斜柱上“咯咯”磕落烟渣，顺手装上第二盏旱烟。还没点火，就喷你浓烟满面，不耐烦地给多嘴者一个明理解答：“我屋基已批下来了，要修屋子，这些钱还不如拿来造新屋子，以后造房子也用水泥板，这些屋瓦没值多少钱，不会用了，这个屋子就管他倒塌去了。”

多次这般回应，日久后管人家闲事的人也少了。

一天晚上，樟树脚屋里一班人闲聊，忽然转谈上住房经，引得和进父子争论修屋案。门外一脚步声过往又回头，突然门被推开，有人进屋对着和进就开口：“照我意见那间屋应修起来住，住人家屋不如住自己屋。这里的房子，你弟到时归来，他自己要住，到时你们去哪住？”

一贯“只扫自家门前雪，不管别人瓦上霜”的律从，大概饭后散步路过，听到和进父子争论修屋事，本不想插嘴，奈何心里不过意。

“一间屋修起，父子三人，三家横竖住不下。那所八十平方米的屋基，建起来就有地方住了。”

“你家屋基在哪里我不清楚。兄弟两个，还有你，父子三个发财了这么多

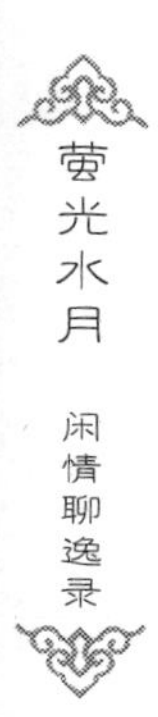

年，墙砌多少高了？动过墙基了没有？有一块砌墙脚岩头放那里了没有？多年来积存了多少钱了？什么时候能建起一层？”

一连串的问话，让屋子里谈论很热烈的人，目瞪口呆凝视聆听。

“我是想八十个平方米，先修一层可以住，一个人一间就好住了。”

“不是一生做独自人的话，每人一间也不算数。兄弟两个，各挣各自的钱，叫他们集中给你这个家主造屋，你有能力指挥得动吗？个个都烧起有饭只管食，饭米哪里来，谁付钱不理事。挣到钱落自己腰包随意乱花，叫他们各人拿点钱出来修屋还做不到。没钱用，还会问你做爷的要。你和进快拿钱出来，屋基那里建起来吧。我来住，爷的钱建的屋，大家有份。”

这些是和进长子、元涌出口的怨言，樟树下议论可闻。

“依我说八十平方米的屋基，一个人也不算宽。兄弟俩，屋基让给一个人，另一个自修旧屋住。一个人八十平方米如果觉得多了，你主动留出给另一个。修旧屋的一个，若有屋基空着，你喜欢，不论多少，先动手造起来。旧屋如果嫌小，有资金自己去申请再造。”

“今天我就是多嘴，给你们提个参考意见。目前造不起新屋，先不要让现有旧屋倒塌，怎么处理当然在你。”

说完律从就出去了。

“律从从未讲过这么多话。”

“律从讲得没错。”

“屋应该要修起。”

……

众议纷纭，和进哑口无言，只管抽旱烟。

“我是要修起来，住到上面去，”元涌斩钉截铁地说，“我没钱造房子，有点地方住下就好。”

“那你自去修好了，”“咯咯咯”和进往地上磕掉烟灰，再装上一筒，“叭叭”又抽两口，“那后面的柴火房，给我隔个小房间，要留给我住。”

“那也好。一个现在修破屋住，一个来日造新屋住。爷没处归，还有一个柴火房角住。”

“哈，哈，哈，就这样定好了”

第二天，元涌去上道坛清理破房，缺椽断桁，便去找律从说：“临时去请木匠师傅，他们都回答我很忙，没工夫，没办法。”

昨晚发了一顿残嘴，还算有效。今合意修屋，能帮忙则帮助，律从随口乐意应承：“那我给你做吧。”

屋修好元涌和飞丁母子，三人住进了“新屋”。

出生坠地时光，接生婆给她洗过三朝，再未浴过澡的飞丁，或许是出于节省，怜惜肤表一层细胞无偿脱落，不利保温，外衣脏了买新的穿，以视富贵。走到邻居房里“香”气扑鼻。夫、妻、子三个，搞卫生习惯成自然，拉尿自觉会去门前，环绕道坛各家门口垃圾沟作“小便处”。拉屎自觉会去屋后茅竹园，搬放两垫脚石作“大便处”。夜省夜壶，日免提劳。

邻居看到她家归屋时，“陪嫁”来的，显然是很多只穿过一次堆积如山的脏衣。

“飞丁，现在你是我们的邻舍，该当知道我们上道坛祖规习惯是勤劳节约。嫁夫妇女称‘宁家’‘能家’。一户人家欲安宁兴盛多半需我们妇女能‘做人家’(节约)。”

“一间屋也不是你一生住宿，生活杂用应‘做人家’，积攒些钱，计划造新屋。”

“做母亲领小孩，三餐粥饭哄喂饱，钞票不很多，少买零食逗吃，从小培养‘做人家’习惯。”

十八间妇女，有空的时候都耐心地给予指点，情真意切诚心“护林”。

“你屋后那堆全是尚好新衣，堆弃霉烂可惜，抽空洗涤净洁都还好穿。”

“我没工夫，一人小孩拖着要抱，怎么洗衣服。”

在众说纷纭中，飞丁买来脱水机。洗了几次孩子换洗的衣服，嫌大门口坑水路远踏步麻烦，便端个脸盆到井边洗。

大陆村地处古老的仙永大路边，浙江内地供用的食盐等物资，都是由生意人肩挑背扛，从仙居往永康、金华贩运。生意人路过秧田桥，口干不喝坑水，要去半里路外大陆村十八间水井喝水。大陆村十八间水井的井水，由于山水深泉渗沥，入口甘甜下肚清爽，闻名四周近村、过路远客。近邻都自觉，历来食用井旁，不放脏物不洗衣服。

有人说她：“下次不可放井边洗衣。”她说：“坑水路远，孩子没人看顾。”

元涌也责她几句。飞丁受卡，挥钱不舒畅，借势大声叫骂，比男人还凶。

元涌无可忍耐，拍打她两下，她更加高叫："打死了，打死了！"好在通信方便，随手打电话"赶娘家"。有教调的赌娘立即带打手赶到。查问咿呀说话的外孙："谁打你妈？怎样打？用哪根棒打？打哪里？"

左右邻居都出来看这位明星的表演，批评她囡懒做事、滥花钱、不洗衣的种种不是。

"我此女都是让她爸爸宠爱坏的，在家从来不洗衣。"

在众人解说下，赌娘自知不宜逞威："在这里挨打，不如回去！"

领女回门，以便再捞一把赌本。

不料飞丁娘家上辈，当夜来电话叫元涌接回。

和进两子一样懒，为想挣大钱，借钱买了两台钻井机。每人供起两个钻井工，各自在家背手闲荡，互比"清水老板"谁做得清高，归根是穷途没落一身债。

大的收来施工费，夫妻俩任意挥霍。年关将到，拖欠干活工人工资，工人来电话："昨夜钻机部件被'偷'了。"

小的钻井没生意，钻机修不起，任其锈蚀。利用父亲与亲友养鱼养鸽之便，"节省"下饲料拿来自家养鸡。盗网池鱼回家"请客"。还养起一大群狗，三天两头杀狗燎毛，会聚酒肉朋友。原来嫌家穷夫呆，弃夫抛子而去，二十多年从不来往照料的生母、母舅这回又"亲食"起来了，引得十八间大道坛"苍蝇"嗡嗡乱飞。

以前邻人劝其修屋不修，元涌修了屋，或鱼塘主有疑逐贼。现在的和进是餐餐去"老家"用膳了，同时带来次子及寝食跟随的一个女子。破败萧条的一间住房，"改革"成一间屋住"六户四村"人，人丁兴旺。摩托车进出不便，推借酒疯，将历龄两百年的大门槛敲毁，道坛失栏"风水不聚财"。

难怪酒糊涂高傲地说："我二子很能干，年三十，还挣七八十元一天。"

对此有人斥责说："一天挣七八十元稀罕什么，若一天用八九十元还不是要赔本？"

陈氏祭祖仪式隆重，大陆村人少丁单，办份祭礼也有困难。有同去拜祭的，约伴不知自己家祖爷爷坟墓在何处的飞丁也去。热衷于赶热闹的飞丁，看到陈氏祭祀场面如此大，羡慕得逢人搬嘴摇舌："大陆村也是姓陈共太公，怎么不轮流办祭？""不轮祭被人看不起，大陆村多倒霉呀！""这点祭礼办不起呃，不知让人笑话。加入轮祭，我出钱买呃。”

挑动得五位青年人，包括飞丁丈夫元涌都热血沸腾：“好，无钱办祭我等每人掏五百。”

“你俩向族人议定吧，明年我村也轮祭。”惠山领几个青年，去找任第五届虞山陈氏修谱副编的律从。

“办祭要花钱，我们村小人口不多，资金有困难，大家有尊祖心意就好了，还是搭拼川一村年年去祭祀拜扫就是了。”

“资金没问题，我们每人先掏五百。再选举个头领，向各家求捐助。”

提起捐资，律从不由得想起两年前修理祠堂捐款时的情景。

肆拾壹

倾心欲望枝杈茂，分支只知妒兄高。
仰盼上天落财雨，不理母疾医食耗。

律从上中学时，家庭经济困难，在老师和同学的帮助下，前几年学费得到减免。“反右”时因“路线问题”，减免取消。没钱交学费和家庭零用，只能假期和星期天回家砍柴挑卖。

不料弟媳进门，平安不了几日，便将饭锅搞破。还三天两头赶来上门吵骂，说给她的聘物都是“旧料”，“大子公不在家，家有个小子公”……陈家招进的美名曰德扇，据其日后扇风作浪的本事，名号“阴扇”更名副其实。

新来弟媳不管家，闹翻天。兄弟分家常情，律从不得不要求分家。

外婆问律从：“分家住房怎分？”

律从说：“东首插下间连楼梯与重修后的西厢房，他喜欢哪一间，就让他们。只要让我清净一点，让她自主当家，不吵就好，不然我家永无宁日。”

律中与村友背地里征求意见后，却说：“两处都不要，我要娘住的这间房间。”徐露也只得奉情免吵，让床让房改睡插下间。让他们住娘房间，让娘常住外婆家，还不满足，嫌家里家具破烂，将娘的衣柜玻璃镜敲碎，还倒说律从“厢房修好你倒去住了”。

徐露娘跌伤腿，徐露住黄碧村照顾母亲。家里一日三餐没人煮，得德扇自烧。德扇里外要干，几日即火冒三丈，在灶前敲木勺骂鸡娘。

“呐锅灶怎喃烧烧呃？”拎到锅铲就借物泄愤。“当啷”一声，一口好铁锅只得低头认罪。

律从知其连日用大锅烧两人的饭，娘偶然回来用不顺手，就叫娘将自己新买的两口炒菜锅拿一口过去暂用。可落到德扇手里就是“娘遗”之物，理当长用。

兄弟分家，为哥的只从娘手拿来几只碗。自己在后披屋用石头当灶，到丽水买来一口铁锅，两口饭锅。弟媳吵闹把娘的饭锅搞破，娘没锅上灶，律从只得敬奉。

律从十岁时外婆送他一个七斗窑作为纪念，家里还有一个让与弟，也是无情的“合理”。

噩梦成真，兄住下房，两后披。弟两连房，两后披。兄家三口为铺床，隔房前后两半，弟趁哥不在，铺床于前半，摊猪栏于邻己哥方后披。

徐露拄拐杖在原自房门，观自己房间，律中已在其中铺前后两床。

兄问娘：“弟要在我这边也铺床何由？”

娘答：“弟嫌自己那边一房二床，前后通路窄。”

兄说：“那我这边土墙加厚房更窄。”

兄妻从背后拉夫进屋，用餐，娘弟俩抬床出兄房。

律从想兄弟两个只住祖屋不建房总不可能。为计划建房，律从逐步换回被外人占用地基，兄弟商量共同造一所七间屋，和气共住为上策。因有难说和的弟媳，见世人兄弟不和，屋之中堂筑墙隔分者不鲜，认为不如各建。律从预计拆除古旧的后披屋柴火房，一朝东，一朝南，各建一座五间。两屋横门同道出入，兄弟见面多有利和睦相处。律从向政府批得一点二分地，为留有方正屋基于弟，让弟屋基完整，拆除己方披屋，筑好基墙，仅用了零点九分地。为排基与边户争基得罪了祥旻，祥旻向律从“商量”，让地一垄给他建房。律从说“我计划好要给律中建一所”后被祥旻破口大骂一顿。

不料律从建厢房时，为让屋方正，求律中旧披舍缩让几根椽木，律中却开出了条件，要律从答应娘所居房间归他所有。为不让檐水湿墙，律从做条引水檐沟，弟媳坐着顾看，说：“你这样，将来我建屋怎么办？”当时娘对律从说：“等爷回来，让爷对他劝说。”

屋基邻近工作没有做好，就动手批基建房了，让邻居惠木钻了空。惠木要律中多留余地给他，指定要他拆退多少就多少，这样筑好的墙就得南移迁，预制好的水泥板就得伸出墙外。律从早先开通的北边路道，也被惠木建成粪便屋阻断了直通大路通道。之后惠木扩建旁屋开门，门前栽树，树盖屋上，树枝扫落屋瓦，落叶塞阻房檐水，律中不敢开口，对外都一点不敢吱声。

建新屋娘出钱预制水泥板，哥方需多用一块，娘的钱凭啥哥多占，弟也要

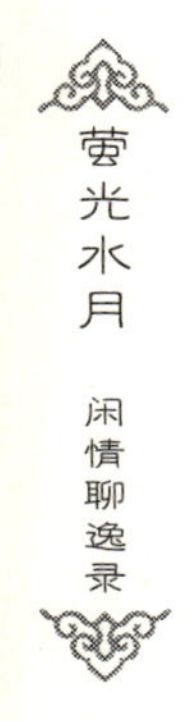

多浇一块，放外面几年锈烂，才是合情理。而律从买水泥在学校浇制水泥钢梁，帮着为律中新屋钢梁也一起制成，此乃合理顺归。

一九七七年恢复高考，律从受学校聘任民办教师。哥当老师弟种田，律从有点不过意，只有弟比哥好才能免于将有的嫉妒。二十世纪八十年代律从闻讯丝厂纳款招工，急与娘商量凑合资金，让弟也上岗有安稳工薪收入。娘钱不够，律从向学校借款代付。当时律从月工资也只有几十元，还了一年多债。可律中嫌工作苦，弃职退款回家。经律从再三说服，才复工。后来当上了“科长”。丝厂黑班子策划贪污，“科长”分受污水而满意，不正立抵制，弄得丝厂倒闭。结果是全厂工人失业，自走暗道绝路，再后返家务农。

律中伙房本有门道通大闾门，被和禾扩建伙房闭掉门，两元钱出卖了沿道泥墙。律从看穿和禾续谋闾门外厕所基，及时向政府批复重建平屋。

律从带孩子在校读书，也包括律中的孩子，都在房间吃饭，买菜大家同食。校食堂罕见做馒头，每次每位老师限量不过三个。到时律从多买两只，每人一只分吃。有一次按供应量买来，与大家说明“留着放学送回家，让祖母尝鲜”。

律从父亲回大陆，贵客往来招待，各种支付全由律从经办。或许父亲知道开支大，多给了律从一点零用钱。律从视父赐美元如宝，一点不动用，计划积蓄为儿孙买屋。

集体化结束，生产队便宜出卖双人机动打稻机，娘花两百元钱承购买入。律从进行大修，为移动方便，改双人为双单两用。律从今无能种田弟独用，娘不喜欢他任意借人，房门钥匙交自己保管。二〇〇八年律中要用打稻机，娘找不到钥匙，律中以为是他有份的东西，哥哥不给用。

律中为媳妇方便省力，在灶台前打井。所挖的井靠近哥的横门边脚，让当年无力固建，浅显的墙脚，长年渗水成软泥。使门边一端下沉，墙体开裂，粉墙剥落。律从求弟移井室外，弟不干。多年后裂隙增大，门垫压断。律从不得已自己动手，自截门路，在其屋后，自家横门口为其筑深井。

只要眼前不吃亏，东西烂掉会遗忘。娘去他楼上取自己柜中谷，上楼踏破年久失修之楼梯板，差点跌倒。哥过意不去，第二天使弟拿板去修理。“全靠弟担柴卖，培养哥哥读书，该帮修不稀罕。”

都说台湾挣钱容易，父亲感觉律从教书有工资，律中种田收入少，找人卖面子为其在台湾求得一份临时工干。

律中去台湾和父亲接触多了，恶人先告状，迷惑父亲对律从的看待。“我少时担柴卖给哥哥交学费读书。”“我孩子在哥哥学堂读书，我女儿连一个馒头都没有吃过，苛刻小气。”“哥还要我拆去披屋伙房，让他开门通路。天下哪有‘拆屋让路’的事，没道理。”

律中离间父亲与律从的关系，父亲一听明摆着一切都是律从不对，律从成了“忘情”“小气”“毒霸”的恶人。

律从怕娘一人独住黄碧村不安全，不放心。要娘归家同住，以便照顾。律中十多年来天天见面，从未出口呼娘共食。平时问一句“该日成鲜粥焱起，娘食吻”就最客气了。这次娘病愈回家疗养，以为娘留世不长了。生怕娘有余银，被哥亲近独贪。律中提议：“哥，娘我们两个人轮供吧。”律从认为社会上无定家的老人最让人同情。且两个月“供娘”成病，已得教训。

因此说：“我在家，娘以我一方为主靠，你有新鲜奇食，任何时候可叫娘过去让她分享。”

律从第一次去北京，在故宫看到观音佛像，思娘喜供佛，就买一尊以作一游北京的留念。二女见父买观音佛，为解祖母开心也花两百多元买来一个。有个佛教信徒，黄碧村人叫她“疯婆”，其丈夫说：“为食素，营养不足，于她灌葡萄糖一次就花了两千多元。”疯婆拉帮娘信佛，见律从家供观音佛于厨房楼上，开导说：“你家食素不清。”荤素调节本是健身的饮食。可娘被她如此那样一说，声明要食起长素来。律中听此为难的是“一人三餐食素，烧菜麻烦”。律从担心的是娘的身体刚有所恢复，三餐粥饭荤菜再不吃，生怕要步这位疯婆营养不良的后尘。不让娘食素。耄耋人的“顺风耳”，轻话语听不见，重话语以为大声骂。律从索性根除隐患，敲碎了观音佛像。

在“说话声气难听”“骂娘”的情况下，娘的脸色逐渐转好。可“和颜悦色”的律中即食素食荤“与我无关”，反正“不让轮供”，对律从“生气”了半年有余，长期不来看顾。

律从二女出差，雅玉去了杭州，外甥无人照顾。一贯不进伙房的律从因车祸体弱，为免反要娘照顾，一同去了杭州。二十来天中律中叫娘食了几天饭，德扇就对其邻居诉说：“家里还一个‘杨老令婆’吃饭。”

律中经丝厂多年练习，贪污成性，有归就拿。父让他赴台挣钱，回来时父

托他为娘带来两张百元美钞，到家月余不提。直到娘收到父说明信，问他讨要才交付。声称是看不上眼的两百美元被他“忘记了”。

政府架高压线赔偿伐木，律中企图冒领，将哥哥被伐砍的山林谎报都是他的承包山。

移动信息网拉线，过律从自留地，律中扩大地边沿，就以哥名冒领补贴。上级依名来收回不该发放的钱款，找到律从家，律从莫名其妙，这才知道原来是弟已经领去了。

律中常年来祖祭从未办祭礼，每逢自带炮仗香纸焚烧，祖宗便都保佑其家发财。一个钉街沿屋柱的百年天灯铁香插，也自动跑去他家门口，保佑他家。近年都不去祭祖，缘由是那年哥骑远路，电量不够的电动车没有搭他。

肆拾贰

拔毛补肉视鼻尖，公益旁弃榨家业。

千秋大事屡招阻，每每上道寻事端。

一心想改变村貌的大陆村村支书吴江认识到牵一发而动全身，“一事无成万事休”。上头有美化村镇环境的资金可以下拨大陆村，问吴江要不要。吴江受做路煞费苦心举步维艰的教训反倒左右为难。

创业掌握方向紧跟形势就得排除万难，去争取胜利。当前村民分成三类：一是放弃微秒私损，同情内点支持村干筑路，以便全村继续发展的；二是袖手旁观，看看应届干部对惠山门下及其追随者角斗胜负结果的；三是“我队人都听我指挥”的二队五六个人，应韦在选村长时受吴甬贿赂，凭贿赂讲义气卖力，惠夕是在竞选中与元民对立拢票失败，改坑伤到其承包田，想在近其老屋之内点八十换取一屋基，加上两兄弟孙和兴、和明助气。和兴、和明尚有的私事就是抢到的“百八十”屋基敲诈钱。惠山及其门人利用矛盾随时找机会煽动闹事。几个人日夜防守村口以防挖机进村。

其他黄碧村人都非常关心大陆村做路。承包人联系派出所，前一天组织了一班年轻力壮的勇士，手握锄头去大陆村试探式“施工”了一下。这帮经常袭故的顽石见来势不妙只得遵时养晦，有人问：“惠山，做路你同意吗？”“同意，同意。”惠山无可奈何，只有点头。

第二天，挖机在众目睽睽下沿路顺利施工。

惠山为谋屋边田，筑路过门前，枉费三辈心，眼望妄树斜，使尽抽筋拼命力，一方面鼓励有伤私利的干将无限敲诈，另一方面叔孙共商寻钻做路汗毛孔寻事出气。每逢事故后，惠艮子和日等即及时避角评价，探讨策划下步事宜。

永康砍树老板暂时在路边堆放了一些木头，守夜人指使村民欲将其移掷

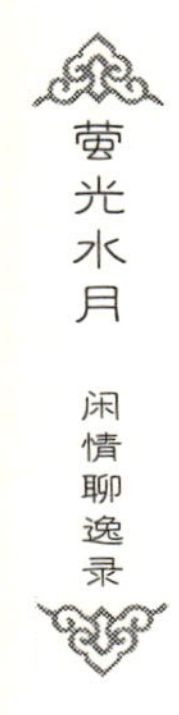

坑中，“搬树工资，大家向书记村长去要！”

坑沿砌基，不甘失败者继续寻事。“挖机压掉我田里菜讲好没有？”“有线电视给我装了没有？”“田补我没有？”

挖机过往道路以前已赔，惠月重栽空地菜。这次通过时惠月移栽，其子应韦故意又栽上，找借口阻止挖机过往。吴江来场解决，应韦不听其解说，出手即耳光满脸，吴光忍性不还手。

一贯坐后台煽风点火的祥章，忍耐不住企图出手，被因赌博事判监督还受管制的儿子劝阻回家避祸。

还有一个不识事理的元力。元涌请朋友吃饭，惠夕夫妻夜静找上门指责不该招纳工头。争吵搞得上夜班的邻居不能安睡，引起邻里不睦。元涌说其弟元力不要搭帮闹事，元力喝酒过多，指着施工人员大喊：“谁若再动，就与谁拼命。”

施工又停。

过了三天，已是腊月十七。正欲动工，和夕两孙元日、元八过来阻止，拔除建筑线杆。包头来村抓住衣领甩开，元日欲去家里拿菜刀。目虽等黄碧村三四个勇士拦住扭打，轰动镇干部带来公安干警多人到现场劝止平息。

在公安干警眼皮下，他们让泼辣女人元多老婆出面，当众叫嚷：“不讲好赔我田，我不肯。”“人被打拿钱来医，不拿钱来医，我不肯。”

对方头领同时也喊：“干下去，莫停工！”“瘌痢婆，现在没伤着你田，砌坑岸与你屁关。继续干。”

有位警察看不下去忍不住，欲下坑拉开，另一位警察怕引起争斗出事，令其止步。

单脚演不了戏，经镇干部和派出所人员低声下气的劝告，事暂平息。砌基不用线，勉强至晚收工。

第二天，为挣工钱工匠照旧出工，继续受到惠木及两子和木、和子阻止。

“至今不给我牵有线电视，未赔还被压坏的水泥板和拆损的饲料池条石，你们不要动。”

“老师来干了，让先干，若讲不好，再拆除也一样。”工头恳求着说。

“不行，我不来同意，你们马上停工。”

施工又停。好在工头已联系，立时请来安装有线电视人员给予安装，车运水泥板条石给予贷补。工匠又干了一天。一边施工，泼妇还到一方拔杆剪线："不讲好，明天莫来砌。"

做路改坑伤到田，内点补屋基不算数，改坑余田她还要自己占种。

旁人暗议："以便今后再炒事敲竹杠。"

"八块半一斤的夹心肉，硬逼人七块半卖，哪个卖肉人会卖？"

屡屡颠簸的坑沿路基，"不准高过对面田岸"，在惠山帮派及泼妇往来监视下，总算粗粗砌就。年关临近不利争吵，"不准再砌"，腊月廿四勉强休年。

第二年春，在限高限宽不动坑东岸的条件下，"照顾"承建施工者面子，内点也勉强答应全村建自来水池，沿路埋水管施工，在雨季前完成了让内点能通车的坎坷路基。

路基成，可伤害到一田角的一队牛挣，也模仿顶杠，听他那个蛮横的儿子出的主意："三个儿子得配三所屋基。"理由是二十世纪他家为出勤方便，从山旱坳移居大陆村，根据当今山民移居政策，政府要有补偿。